남쪽에서 뜨는 달

장편소설

남쪽에서 뜨는 달

|저자|	임창진
|1판 1쇄 인쇄|	2025년 5월 10일
|1판 1쇄 발행|	2025년 5월 15일
|발행인|	주동담
|발행처|	시정신문
|주소|	서울특별시 용산구 한남대로 43
|전화|	02-798-5114(대표)
|전자우편|	sijung1988@naver.com
|출판등록|	1988년 4월 13일
|등록번호|	서울 다 05475
|편집디자인|	앤트북(toksm@naver.com)
|ISBN|	979-11-91760-09-5
|정가|	18,000원

저자와 협의하여 인지를 생략합니다.
무단전재와 복제를 금합니다.

장편소설

남쪽에서 뜨는 달

임창진

[추천사]

　〈남쪽에서 뜨는 달〉은 소설의 기본요소인 인물·사건·배경을 간과하지 않으면서 간결한 문체로 이야기를 긴장감 넘치게 풀어내며 감동적으로 대단원을 도출한 수작이다. 구성이 단단하고 흡인력 높은 문체가 돋보이는 소설이다.

김정오 문학평론가, 문학박사

　주인공이 2차 대전 전후 징용으로 건너간 일본에서의 생활, 해방 직후 조선인환국대기소에서 반강제 귀국하게 되면서, 일본인 친구 나카죠와 약혼자 후사코와의 약속을 저버리고 사라지는데…. 유복자를 남겨둔 채 숨을 거두며 후사코가 남긴 말 한마디, '남쪽 큰 산 밑, 남쪽 끝에서 달이 뜨는 동네', 이른바 월출산을 찾아가는 혈연의 끈을 추적하는 과정이 참으로 문학적이고 감명 깊게 다가온다.

이광복 소설가

　대중의 심금을 울리는 가요는 좋은 노랫말과 멜로디 그리고 가수의 감정, 삼박자가 실려야 한다. 특히 가수의 감정은 독서에 의한 간접 경험이 큰 역할을 한다, 소설 〈남쪽에서 뜨는 달〉은 한을 담은 우리 가요 같아서 너무나 가슴을 찡하게 만든다.
　월출산이 너무나 그립다.

남　진 국민가수

[머리말]

    이 소설은 실화를 기반으로 집필했습니다. 소설 속의 주인공이 해방 직후 일본에서 강제로 귀국하게 된 경위와 6·25전쟁에서의 낙오, 전투, 산업화 시절의 이야기를 기록할 수 있었던 것은 아이러니하게는 간암 판정받은 덕분이었습니다.

    6개월 투병하고 생을 마감한 소설 속의 주인공은 투병 기간에 자신의 생애를 한 권의 공책에 수기형식으로 담담히 기록한 것입니다. (동 기록은 2024년 11월 국방부 산하 전쟁기념관 국가 기록물로 지정되어 관리되고 있음)

    주인공이 돌아가신 지 약 10년이 지난 무렵, IMF로 인하여 실직당한 작가는 미국에서 약 2년을 방황하다가 귀국하여 주인공이 남긴 인생 이야기를 처음 읽고 한없이 울었습니다. 이야기는 대부분 우리 선대들이 가슴에 숨기고 살아왔던 이야기이기 때문입니다.

    수기 속의 주인공은 당신과 아버지, 큰형이 얽힌 이야기를 자녀들에게 한 번도 하지 않았기에 더욱 충격으로 다가갔습니다. 진짜 소설 같은 이야기를 집필해야겠다고 마음먹었지만, 혼란기에 희생된 아버지(작가의 할아버지)와 큰형(큰아버지)의 기록을 찾는 데 많은 시간을 보내야 했습니다.

    그러는 사이 '진실과 화해를 위한 과거사위원회'가 2020년 재출범하여 주인공의 아버지가 희생된 경위를 추적하게 되었고 좌익세력에게 처형된 줄만 알았던 작가의 할아버지가 연좌제에 의한 국가폭력에 희생되었다는 재결서를 받았습니다. 다만 당시 희생된 주인공의 큰 형(작가의 큰아버지)은 아직도 언제 돌아가셨는지 어디에 묻혀 있는지 전혀 알지 못합니다.

주인공이 남긴 이야기에서도 형에 관한 이야기는 길게 쓰지 않았기에 형제간의 우애와 좌익, 우익으로 나뉘어야 했던 혼란기에서의 경위를 파악하고 기록을 찾기 위하여 큰 노력을 했습니다, 지금도 그때 그 시절의 기록과 자료는 미흡합니다, 역사가 묻히기 전 발굴해야 할 것입니다.

이를 소설로 쓴 또 다른 이유는 전쟁과 아픔을 모르고 남침이 무엇인지, 북침이 무엇인지도 모르는 독자들에게 – 작가도 전쟁을 직접 겪어보지는 못한 세대 임 – 남기고 싶은 이야기이기도 합니다.

같은 땅에서 살아가는 우리는 이념이 다르다고 생각이 다르다고 원수를 대하는 듯 살아갑니다. 그러나 이념이 한 사람, 한 사람의 삶과 미래보다 위대할 수는 없을 것입니다. 이념이 평화보다 중요하지 않으며 우리의 인생보다 위에 있을 수 없을 것입니다.

서로가 존중하고 이해하는 노력과 남아 있는 지혜를 배워야 할 때입니다. 난순한 소설, 글 하나로 좌익, 우익이니 가르고 적대시한다면 역사를 이어갈 수 없을 것입니다. 서로가 이해하지 못하여 분쟁이나 전쟁을 막지 못한다면 이 소설보다 더 큰 비극이 일어날 것입니다.

이 소설은 결코 전쟁소설이 아닙니다. 다만, 현대를 살아가는 모두에게 우리나라가 어떻게 유지됐고, 우리들의 아버지 세대들이 어떠한 희생을 치렀는지 어떠한 아픔을 딛고서 지금까지 왔는지 알게 되는 계기가 되었으면 합니다. 모든 사람에게 사랑과 책임감을, 나라를 일구어 온 기성세대들에게는 자부심을, 위정자들에게는 많은 사람을 실망하게 하지 않는 지혜를 얻을 수 있도록 권하고 싶습니다.

마지막으로, 이념대립이든 타락한 정치가들의 욕망이든, 국가적으로 민족적으로 또 세계사적으로 비극이 일어난 것은 민초들의 책임은 아닙니다, 그러나 비극적 역사가 반복되는 것은 우리 모두의 책임입니다.

　돌이켜 보니, 어려서부터 글을 쓴다는 것은 즐거운 일이었습니다. 청년이 되어서는 소설가가 되기 위해 수년을 지내며 글을 쓰고 지우며 다시 쓰기를 수십 번이나 반복했던 기억이 새롭습니다. 졸고를 소설로 발표하기까지 수정을 거듭하면서 과연 소설이 될 수 있을 것이냐는 수없이 하던 고민은 임춘식 한남대학교 교수님을 만나게 된 계기가 큰 결실을 보게 되었습니다. 이에 깊이 감사드립니다.

　어쨌든, 창작의 고뇌는 출산의 고뇌와 맞먹는다는 말이 있는데 제 글이 타인에게 평가받는다는 심리적 부담감이 매우 컸습니다. 그러나 계간 <지구 문학>에서 소설 부문 신인상을 받고 등단하면서 꿈이 현실로 다가왔습니다. 지구문학에 감사드리며, 특히 용기를 배가시켜 주신 문화일보 정충신 기자, 전쟁기념관 유진학 부장, 북한대학원대학교 남보람 박사, 6·25전쟁 전투 기록을 확인해 주신 정지석님을 비롯한 육군본부 관계자 그리고 문단에 등단하였다고 환호해준 동문과 친구들, 파티하자는 동료 행정사를 비롯한 동율, 동진, 재승 등 일가친척의 응원과 더불어 96세 어머니(박채경 여사)의 생생한 기억력에도 감사드립니다.

　이 소설이 나오기까지 많은 조력을 해 주신 시정신문(주) 주동담 사장과 표지화를 그려 주신 앤트북 김성민 사장께도 고마움의 뜻을 표합니다.

　오늘 이 슬픈 이야기가 소설로 나온 것을 보고 웃고 있는 것은 속이 없어서 그렇습니다.

2025년 5월 1일
임 창 진

[차례]

[추천사] / 4
[머리말] / 5

[01] 고향을 기억 못하는 사내 ·············· 11
[02] 땅위에 떠 있는 성 ················· 31
[03] 서투른 사랑과 남겨진 우정 ············ 39
[04] 귀향 그리고 증오 ················· 53
[05] 월출 그리고 강진 ················· 65
[06] 마지막 인사 ··················· 79
[07] 한강 ······················ 93
[08] 흔들거리는 시대 ················ 113

[09] 죽음의 선 ·················· 125
[10] 끝없는 전장 ················ 157
[11] 중간에 서 있는 사람들 ········ 185
[12] 진짜 귀향 ··················· 197
[13] 남쪽에서 뜨는 달 ············ 221
[14] 세상 밖으로 ················ 245
[15] 마지막 만남 ················ 263
[16] 은 희 ····················· 279

[저자 프로필] / 288

[01]
고향을 기억 못하는 사내

●●●● "안 갈 거예요. 한국에 안 가요. 한국말도 못 하고 글도 못 쓰는데 가서 뭐 해 먹고 살아요. 난 여기 일본에서 살겠습니다"

(行かない。韓国には行かない。韓国語を使わないので韓国語もできないし日本で住んでみるつもりです。 이카나이 간코쿠니와이카나이 간코구고오 츠카와나이노데 간코구고모데키나이시 니혼니 슨데미루 쯔모리데스)

"뭐라고? 안 간다고? 나라가 해방되어 온 가족이 고향으로 돌아가는데 너만 일본에 남겠다는 게 말이 되냐?"

아버지의 목소리가 단호하게 울려 퍼졌다.

"저는 안 갈 겁니다. 여기서 해야 할 일도 있고 벌여 놓은 사업도 있고…. 그리고 또…"

대일본제국이 패망했다.

하야시 후타쿠(福澤)는 학교 겸 공장에 사표를 던지고 일본인 아내 후사코의 집에서 동거를 시작한지 석 달이 지나고 있었다. 아버지로부터 나고야 집으로 오라는 전보를 받고 집에 들어서자마자 아버지는 천둥 같은 목소리로 말했다.

"가족 모두 한국으로 돌아간다. 너도 떠날 채비를 해라"

그 말이 가슴을 내리쳤다. 한국으로 돌아가지 않겠다고, 일본에 남겠다고 말했지만 아버지는 이해할 수 없다는 표정으로 한국으로 돌아갈 준비를 하라며 명령했다.

"나는 한국으로 돌아가지 않겠습니다. 일본에서 살겠습니다"

하야시 후타쿠는 이틀을 고민하다, 아버지에게 단호히 선언하고는 집을 나와 버렸다.

어머니는 애타는 마음을 숨기지 못하고 뒤따라 나왔다.

"그래도 둘째야… 식구들이 모두 귀국하는데 너만 남으면 가족과 헤어져야 하는… 다시 언제 만날지도 모르는데…"

그 목소리엔 애틋함과 걱정이 섞여 있었다.

"형, 정말 안 갈 거야? 혼또니? 응, 혼또니(진짜)?"

셋째는 형의 결정을 믿지 못하겠다는 듯 '진짜?'를 반복하며 그의 뒤를 따랐다. 가족이라는 이름 아래 묶여 있던 인연의 끈이 이제 전쟁의 끝에서 갈라지려 하고 있었다.

"어머니, 난 한국으로 안 가요. 식구들이 한국으로 간다고 해도… 곧 만날 수 있겠죠. 여기서 벌여둔 사업도 있어서…"

어머니에게는 사정 얘기를 간단히 하며 안심시키고는 아내 후사코의 집이 있는 후쿠이행 열차를 탔다.

하야시 후타쿠는 고향에 대한 기억이 없다. 일제 강점기 부모님은 결혼하여 슬하에 4형제를 두었지만 생활 기반이 약했던 아버지는 징용을 피할 수 없었다. 일본으로 건너가 나고야의 군수 공장에서 일하며 가족을 부양할 터전을 마련해야 했고, 일본으로 건너간지 삼 년이 지나서야 가족을 불러들일 수 있었다. 그렇게 온 가족이 일본 땅에 정착한 지 어느덧 십여 년이 흘렀다.

일본이 연합군에 항복한 직후, 다니던 학교 겸 공장을 그만두고, 그 퇴직금을 밑천 삼아 사업을 시작한 하야시 후타쿠는 점차 자리를 잡아가고 있었다. 그는 일본인 아내를 만나 동거를 시작하며 새로운 삶을 꿈꾸고 있었다. 하지만 아버지는 돌연 모든 것을 정리하고 한국으로 돌아가겠다고 말했다. 아버지의 심정을 이해할 수는 있지만 이제 겨우 안정을 찾아가는 시점에서 기반도 없는 고향으로 왜 돌아가야 한단 말인가?

그가 일본에 온 것은 여섯 살이었는지 일곱 살이었는지조차 기억이 가물가물할 정도로 어린 나이였다. 다만 확실한 것은 지난 세월 동안 일본의 학교에서 일본말과 일본의 정서만 배웠다는 사실이었다. 한국어는 글은 고사하고 말조차 할 수 없었으며 한국에 대한 기억마저 남은 게 없을 정도로 희미했다.

'기억 속 고향, 고국'이라는 단어는 일본으로 건너오기 전 형과 함께 백부에게 천자문과 논어를 배웠던 시간쯤에 머물러 있었다. 그러나 그 조차도 어린 시절의 아득한 기억 속에서 희미하게 부유할 뿐이었다.

그에게 고향이란 과연 무엇이란 말인가?

그동안 '조센징'이라 놀림당할 때마다 수없이 주먹다짐을 하면서도 단 한 번도 자신이 '한국인'이라는 사실을 깊이 생각해 본 적이 없었다. 그런데 이제 가족과 헤어져야 한다고? 정말로 이별해야만 하는 걸까?

아니, 절대로 돌아가지 않을 것이다. 아니, 돌아갈 수 없다.

기차가 후쿠이시에 도착했다. 사람 사이를 빠르게 빠져나와 집에 들어서니 장모인 다나카 여사와 아내 후사코가 현관부터 나와서 그를 반긴다. 혹시 아버지의 안부를 물어볼까 인사를 하는 둥 마는 둥 서둘러 방으로 들어갔다. 뒤를 따라 들어와 잘 다녀왔느냐 저녁 먹었느냐는 아내에게 눈인사만 하고 방바닥에 누워 버렸다.

"하야시 상, 오차 한잔하고 자요"
아내의 뽀얀 얼굴이 불그스레한 백열전등 아래 혈색이 좋아 보인다. 일본 요조숙녀의 전형답게 남편이 오는 시간에 맞추어 후사코는 눈가와 입술에도 옅은 화장을 하고 있었다. 검은 머리카락과 썩 잘 어울렸다. 고개를 숙인 채 머리맡에 무릎을 꿇은 자세로 연갈색 찻잔에 물을 붓는 아내는 연신 이쪽의 눈치를 살피는 듯했다.
"응, 오차?"
자리에서 일어나 앉아 찻잔을 받아 들었다.
가족들이 한국으로 간다는 이야기를 꺼내려고 하다 자신은 돌아가지 않기로 결심했으므로 구태여 말할 필요는 없다고 판단하고 입을 다물었다. 다 마신 찻잔을 치우려는 그녀를 끌어당겼다. 손에 들었던 찻잔을 바닥에 내려놓은 그녀는 '아이, 잔 치워야지' 하면서도 빠져나올 생각이 없는지 품에 안겨 온다.
"후사코, 우린 여기서 사는 거야, 응, 맞지?"
아내의 귓바퀴 밑에다 살며시 속삭이면서 한 손으로는 적당하게 살찐 허리를 끌어당겼다. 찻잔을 적당하게 밀쳐놓은 여자는 남자의 곱슬머리를 쓰다듬으며 거칠어진 숨소리를 애써 감추려 남자의 가슴에 얼굴을 묻는다. 희미한 빛에 비치는 여자의 가슴은 하얀 밀가루를 뒤집어쓴 병아리처럼 보들보들하다. 적당하게 부풀어 오른 가슴에 입을 맞추었다.
'아이, 참' 여자의 간드러진 콧소리에 세차게 솟아오른 하반신을 주체하지 못한 남자는 여자의 몸 깊숙이 힘껏, 그러면서도 부드럽게 밀어 넣었다.
'아!' 외마디 비명과 함께 여자의 하얀 양쪽 미간이 잔뜩 찌푸려졌다. 남자의 몸을 받아들인 여자는 욕망을 참지 못하고 남자의 엉덩이를 손으로 힘껏 끌어당기며 하체를 위로 쳐들었다. 남자는 혈기를 참지 못하고 한참을 몸부림치다가 여자의 몸에 정열과 쾌감을 토해내고 나서야 겨우 떨어져 나갔다.

늦은 가을비가 내린다. 기와지붕을 타고 바닥으로 떨어지는 빗소리는 음률을 맞추기로 약속이나 한 것처럼 시계 초침 소리가 되어 떨어졌다.
후둑둑 똑, 후두둑 똑, 후두둑~

"하야시 상, 집에서 무슨 일 있었는가?"
아침 식사 중, 장모는 집에 다녀온 사위가 이틀 만에 빈손으로 돌아온 것이 궁금한 듯했다.
"일이요, 무슨…"
"아무 일 없다면서요. 그런데 왜 가져갔던 짐은 안가져 오고…?"
"집으로 들어와 살라고 하던가? 아니면 이 아이까지 데리고 오라고 하던가?"
장모는 챙겨갔던 속옷과 몇 가지 짐을 가져오지 않고, 빈손으로 돌아온 사위의 꿍꿍이가 너무나 궁금했던 모양이었다. 눈인사도 건너뛰고 집에 들어오는 모습도 여간 불안한 게 아니었다. 딸과 사위가 정식으로 혼례를 치른 것도 아니었고 시부모의 승낙을 받아 동거를 시작한 것도 아니었기에 그녀의 마음은 불안해 하고 있던 터였다.
"아니에요. 부모님 얼굴만 뵙고… 일도 있어서 바로 돌아왔어요"
젓가락질하는 아내와 장모의 손끝을 바라보다가 그는 피식 웃음이 나왔다. 두 사람의 엄지손톱이 뭉툭하고 못생긴 것이 어찌나 닮았던지. 유전자의 힘은 참으로 놀라웠다.
하야시는 가족들이 곧 한국으로 귀국한다는 말을 끝내 하지 못한 채 식사를 마쳤다.

장모는 식당으로 출근하기 위해 분주히 움직였고 그는 아내와 함께 마을 앞 큰길까지 걸어 나왔다. 두 모녀가 식당으로 들어가는 것을 확인한 후에 자전거를 타고 도정공장으로 향했다.

기후현과 후쿠이현 부근은 산지가 많아 넓은 평야가 드물었다. 그러나 기소천을 따라 펼쳐진 노비 평야에서 생산된 쌀은 일본에서도 최상급으로 손꼽혔다. 특히 부유층이 선호하는 품종이었다.

최근 쌀과 과일 도매 사업을 시작한 하야시는 도정공장 사장을 통해 농부들에게 계약금을 미리 지급하고 수확전 쌀을 확보해 둔 상태였다. 그는 도정공장 사장이 매입한 쌀의 품질과 수량을 확인한 뒤 잔금을 치뤘다. 그리고는 쌀이 내일 아침 일찍 출발할 수 있도록 차량 배차를 부탁하고 쌀을 차에 미리 실어 놓도록 신신당부하고 도정공장을 나왔다.

그는 가벼워진 발걸음으로 도정공장에서 그리 멀지 않은 친구 나카죠의 집으로 발길을 옮겼다.

태평양 전쟁이 한창이던 시절, 모든 것이 궁핍했다. 학생들은 공부보다 공장 일이 우선이었고 하루하루는 생존을 위한 싸움을 해야 했다. 나고야는 군수공장이 밀집한 곳이었기에 미군 폭격의 주요 목표가 되었으며, 도쿄와 함께 일본에서 가장 많은 폭격을 당한 도시였다. 미군의 폭격으로 공장과 공공시설 심지어 학교로 위장한 군사시설까지 철저히 파괴되었다. 거리는 잿더미가 되었고 사람들은 더 이상 그곳에서 살아갈 수 없었다.

일본 전시정부는 주요 군사시설과 군수공장, 위장시설까지 모두 깊은 산중으로 이전하도록 강제했다.

나카죠와 하야시 가족 또한 산골 마을로 피신했다. 그들의 학교이자 공장도 나가노 산속으로 옮겨졌지만, 두 사람은 여전히 같은 반 같은 기숙사 방을 쓰며 함께 생활하고 있었다. 그들의 우정은 깊었고 서로를 형제처럼 여겼다.

나카죠는 정의감에 불타는 성격이었다. 급한 성미 탓에 쉽게 흥분했지만 그만큼 의리도 강했다. 누군가 하야시를 '조센징'이라며 비웃기라도 하면 그는 금세 얼굴이 붉어져 짙은 눈썹을 치켜세우며 싸움을 대신해 주곤 했다. 두 사람은 공부에는 큰 뜻이 없었어도 검도만큼은 열정적으로 수련하며 열혈 청년으로 성장했다. 공장에서도 기숙사에서도 둘은 언제나 붙어 다녔고 그들을 본 주변 사람들은 '형제 사이냐' 며 질투할 정도로 부러움을 샀다.

전쟁이 끝나고 나카죠는 후쿠이현의 집으로 돌아와 있었다.

하야시의 방문을 받은 나카죠는 그가 한국으로 돌아가야 하는지 남아야 하는지 하소연 아닌 하소연을 하자 벌컥 화부터 냈다.

"뭐야, 인마! 후사코는 어쩌고 한국으로 간다는 거야?"

"가족들이 다 돌아가는데, 나만 남을 수도 없고…"

"야, 너 돈이 없냐? 색시가 없냐? 네가 왜 돌아가야 하는데? 후사코를 남겨두고 간다고? 말도 안 돼!"

"그래서 네 의견을 듣고 싶어서 온 거잖아."

"하야시, 넌 이미 일본 여자와 결혼한 몸이야. 넌 이제 일본 사람이 됐다고! 그걸 아직도 몰라?"

나카죠는 이마를 짚으며 한숨을 내쉬었다.

"알아. 하지만 일단 한국에 갔다가 다시 돌아오든지 아니면 후사코와 함께 갈 방법이 있을지도 모르잖아."

"어휴, 이 멍청한 놈! 그건 말이 안 돼. 왜냐하면, 첫째…"

나카죠는 격앙된 목소리로 한국은 아직 나라의 기틀이 제대로 갖춰지지 않았으며 이번에 나가면 다시 돌아올 수 없을지도 모른다고 설명했다.

"내가 네 아버지를 찾아가 말씀드려 볼까?"
"아냐, 알았어. 나 절대 돌아가지 않을 거야. 후사코와 함께 여기서 살겠어."
나카죠는 여전히 미덥지 못한 듯 눈을 가늘게 뜨고 하야시를 바라보았다.
"맹세해, 인마! 내 말 들어야 해!"
하야시는 깊은숨을 들이마신 후 단전을 사용해 힘 있는 목소리로 대답했다.
"맹세할게. 후사코와 결혼하고 일본에서 함께 살겠어."
그제야 나카죠는 만족스러운 듯 고개를 끄덕였고 하야시는 뭔가 답을 얻은 양, 조용히 친구의 집을 나섰다.

세상의 전쟁은 이미 막을 내렸지만 하야시의 전쟁은 아직도 계속되는 중이었다.
"하야시 상! 한국으로 돌아간다고?"
쌀을 도쿄의 도매상에 넘기고 밤이 다 되어 집으로 돌아 온 날, 저녁식사 자리에서 장모는 따지듯이 물었다.
"내 말이 틀렸는가?"
"아니에요, 누가 그래요?"
"다 들었네. 가족들이 한국으로 돌아가면 자네도 가야 하지 않겠는가?"
"아니에요, 저는 여기 남을 겁니다. 후사코와 함께 살겠습니다"
"정말인가?"
"예, 정말이에요. 저는 일본에서 살 겁니다. 죽어도 안 가요"
"그러면 되었네. 사람은 가족과 함께 있어야 해. 결혼하지 않은 사람은 가족은 부모와 형제지만, 결혼한 사람에게 가족은 배우자뿐인 것을 명심하게"
그녀는 조용히 젖가락을 내려놓으며 말했고, 하야시는 그녀의 말이 귓가에 맴도는 것을 뒤로하고 방을 나왔다. 후사코도 그를 뒤따라 방으로 들어왔다.
"누가 그래? 나 한국으로 돌아간다고."

"낮에 나카죠 상이 다녀갔어요. 하야시 상은 절대 한국으로 돌아가지 않는다고 안심하라고 했어요. 당신이 맹세까지 했다던데요."

나카죠가 고맙기도 하고 원망스럽기도 했다.

"그래, 난 돌아가지 않을 거야. 당신과 여기에서 살 거야."

"난… 난 당신이 돌아가면 어떡하죠? 나도 같이 갈까요?"

후사코는 눈물이 흘러내리는지 눈가 흐르는 눈물을 훔치며, 코를 훌쩍이며 말했다. 후사코의 말투는 돌아갈 것이냐 묻는 것이 아니었다. 아예 자신도 한국으로 따라가겠다는 뜻이었다.

"아냐. 난 가지 않아. 한국이 어떤 곳인지도 모르고 가본 적도 없어. 한국말도 못 해. 당신과 여기에서 살 거야. 맹세해."

하야시는 진심을 담아 말했다. 그제야 다행이라는 듯 후사코의 얼굴이 밝아졌다.

겨울이 시작된 어느 날 아침, 이상한 차림을 한 나카죠가 창을 들고 집으로 찾아왔다.

"천렵(川獵)하기 딱 좋은 날씨다!"

그는 활기차게 말하며 강가로 나가자고 했다. 늦가을이라 쌀쌀했지만 그는 웃옷을 반쯤 벗은 채였다.

"이 추운 날에 무슨 천렵이야?"

여사는 타박하면서도 몇 가지 양념을 싸주었고 후사코는 신이 나서 자전거 뒷자리에 올라탔다.

"천엽은 이런 날씨에 해야 제맛이지!"

나카죠의 호들갑을 들으며, 강가에 도착하자 하야시는 강 옆에 불을 피웠고, 나카죠는 아랫도리만 가린 채 물속으로 들어가 창을 몇 번 휘둘렀다. 이내 막대기 끝에 걸린 고기를 들어 올리며 호탕하게 웃었다.

하야시도 옷을 벗고 물에 들어가 바위 틈을 더듬으며 손으로 물고기 몇 마리와 커다란 장어 한 마리를 잡아 후사코 쪽으로 던졌다.

팔딱팔딱 뛰는 장어에 후사코는 허둥댔다. 잡고, 놓치고를 반복하며 허둥거리는 모습에 두 사람은 고기 잡는 것보다 더 큰 재미를 느꼈다.

"으악! 징그러워!"

후사코는 비명을 질렀지만 이내 용기를 내어 장어를 짚불에 던졌다. 그리고 막대기로 휘저으며 익히기 시작했다.

"고기가 다 익었어요! 어서 나오세요!"

한참후, 그녀의 외침에 두 사람은 물 밖으로 나왔다.

"자, 신혼부부를 위하여 건배!"

나카죠가 술병을 꺼내더니 잔을 채웠다. 먼저 한 모금을 들이켜고는 아직 덜 익은 듯한 물고기를 양념에 찍어 한입에 넣었다.

"기가 막히군!"

그는 물고기 맛이 기막히다며 연신 감탄사를 내 뱉으며, '신혼부부를 위하여'를 외쳐 댔다.

"신혼부부라니, 벌써 4개월이나 됐어."

"벌써 그렇게 됐나? 하여튼 두 사람을 위하여 건배!"

잔이 부딪히며 맑은 소리를 냈다. 나카죠가 갑자기 눈을 빛내며 외쳤다.

"하야시, 이건 맹세의 잔이다. 네가 한국으로 돌아가지 않는다는… 맹세의 잔을 들어라!"

하야시는 술잔을 높이 들고 힘차게 말했다.

"그래! 난 돌아가지 않아! 후사코와 여기에서 영원히 살 거야!"

잔을 비운 하야시에게 후사코는 고기를 집어 입에 넣어 주었고, 하야시도 장어 한 점을 초장에 찍어 후사코의 입에 갖다댔다.

순간, 후사코가 얼굴을 찡그리며 고개를 돌리고는 헛구역질을 하기 시작했다.

"미안해요… 냄새가…"

예상치 못한 그녀의 행동에 세 사람은 모두 당황했고 천렵은 예상보다 일찍 끝났다

후사코는 이미 며칠 전부터 속이 울렁거리고 비린내가 역겹게 느껴졌다. 그러나 그 감각이 무엇을 의미하는지는 아직 알지 못했다.

후쿠이현의 겨울은 그렇게 시작되었다.

가족이 일본을 떠나는 날이 가까워질 무렵, 집으로 오라는 두 번째 전보를 받은 하야시는 후사코와 함께 나고야로 향했다.

나고야 외곽의 집에 들어서자, 두 사람을 가장 반갑게 맞이한 사람은 어머니 송 씨였다. 아버지는 아무 말 없이 둘째 아들과 며느리의 인사를 받았다. 집 안은 이미 가재도구를 모두 정리한 상태였고 몇 개의 보따리만이 집안구석에 덩그러니 놓여 있었다.

"애야, 우리 둘째 잘 부탁한다. 한국사람이 일본에서 사는 건 쉽지 않단다. 네가 둘째를 잘 받들어야 한다."

"예, 어머니."

"네가 남편을 받들지 않으면 다른 사람들이 깔본다. 네 남편을 잘 모시고 그리고 아이가 생기면 꼭 연락하고."

"예, 어머니, 염려 마세요. 그리고 이것…"

후사코는 친정 어머니가 마련한 선물이라며 빨간 주머니에 곱게 싼 물건을 내놓았다.

"이게 무엇이냐?"

"저희 엄마가 어머니께 드리라고 보내셨어요."

"뭘 이런 걸…"

"마땅히 드릴 것도 없고 큰 것은 짐만 될까 봐……"

"그런데 뭘 이런 걸… 사돈께도 우리 둘째 잘 부탁한다고 꼭 전해라. 친아들처럼 여겨 달라고……"

"염려 마세요, 어머니. 저희 어머니도 하야시 상을 얼마나 좋아하시는데요. 싹싹하고 성실하다고 하셨어요."

"오냐, 사돈어른한테 감사 인사 꼭 전해라. 그리고 이것은 요긴하게 쓰겠다고… 우리 둘째 잘 부탁한다는 말씀도 꼭 드리고"

송 씨는 며느리가 전해 준 붉은 보자기에 싸인 파란상자를 이삿짐 맨 밑에 소중하게 넣으면서도 둘째 아들을 부탁한다는 인사를 수십 번도 더 했고, 후사코의 엄마에게도 부탁말을 전해 달라고 신신당부했다.

가족들이 떠나기 전날 저녁, 두 사람은 뒷마당으로 나왔다.

구름 사이로 달이 막 얼굴을 내밀고 있었다.

"하야시 상, 고향은 어디예요?"

"응? 반도 남쪽 끝, 전라도 어디라는데… 나도 잘 몰라. 너무 어릴 때 떠나서."

"어디쯤 있는 곳인데요?"

"음… 반도의 남쪽 끝이야. '달뜨는 산'이라는 큰 산 밑에 있다는데, 마을 이름이 뭐더라… 남쪽에서 달이 뜬다는 뜻이었어."

"남쪽에서 달이 뜨는 마을이라니, 참 예쁜 곳이겠네요."

"글쎄… 너무 어릴 때 떠나와서 기억이 잘 안 나."

그녀는 '남쪽에서 달이 뜬다는 마을'이라는 말이 재미있다며 몇 번이고 그 이름을 되뇌었다.

그때 동생들이 아버지가 찾는다고 알려왔다. 하야시는 후사코를 작은방으로 들여보낸 뒤 안방으로 들어갔다.

"거기 앉거라, 네 처는 먼저 집으로 돌아가도록 하고 너는 시모노세키까지 가자. 가족들이 떠나는 걸 배웅해야 하지 않겠냐?"

아버지는 단호한 목소리로 말했다.

"이제 헤어지면 언제 다시 만날지도 모르는데 부모 형제가 떠나는 걸 그냥 보낼 수야 없지. 네 표까지 형이 끊어 놨다."

"아버지, 시모노세키까지는 너무 멀어요…"

"멀긴 뭐가 멀어! 한국에 비하면 코앞이지."

"그래도 다녀오려면 며칠 걸릴 텐데요…"

"시모노세키까지는 이틀도 안 걸릴 테니, 그렇게 해라!"

아버지의 목소리는 단호했고 그는 더 이상 아무 말도 할 수 없었다. 달은 어느새 높이 떠올라 하늘을 은은하게 비추고 있었다.

가족들이 떠나던 날, 집 안은 이른 아침부터 분주했다. 떠나는 가족과 일본에 남기로 한 사람들 그리고 배웅하는 사람들로 북적였다.

후사코는 하야시와 시모노세키까지 가겠다고 말했지만, 아버지는 고개를 저으며 후쿠이시로 돌아가는 기차표를 사주라고 푯값을 주었다.

"먼저 집에 가 있어. 이삼일 후면 도착할 거야."

후쿠이시로 가는 기차는 시모노세키로 가는 가족들이 탈 기차보다 삼십 분 정도 먼저 있었다. 하야시는 후사코를 먼저 집으로 보내는 것이 다행이라 여기며 후쿠이시로 가는 기차에 그녀를 태웠다.

"하야시 상! 잘 다녀와요!"

"그래, 배웅 끝나면 바로 갈게."

"시모노세키까지 가지 말고 중간에 돌아올 수 있으면 그냥 돌아와요, 응?"

"응, 그래. 상황 봐서 돌아갈 수 있으면 돌아갈게."

후사코는 기차 계단에 올라서면서도 마지막 순간까지 하야시의 손을 꼭 잡고 놓지 않았다. 마치 손을 놓아버리면 그와의 인연마저 끊어져 버릴 것만 같은 두려움이 그녀를 붙잡고 있는 듯했다.

기차가 천천히 움직이기 시작했다. 그녀는 몸을 기울이며 손을 놓지 않으려 애썼다. 마치 기차에서 뛰어내릴 것처럼 마지막까지 하야시를 바라보았다. 하지만 기차의 속도가 점점 빨라지자 결국 두 사람은 손을 놓아야만 했다.

"저… 우리…"

"응? 걱정하지 마. 시모노세키까지만 갔다가 곧 돌아올게."

"그게 아니고… 우리…"

그녀의 목소리가 기차 소리에 묻혀 갔다. 하야시는 기차가 움직이자 플랫폼 끝까지 빠르게 뛰다시피 하면서 그녀의 얼굴을 보려 했다.

"응? 우리, 뭐? 걱정하지 마, 금방 갈게."

"빨리 와야 해! 하야시 상 없으면 안 된단 말이야! 그리고… 그리고…"

후사코는 끝내 모든 말을 하지 못한 채 애달픈 눈빛을 내리깔았다. 그녀의 작은 어깨는 떨렸고 입술은 다 하지 못한 말 때문에 다물어지지 않았다.

기차는 점점 멀어졌고 그녀의 모습도 이내 시야에서 사라졌다.

그때까지만 해도 이별이란 그저 짧은 기다림이라 믿었다. 하루, 이틀이 지나면 다시 만날 것이라 믿어 의심치 않았다.

그녀는 마지막으로 말을 끝내 내뱉지 못했고, 하야시는 그녀의 마지막 말을 듣지 못했다.

*

온 가족이 일본으로 건너와 나고야에 정착한 지 어느덧 3년이 되던 해 봄이었다. 셋째 동생이 집 앞에서 놀다 참담한 사고를 당했다. 일본군 장교가 탄 오토바이가 순식간에 아이를 덮쳤고 바퀴는 잔인하게도 동생의 허리를 짓누르고 지나갔다. 그날 이후, 셋째는 평생 굽은 등을 안고 살아야 하는 운명을 받아들여야만 했다.

가해자인 일본군 장교는 사고를 당한 아이가 조선인임을 확인하고는 치료비조로 몇푼을 던져놓고 가버렸다. 진심 어린 사과도 정당한 보상도 없었다.

그때, 첫째 일택은 막 중학부에 입학한 열네 살 소년이었다. 그는 첫째 형으로서 동생을 지켜주지 못했다는 죄책감과 아무것도 알 수 없다는 무력감은 어린 마음에 깊은 상처로 남았다. 그 사고는 단순한 불행이 아니었다. 조선이라는 식민지의 백성이기 때문에 겪어야 했던 처절한 굴욕이었다.

그날 이후, 어린 일택의 세상은 달라졌다. 일본을 이기는 길은 오직 하나 공부뿐이라고 여겼다. 그는 이를 악물고 책을 붙들었다. 분노를 지식으로 바꾸며 끝없는 밤을 새웠다.

그의 결심은 곧 성적이 증명했다. 중학부 첫해부터 그는 전교 1등이었고 나고야현 전체에서도 수위를 놓치지 않았다. 일본인 학생들은 물론 교사들조차 더 이상 그를 무시하지 못했다. 오히려 숨 막힐 듯한 노력과 독기 어린 집념에 공부만 하는 조선인 학생에게 선생들과 학생들은 두려움을 느꼈다. 결국, 그는 중학부를 1년 만에 월반하고, 고등학부에서도 뛰어난 성적으로 또 한 번 월반했다. 그의 실력과 열정에 감탄한 교장과 교사들은 전폭적인 지원을 아끼지 않았고 마침내 그는 도쿄의 명문 메이지(明治)대학 입학시험에서 수석으로 합격했다. 4년간 장학생으로 다니면서도 그는 단 한 번도 수석의 자리를 내어준 적이 없었다.

그러나 공부만으로는 풀리지 않는 갈증이 있었다. 인간의 존엄, 평등, 천부인권 사상, 그리고 사회주의 철학을 탐구할수록 그는 조선이 식민지로 신음하고 있는 현실 앞에서 더욱 깊은 절망에 빠졌다. 책을 읽을수록, 지식이 쌓일수록, 식민지 백성으로 태어났다는 그 숙명적 굴레가 더욱 무겁게 다가왔다.

그렇게 대학 4년이 지나던 해, 전쟁이 끝났다. 1945년 8월 히로시마와 나가사키에 원자폭탄이 떨어지고, 며칠 후 일본왕은 라디오를 통해 모호한 어조로 패망을 선언했다. 그 방송을 들었던 일택은 비로소 일본이 무너졌음을 실감했다.

그는 곧장 아버지에게 말했다.

"이제는 돌아가야 합니다. 우리의 땅으로."

그리고 가족은 나고야로 내려와 고향으로 돌아갈 채비를 시작했다. 고국의 하늘 아래에서 새로운 삶을 살아가기 위해.~~

아버지는 나고야 군수공장 간부를 지냈고 나고야에 거주하는 한국 동포들을 대표하여 조선 거류민단 간부로 활동하다 해방을 맞이했다. 아버지는 그동안 뼛골 빠지게 벌어 마련했던 재산들을 전부 다 처분하여 고국으로 귀국할 준비를 했다.

아버지가 처분한 재산은 6만 엔이 넘었다. 당시 6만 엔은 집을 몇 채나 살 수 있는 어마어마한 돈이었다. 아버지는 6만 엔을 자물쇠가 달린 궤짝(상자)에 넣었다.

시모노세키행 기차가 들어오고 아버지는 가족을 이끌고 플랫폼방향으로 이동했다. 기차는 귀향길에 오른 많은 한국인과 그들의 짐으로 북적거렸다. 나고야역에서부터 출발하는 열차의 승객은 귀향하는 한국인들만 타고 있었다. 이른바「조선인 환국(還國)열차」였다. 귀향하는 그들의 얼굴은 기대와 희망이 가득했다.

일본에 처음 건너왔을 때 아버지는 청년이었는데 어느 사이 노인이 되어 버렸다. 노인이 된 아버지가 고향을 그리워하는 것은 어쩌면 당연한지도 모르겠다. 그러나 고향에 기반이 없어 일본까지 왔던 아버지가 다시 기반 없는 고향으로 다시 돌아간다고 생각하니 이해가 잘되지 않는다.

달리는 기차에서 하야시 후타쿠는 자신의 사업도 상상해 본다. 사업을 시작한 지 넉 달 만에 자본금이 네 배가 됐으니 1년이면 12배, 10년이면 120배, 와~

사업가로 성공한 꿈과 후사코와 결혼식을 올리는 상상, 부자가 되는 꿈, 그리고 후사코가 낳은 아이들과 일본에서 사는 미래를 한꺼번에 상상했다.
　아무리 생각해도 그의 미래는 행복으로 가득찬 레드카펫이 깔린 넓은 길이었다.

　기차는 밤낮없이 달렸다. 고베를 지나 어느 한 역에 멈추었지만 내리는 사람 하나 없이 귀향하는 한국인들만 더 태우고 온종일을 달리기만 했다.
　벌써 이틀째, 기차는 지칠 줄도 모른 채 달리다 어딘가의 역에 멈춰 섰다. 그러나 이번에는 나고야에서 태웠던 인원의 두세 배나 되는 조선인들을 더 태웠다. 짧은 순간 하야시는 기차에서 내려야 하나 망설였으나, 이내 기차가 움직였으므로 내리는 것을 포기하고 좌석에 앉아 있을 수 밖에 없었다. 기차는 속도를 줄일 기미도 없이 계속해서 앞으로 내달리기만 했다.

　마침내 기차가 시모노세키역 구내로 들어섰다. 그제서야 아버지는 일본에 남아있을 아들에게 고향 주소가 적힌 종이를 건네주었다. 그러나, 기차는 시모노세키역 구내에 들어섰음에도 조금의 감속도 없이 빠른 속도를 유지한 채 그대로 지나쳐 갔다. 뭔가 잘못되었다는 불길한 예감이 들던 그 순간, 오히려 기차는 더욱 속력을 내며 역을 벗어나고 있었다. 다급한 마음에 몸을 창문 밖으로 내밀고 두리번거렸지만, 기차는 멈출 기색조차 보이지 않았다.
　어? 어…「시모노세키」라는 표지판이 순간적으로 유리창을 스치며 지나가고 플랫폼은 멀어진다. 플랫폼에 서 있는 사람들은 빠르게 지나가는 기차와 상관없는지 눈길도 주지 않았다.
　시모노세키역을 빠른 속도로 지나친 기차는 속도를 더 높였다.
　기차는 얼마 지나지 않아 큐슈 터널을 통과한 뒤, 한나절을 넘게 달려 마침내 자정이 넘어 드디어 멈춰 섰다. 기차에서 내리라는 안내방송이 기차안과 역 구내방송으로 흘러나왔다.

기차 승객들은 전부 내리라는 일본어 방송이었다.

승객들은 지친 몸을 이끌고 하나둘씩 짐을 챙겨 내렸다. 열 칸이 훌쩍 넘는 객차에서 쏟아져 나온 사람들은 어깨에 총을 멘 미군들의 통제를 받았다.

하야시는 그곳을 하루빨리 벗어나고 싶어서 허둥지둥 가족들과 마지막 인사를 나누었다.

"이 밤중에 어디를 가겠다는 거냐? 내일 떠나거라."

"그래, 여기서 하룻밤을 보내고 날이 밝은 뒤 가거라."

아버지는 꾸짖듯 말했고 어머니는 간절한 눈빛으로 만류했다. 하지만 하야시는 오늘이 아니면 다시는 이곳을 나설 수 없을 것 같은 불길한 예감이 들었다. 결국 가족들의 만류를 뿌리치고 기차가 들어왔던 길을 향해 달려 나갔다.

철길을 따라 빠르게 내달렸다. 그런데 이상하게도 주위가 한밤중임에도 환하게 밝아 마치 대낮 같았다. 눈을 들어보니 사방에 높다란 망루가 서 있었다. 기차가 들어왔던 끝자락에는 철조망이 굳게 닫혀 있고 총을 든 군인들이 날카로운 눈빛으로 길을 막아섰다.

주위를 둘러보았다. 거대한 성채 같았다. 기차가 도착한 이곳은 사방이 높다란 철조망으로 둘러싸여 있었고 망루마다 총을 든 군인들이 경계를 서고 있었다.

하야시는 경계를 서고 있는 군인에게 다가갔다. 미군이었다. 미군에게 다가가 이곳을 나가야 한다고 문을 열어 달라고 사정했다. 그러나 군인은 아무 말 없이 막사 쪽을 가리킬 뿐이었다.

'밤이라서 나갈 수 없다는 뜻인가…'

더 이상 어쩔 도리가 없었다. 하야시는 할 수 없이 뒤돌아섰다. 그러나 가족들이 어디에 있는지 알 길이 없었으므로 아무 막사에나 들어가 몸을 웅크리고 억지로 눈을 감았다.

'내일 일찍 나가야지.'

몸을 이리저리 뒤척이다가 스스로 달래며 되뇌어 봤다.

'내일은 나갈 수 있을 거야.'

하지만 마음 한구석에서는 불길한 메아리가 윙윙거린 듯 했다.

'뭔가 잘못됐다.'

불안한 생각을 떨쳐내려 애써 눈을 감아보았지만 불안은 어딘가로부터 내려와 가슴에 내려앉았다.

'아내에게 돌아가야 하는데… 아니, 내일은 첫사랑 그녀에게 돌아갈 수 있을까?'

희미한 기대와 막연한 희망을 품고 나지막이 속삭여 봤다.

'내일은… 반드시, 반드시 돌아가리라' 어둠 속으로 스며들 듯 잠이 들었지만 꿈에서 만큼은 아내의 품이었다.

[02]
땅위에 떠 있는 성

●●● 기차가 멈춘 곳은 시모노세키가 아니었다. 기차가 멈춘 곳은 뜻밖에도 나가사키(長崎)였다.

나가사키 항구의 공기는 무겁고도 낯설었다. 하야시 후타쿠는 「조선인 환국대기소」에서 하룻밤을 보낸 뒤 아침 햇살을 받으며 막사 밖으로 나섰다. 그러나 그 순간 자신도 모르게 탄식이 흘러나왔다.

귀환 열차가 멈춘 그곳은 사방이 철조망으로 둘러싸여 있었고, 그 안쪽에는 군데군데 망루가 세워져 있었다. 망루 위를 비롯하여 군데 군데에는 총을 멘 군인들이 경계의 눈초리로 주위를 살피고 있었다.

나가사키라고 쓰여진 항만 끝에는 「조선인 환국대기소」라는 이름으로 일본 전역에서 모여든 조선인 귀향민들로 북적거렸다. 그곳은 마치 포로수용소를 떠올리게 했다.

'시모노세키가 아니라 나가사키까지 오다니…'

「나가사키」 그곳은 잿빛 절망이 대지를 뒤덮었던 땅이었다. 1945년 8월 9일, 그 하늘을 가르며 떨어진 것은 단순한 폭탄이 아니었다. 「펫 맨」이라 불리는 역사상 두 번째 원자폭탄은 단숨에 도시를 집어삼키며 삶과 꿈과 이름을 재로 만들어버렸으며, 순간적으로 6만 여명이 희생되었다. 그리고 불과 엿새 뒤 일본의 왕은 마침내 무릎을 꿇었다.

나가사키에서 희생된 6만여 명중, 1만여 명은 조선인이었다.

그들은 나라를 빼앗긴 죄로, 배고픔을 이겨내고 살아가기 위해 바다를 건넌 죄로, 남의 땅에서 아무런 이유도 모른 채 허망하게 스러졌다. 조국을 등진 것도 아니었다. 단지 배고픔을 채우려 했을 뿐이었다. 그러나 하늘은 그들에게 아무런 변명도 허락하지 않았다. 뜨겁게 이글거리던 불길 속에서 터질 듯한 절망 속에서 이름조차 남기지 못한 채 그들은 사라졌다.

그처럼 깊고도 쓰라린 상처를 품은 이곳에, 조국으로 돌아갈 배를 기다리는 조선인들의 '환국대기소'가 자리 잡고 있었다.

그곳은 단순한 기다림의 공간이 아니었다. 전쟁의 비극 속에서 생존한 이들이 상흔을 안고 희망과 불안을 함께 품은 채, 조국을 향해 마지막을 기다리는 미지의 공간이었다.

하야시는 한참 동안 철로를 따라 걸어 기차가 들어왔던 입구에 다다랐다. 그러나 출구는 굳게 닫힌 철문뿐이었다. 그는 철조망 문 쪽으로 발길을 돌렸다. 그 순간 총을 멘 미군이 눈을 부라리며 손짓했다.

'안으로 들어가라는 뜻인가?'

하야시는 애타는 심정으로 외쳤다.

"나는 한국으로 돌아갈 사람이 아니오! 일본에 남을 사람이오! 나가게 해 주시오!. 한국 노! 안 가! 일본, 오케이!"

그러나 그의 말은 허공에 흩어질 뿐이었다. 미군은 일본어를 알아듣지 못했다. 아니, 알아들으려 하지 않는 것 같았다. 답답한 마음에 그는 문을 잡고 억지로 나가려 했다. 순간, 미군이 총을 들어 위협하더니 개머리판으로 그의 어깨를 툭 쳤다.

'아!'

다행히 큰 충격은 아니었지만 그는 절망했다. 마침 지나가던 장교를 붙잡고 다시 한번 사정을 해보았다. 장교는 그의 말을 어렴풋이 이해한 듯 고개를 끄덕였지만 결국 돌아가라는 손짓을 할 뿐이었다.

할 수 없이 막사로 돌아와 형을 찾아 다시 미군 사무실로 갔다. 미군 막사에 들어갔던 형이 한참후 가지고 온 대답은 차갑고도 단호했다.

"이곳에 들어온 한국인은 다시 나갈 수 없다고 한다."

그는 결심했다. 밤이 되면 철조망을 넘어 꼭 탈출하겠다고…….

그러나 밤이 되자 미군의 감시는 더욱 삼엄해졌다. 소총을 든 군인들이 곳곳을 지켰고 망루에서는 기관총 같은 것이 번뜩였다. 안이든 밖이든 철조망 주위에는 아무도 감히 가까이 갈 엄두조차 낼 수 없었다.

「조선인 환국대기소」는 나가사키 항의 부두까지 이어지는 거대한 감옥과 같았다. 객차와 화물열차가 닿는 철로 입구부터 수송선이 정박하는 바닷가까지 이중의 철조망이 세워져 있었다.

이곳에 들어올 수 있는 사람은 단 두 부류뿐이었다. 고향으로 돌아갈 한국인, 그리고 그들을 지키는 미군.

한 번 들어온 한국인은 다시 나갈 수 없었다. 누군가 밖으로 나오려면 들어오기 전에 미리 허가를 받아야 했다. 허가없이는 어느 누구도 이곳을 벗어날 수 없었다.

조선인 환국대기소의 행정과 경비는 미군의 손에 맡겨져 있었다. 그들의 임무는 단 하나였다.

'한국인들을 배에 태울 때까지 지키는 것.'

그뿐이었다.

나가사키 항에 자리한 「조선인 환국대기소」라는 거대한 감옥 안에는 2,000명 이상을 수용할 수 있는 숙소와 식당이 마련되어 있었지만 군대처럼 배급된 식사와 함께 기계적으로 흘러갔다. 밤이 되면 미군의 경계는 더욱 삼엄해졌고 철조망 근처에 다가서는 순간 총탄이 날아들지도 몰랐다.

그곳은 분명 나가사키 항에 있어도 일본땅이였지만 이미 그곳은 일본이 아니었다. 폐쇄된 고립된 섬과도 같았다.

철조망 밖에서는 오직 파도 소리만 들려왔다.

나가사키 항, 성벽 안의 한국인은 단 한 발짝도 밖으로 나갈 수 없었다. 세상은 젊은 남녀의 애절한 사랑 따위에는 관심이 없었다. 한국은 패전국이 아니었음에도 패전국 국민보다 더 서러운 존재로 전락해 있었다. 아니, 식민지 국민보다도 못한 존재였다. 그들의 외침은 공허한 메아리로 사라져 갔다.

「조선인 환국대기소」에 들어간 2,000명의 귀향민은 하루살이처럼 취급되었다. 하야시 후타쿠가 필사적으로 탈출을 시도했던 이틀 동안 그들은 간단한 검사와 소독을 마친 뒤 미군 수송선에 실려 고향으로 향했다.

하야시도 하릴없이 수송선에 실려져 귀향길로 올랐다.

'사람은 가족과 함께 살아야 하는 법이야… 하야시 상 가족은 아내인 후사코야!'

'하야시 상, 꼭 와야 해!'

장모와 후사코의 목소리가 가슴을 후벼팠다. 후쿠이로 돌아가면 조그만 집을 마련해 정식으로 결혼식을 올리려 했던 꿈이 산산조각났다. 눈물 외에 무엇을 할 수 있을까.

이틀, 삼일이면 다시 돌아가겠다고 약속했는데….

딸을 사랑해 주고 평생 함께할 마음만 있다면 일본인이든 한국인이든 상관없다며 허락해 주었던 장모는 지금쯤 이를 갈며 욕을 퍼붓고 있을 것이다. '역시 한국 놈들은 믿을 수 없는 인간들'이라고….

후사코는 얼마나 가슴 아파할까. 서로의 첫사랑이었고 동거를 시작한 뒤 매일 같이 행복해했는데. 그토록 사랑했던 남편이 하루아침에 사라져 버렸다는 사실을 알면 그녀는 얼마나 슬퍼할까.

귀향선에 몸을 실은 모두가 들떠 있었지만, 오직 단 한 사람만은 가고 싶지 않은 길로 떠나고 있었다.

기쁨보다는 분노와 절망이 가슴을 짓누르고 있었다.

12월의 바닷바람이 차갑게 몰아쳤다.

일본 땅이 멀어져 간다. 내 사랑이 멀어져 간다. 목숨보다 소중한 사랑이 멀어져 간다.

수송선의 갑판으로 올라가니 거대한 바다가 눈 아래 펼쳐졌다. 망망대해. 끝도 없는 수평선. 선미에는 미국 성조기가 바닷바람에 펄럭이고 있었다. 그 소리는 마치 가슴을 찢어발기는 비명처럼 들려왔다.

'배 안으로 들어가라.' 미군의 명령과 함께 그는 다시 북적이는 선실로 몸을 옮겼다. 객실로 들어서니 아버지와 형의 얼굴이 보였다. 순간 분노가 손끝까지 치밀어 올랐다. 하지만 그들은 가족이었다. 부모와 형제였다.

이별의 바다, 돌아갈 수 없는 바다와 함께 분노는 체념으로 바뀌었다. 나가사키 항을 떠난 지 이틀째 되던 아침 바람이 거세지더니 높은 파도가 수송선을 세차게 뒤흔들었다. 하야시는 일본 땅에서 마지막으로 먹은 음식을 남김없이 게워냈다. 귀향선 바닥을 뒹굴며 배를 움켜쥐며 위액까지 쏟아냈다. 파도는 이별하는 이의 고통까지 삼켜 버릴 듯 일렁거렸다.

나흘째 되던 날, 바다가 조금씩 잔잔해지기 시작했다. 사람들은 하나, 둘 갑판으로 나와 한반도에서 불어오는 겨울바람을 깊숙이 들이마셨다. 그들은 변해버린 바다를 바라보며 고통스러웠던 지난날을 잊어버리고 부푼 미래를 노래하고 있었다.

하야시는 햇빛이 드는 선미 쪽에 자리를 잡고 바다를 바라보았다. 수송선은 조용히 아무 말 없이 수평선 위에 지나온 흔적을 남기며 앞으로 나아갔다.

'한국은 참 먼 곳이구나….'

그는 오직 바다만을 응시했다.

그리고 그제야 깨달았다.

바다가 변해 있었다.

나가사키를 떠날 때 바다는 푸른빛이었다. 하지만 어느 순간 멀리 보이는 수면은 옅은 황토색으로 출렁이고 있었다.

그제야 그는 일본이 더 이상 보이지 않는 곳까지 와 버렸다는 것을 실감했다. 돌아갈 길이 사라져버렸다. 그리고 사랑도 함께 바다속으로 가라앉아 버렸다.

"야! 와—!"

사람들의 탄성이 바닷바람을 타고 퍼졌다. 고개를 들어 바라보니 태양과 구름, 바다가 한데 어우러진 하늘이 찬란한 색채로 물들어 가고 있었다.

보라, 붉은빛, 푸른빛, 노랑과 초록까지, 짙은 그리고 옅은 빛깔들이 물결처럼 번져가며 세상의 어느 화가도 그려낼 수 없는 황홀한 황혼을 빚어내고 있었다.

태양은 황해의 잔물결 위를 부드럽게 쓰다듬으며 속삭였다. 저 황혼의 찬란함을 그 누가 온전히 담아낼 수 있을까. 바다와 해는 어울렁더울렁 춤을 추듯한데 섞이고 저 멀리 수송선이 지나온 자국은 황금빛 속으로 빨려 들어가듯 사라져 갔다.

귀항선은 거친 파도를 넘어 무려 여섯 날을 달려 군산항에 닿았다.

1945년의 마지막 날, 변산반도의 황혼은 그렇게 저물어 갔다.

긴 세월 풍상을 겪으며 고향으로 돌아온 한국인들은 감격의 노래를 불렀으나, 조국은 한번도 가보지 못한 길을 넘고 예상하지 못한 운명의 파고를 넘어야 한다는 사실을 깨닫는 사람은 아무도 없었다.

[03]
서투른 사랑과 남겨진 우정

●●● 1941년 11월 26일 쿠릴열도 에토후섬을 출발한 대일본제국 해군함대는 꼬박 보름을 항해한 후, 12월 7일 진주만에 정박한 미국 태평양 함대 사령부 소속의 군함들을 공격했다. 선전포고도 하지 않은 기습공격이었다.

미 해군은 재기 불능의 타격을 입은 듯 보였고 대일본제국은 세계를 정복한 양, 온 나라가 축제 분위기에 휩싸였다. 온 국민은 천황에게 충성을 맹세하였고 세계는 곧 대일본제국의 발아래 무릎을 꿇을 것이라 믿었다. 청나라와 러시아와의 전쟁에서 승리했던 지난날의 기억을 가지고 있던 사람들은 이번에도 어김없이 일본이 승리할 거라 믿었다.

그러나 그것은 불행의 시작과 동시에 전쟁의 끝이었다.

곧이어 미군의 반격이 시작되고 일본 땅 곳곳에 폭격이 시작되면서 1944년

하반기부터 1945년 봄과 여름, 일본 땅 어디에도 미군의 폭격을 피할 곳은 없게 느껴졌다.

이즈음부터 사람들의 얼굴은 공포에 휩싸인 겁 많은 아이처럼 안절부절못하기 시작했다.

쌀밥이 보리밥으로 변하더니 나중에는 보리밥조차 구경하기 힘들어졌다. 중등과 3년 동안 신문을 배달하던 하야시는 그동안 저축한 돈을 모아 나가노 산골로 이전한 대동제강 부설 야간 고등중학부에 등록했다.

학교 기숙사에서 숙식을 해결하며 낮에는 공장에서 일하고 밤에는 공부하는 힘든 생활이 계속됐지만 전쟁이 길어져 혼란이 계속되자 누가 학생인지, 또 누가 군인인지 모를 정도로 사방은 아수라장이었다. 나중에는 선생들도 공부 가르치는 것은 뒷전이고 군사훈련을 우선으로 했다.

힘든 생활 속에서도 동기생 나카죠와 함께 배우는 검도는 그나마 심신을 달래주는 유일한 오락과 같은 것이었다.

나가노 산골에서의 생활은 나고야에서보다 힘은 두 배로 들고 능률은 반으로 떨어지는 듯했다. 강제성이 가미된 공장 일에 사람들은 싫증과 피로로 도망가고 싶어 할 정도였다. 공장 일이 즐거워지고 재미가 붙었을 때는 후사코라는 여공을 보면서였다.

"어이, 하야시 군, 그거 저쪽으로 옮겨!"

"네? 저쪽이요?"

"응, 오늘부터 사람이 더 늘었어. 저쪽에서도 일을 할 거야."

다음 공정으로 넘어가는 군수품을 손수레에 싣고 온 하야시에게 품질 검사 주임은 반대편 라인으로 옮길 것을 지시했다. 하야시는 투덜거리며 손수레를 반대편 검사 라인으로 다시 옮겼다.

마무리와 검사 공정을 함께 살피는 완제품 품질관리 검사 공정에는 새로 온 여공 몇 명인가 일렬로 늘어서 있었다. 여공들은 손수레를 끌고 오는 남자 직공에게는 관심도 없는 듯 자기들끼리 재잘거리고 있었다. 그중 갸름한 얼굴에 머리를 양 갈래로 단정하게 묶은 여공 한 명의 눈과 마주치는 짧은 순간, 서로에게 눈인사를 했다. 양 갈래머리를 한 소녀는 미소를 지으며 하얀 이를 드러내고 웃어 보였다.

그 아이의 이름이 후사코라는 것을 알게 된 것은 주임의 훈계 소리에서였다.

"후사코 상, 불량품을 전쟁에 내보내면 어떻게 되겠어? 너 한 사람의 잘못이 수십 명의 황군의 목숨을 앗아간다는 사실을 몰라?"

주임에게 혼나는 여공은 고개를 숙인 채 눈물을 흘리고 있었다. 당시 대동제강의 체계는 군대 조직과 같아서 직원들은 마치 군인처럼 명령에 충실했고 실제로 책임자 몇 명은 군인이기도 했다.

'어차피 질 전쟁인데 불량품이면 어때.' 하야시는 주임에게 혼나는 불쌍한 여공의 커다란 눈에서 눈물이 흐르는 것을 봤다. 연민의 정이 싹트는 순간이었다.

*

아직 겨울바람이 완전히 가시지 않은 초봄이었다.

공장 입구에 고장 난 기계를 수리하기 위하여 일부 공정에서 삼 일간 가동을 중단한다는 공고가 나붙었다. 공장 직원들은 삼 일간 공장을 떠나 집으로 향했다. 하야시와 나카죠도 모처럼 집으로 가기 위하여 기차역으로 발걸음을 옮겼다.

"잘 가, 너희 부모님께 안부 전해."

"그래 너도 잘가, 삼 일 후에 보자."

가는 방향이 반대였던 두 사람은 역사로 들어와 기차 타는 곳 앞에서 악수를 하고는 나카죠는 입구 쪽에 하야시는 레일 위를 건너 반대편 플랫폼으로 넘어가 서로에게 손을 흔들었다. 철로 끝에는 기차 도착을 알려주는 빨간 램프 두 개가 반짝거리며 기다림의 무료함을 달래주는 듯했다.

하야시는 빨간 램프가 깜박거리는 횟수를 하나, 둘 속으로 헤아리다 반대편 의자에 앉아 기차를 기다리는 양갈래 머리를 한 여자에게로 시선이 고정됐다.

"야, 하야시, 잘 가. 나 먼저 갈게."

반대편에서 소리치는 나카죠의 목소리에 정신을 차리고 고개를 돌리자 어느 틈에 왔는지 기차가 미끄러지듯 플랫폼으로 들어오고 있었다. 열차는 위용을 자랑하듯이 제일 앞 칸 꼭대기로는 파이프 담배처럼 하얀 연기를 내뿜더니 큰 쇳덩이로 된 몸체를 수증기로 감싸며 레일 위로 성큼성큼 다가왔.

중간쯤에 서 있는 나카죠의 얼굴이 수증기에 가려진 대신 앞쪽의자에 앉은 양 갈래머리를 한 여자아이가 기차를 타려고 일어 선 모습이 보였다. 어디서 많이 본 여자아이라는 생각이 들었다.

'아~' 그녀가 누구인지 확인되는 순간, 외마디 소리가 식도까지 나오려다 침이 되어 목구멍으로 넘어가는 것을 삼키며 들어오는 기차 뒤쪽을 향하여 뛰어 제일 마지막 칸 객실에 올라탔다.

기차는 별로 붐비지 않았다. 빈 좌석이 여기저기 보였다.

여자아이는 좌석에 앉자마자 책을 펼쳤다. 좌석 뒤쪽에서 본 그녀는 양 갈래머리 사이로 목덜미가 보였다. 목덜미는 아직 솜털이 보송보송했다. 여자아이가 보고 있던 책을 도둑처럼 한참 내려다 보던 하야시는 용기를 내어 여자아이의 옆으로 슬쩍 다가가 말을 걸었다.

"일찍 나왔나 보죠?"

그녀는 놀란 눈으로 위를 쳐다보더니 이내 미소 짓는다.

"아, 네, 조금 일찍. 그쪽도…"

"네, 조금 늦었어요. 친구 녀석이 늦게 나오는 바람에."

얼굴은 후끈거리고 어색한 웃음이 나왔다.

"젊은 양반, 여기 앉으시오."

후사코 옆 좌석에 앉아있던 중년 여인이 두 사람의 어색한 대화를 듣더니 자리를 양보하고 빈자리를 찾아 가버렸다. 소년과 소녀는 잠시 눈을 마주치더니 마주보며 웃기 시작했다.

"집이 이쪽이에요?"

후사코가 하얀 치아를 드러내며 웃고 있었다. 가까이서 본 그녀는 얼굴은 먼발치에서 보던 때보다 귀여웠다. 갸름한 얼굴에 쌍꺼풀이 가늘게 져 있었다. 적당하게 생긴 코는 얼굴 가운데에 정확히 자리를 잡았고 붉은 입술은 양귀비 꽃잎 빛깔보다 더 붉었다.

두 사람은 그녀가 읽고 있는 책, 그리고 그 외 다른 책을 이야기하며 달리는 기차에서의 무료함을 달랬다.

"저는 여기서 내려야 하는데."

후쿠이시에 도착했다는 안내방송과 함께 그녀는 내려야 한다면서 자리에서 일어섰다.

"아, 예. 저도…"

그도 따라 같이 일어섰다.

"어머, 댁도 여기에서 내리세요? 여기에 사는 거예요?"

"아, 뭐… 그건 아니지만"

후쿠이시에서 내리는 사람은 열 명이 조금 안 돼 보였다. 기차에서 내린 두 사람은 역사 출구 쪽에서 나카죠와 마주쳤다. 나카죠는 옆에서 걸어 나오는 친구를 발견하고는 눈이 휘둥그레졌다.

"야!, 하야시, 너 웬일이야? 집에 안 가고 왜 이쪽으로 왔어?"

역사에서 비치는 조명 탓에 친구의 얼굴이 붉게 보인다고 생각한 나카죠는 노란 옷을 입은 양갈래 머리를 한 여자아이와 나란히 걷고 있는 하야시를 보고는 역이 떠나갈 듯 큰 소리를 질러댔다.

"아하, 알았다. 너, 흐…흠. 하! 하! 하!"

"그게 아니고, 저."

"아니, 너 이 녀석, 언제부터 사귄 거야? 나 몰래"

가끔 그녀를 보아 왔던 나카죠는 두 사람이 오래전부터 사귀고 있던 것으로 오해했다.

세 사람은 역 앞 조그만 가게 앞에 놓인 의자에 앉았다. 나카죠는 오늘 처음 만났다는 두 사람의 설명을 믿을 수 없다는 투로 고개를 갸웃거리면서도 그녀에게 사과했다.

"실례했습니다. 우리 몇 번 보았죠? 밖에서는 처음이지만, 저는 나카죠 에이치입니다. 이 친구는 하야시(林) 후타쿠(福澤)고, 고등과 2학년이죠. 지금은 공돌이인지 학생인지 모르겠지만"

"저는 타케시마 후사코(竹島 房子)예요."

물만 마시고 있는 하야시와는 달리 넉살좋은 나카죠는 '아, 그렇군요'를 연발하며 분위기를 주도해 갔다.

"아 그런데 말입니다. 이 친구 집은 나가노에서 동쪽으로 가야 하는데, 완전히 반대로 왔어요, 후사코 양 때문이니 책임지세요. 하! 하! 하!"

"큰일이네, 늦은 시간인데 기차가 있으려나?."

"그러니까 책임지라는 것입니다."

붉어진 두 사람의 얼굴을 번갈아 보며 나카죠는 호탕하게 웃어 댔다.

"염려 마십시오. 제가 집에 데리고 가 재우겠습니다."

"그러시면 고맙고요."

"대신 말입니다. 대신 내일 이 친구를 만나 주셔야겠습니다."

"내일 안 만나실 거면 오늘밤 이 친구를 책임지고 재워 주십시오. 하! 하! 하!"

나카죠의 반강제적인 제의에도 그녀는 싫지 않은 듯 내일 만날 것을 승낙하자, 나카죠는 어쩌고 저쩌고 하며 무슨 절 입구 어디에선가 만나자며 시간을 정하고는 자리에서 일어났다.

후사코의 집은 나카죠의 집으로 가는 길목에 위치해 있었기에 자연스럽게 바래다줄 수 있었다.

그녀와 헤어진 두 사람은 나카죠의 집으로 향했다. 오랜만에 본 나카죠 부모님께 인사를 하고 기숙사에서와 똑같이 나카죠와 누웠는데 하야시는 잠을 이룰 수가 없었다.

아침이 되자 하야시는 나카죠의 어머니가 차려준 아침밥을 남김없이 전부 먹어 치웠다.

나카죠는 아침부터 부산을 떨더니 하야시에게 자신의 자전거 뒤에 타라며 재촉하고는 약속 시간보다 삼십 분이나 이른 시각에 에이헤이지(永平寺) 절 입구의 언덕진 길목에 내려놓고는 얄궂게 큰소리를 지르고는 가버렸다.

"좋아한다고 해! 무조건 껴안아 버려!"

에이헤이지 절 입구에는 수백 년을 살아왔을 나무들이 고요하게 하늘을 받치고 서 있었다. 하야시는 그 아래에서 하늘을 보고, 땅을 보고, 소나무를 보고, 그리고 저 멀리 산등성이를 바라보았다. 심장이 점점 더 빠르게 뛰었다. 숨을 깊게 들이마시고 내쉬기를 반복했다.

어디서 그런 용기가 나왔던 걸까? 반대 방향의 기차를 탄 것도 이곳까지 온 것도 마치 꿈만 같았다. 한 번도 여자를 만나본 적 없었기에 그녀 앞에서 무슨 말을 해야 하고 어떤 표정을 지어야 할지 몰라 가슴 한편이 답답하게 조여왔다.

한참이 지난 후, 잔잔한 봄바람이 부는 듯 다정한 목소리가 들려왔다.

"하야시 상, 오래 기다리셨죠?"

고개를 들어 쳐다보니 절 입구에 그녀가 서 있었다. 햇살을 머금은 미소가 그녀의 얼굴을 환하게 밝혔다. 하얀 치아가 드러나는 그 웃음에 순간적으로 말문이 막혔다.

심장이 걷잡을 수 없이 빠르게 뛰기 시작했다. 그녀는 어제의 모습과 사뭇 달랐다. 늘 두 갈래로 곱게 땋아 내리던 머리를 오늘은 단정히 빗어 목선이 보이지 않도록 머리를 한 갈래로 묶었고 한 갈래 머리중간쯤에는 노란 리본이 살랑였다.

그녀의 미소를 머금은 입술은 마치 붉은 꽃잎 같았다.
"아, 아니에요. 저도 방금 왔어요."
그녀를 향해 어색하게 입을 열었다.
그녀가 고개를 살짝 기울이며 물었다.
"친구분은 안 오셨나 봐요?"
"네, 바쁘다며 절 앞에서 내려주고 갔어요."
"그렇군요. 가요. 우리--"
그녀가 '우리'라는 말을 하고는 먼저 걸음을 뗐다. 짙은 남색 외투에 빛바랜 엷은색상의 목도리가 머리카락을 묶은 노란 리본과 함께 햇빛 속에서 반짝였다. 그 모습에 넋을 놓고 있던 그는 그녀의 말 속에 스며든 '우리'라는 단어를 조용히 되뇌었다. 그리고 서둘러 그녀를 따라 숲으로 들어갔다.

한참을 걸으며 그녀는 갑자기 말했다.
"하야시 상, 이름 첫 글자가 저랑 같은 '房'(방) 자인가 봐요. 참 재미있네요."
그녀는 지금껏 본 모습보다 한층 밝고 명랑해 보였다.
"房은 아니고, 발음이 같은 福(복)이에요. 그리고……."
입을 다물었다. 한국인이라는 사실을 이야기하려다 그녀는 이미 알고 있을지도 모른다는 생각에 입을 다물었다. 또한 십여 년을 일본에서 살아온 그에게 국적이란 이제 그리 중요한 것이 아니라는 생각이 들었기 때문이었다.

후쿠이의 3월은 참 따뜻했다. 소년기를 보낸 나고야의 봄은 늘 눅눅하고 후덥지근했다. 그에 비해 후쿠이의 바람은 한결 부드럽고 포근했다. 하지만 이 포근함이 단순히 날씨 때문만은 아니라는 생각이 들었다.

"우리, 뭐 좀 먹을래요?"

그녀는 큰 소나무 숲 한편에 앉아서 보자기를 펼쳤다. 따뜻한 눈길이 서로에게 닿았다.

"아침을 먹은 지 얼마 안 돼서…."

그렇게 말하면서도 그녀가 내민 초밥을 받아 들었다. 나카죠까지 함께 올 줄 알고 준비한 듯 초밥은 꽤 많아 보였다. 보리가 섞인 초밥이었지만 이상하리만큼 지금껏 먹어본 것 중 가장 맛있게 느껴졌다.

그는 그녀의 머리칼을 바라보다가 무심결에 말했다.

"머릿결이 정말 곱네요. 꼭 병아리 같아요."

그녀가 눈을 동그랗게 뜨고 나를 바라보았다.

"네? 병아리요?"

"그 노란리본이요. 꼭 노란 병아리를 머리에 얹은 것 같아요."

"아, 네. 머리 땋는 게 귀찮아서 그냥 빗어 묶었어요."

"훨씬 보기 좋아요. 예뻐 보이고요."

진심을 담아 말했다.

그녀는 생각보다 더 고운 목소리를 가졌고 따뜻한 마음을 지닌 사람이었다. '우리'는 가족 이야기를 나누었다. 그녀는 삼 년 전 사업을 하던 아버지를 여의고 어머니와 단둘이 살고 있다고 했다. 네 살 많은 언니는 결혼했지만 전쟁 중에 형부를 잃고 혼자가 되었다고 했다. 그녀가 그 이야기를 할 때 눈가에 촉촉한 물기가 고이는 것이 보였다.

그녀는 사랑스러웠다. 그리고 잘 웃었다.

둘은 보자기를 접고 자리에서 일어났다. 언제부터였을까, 자연스럽게 손을 맞잡고 있었다. 손끝을 타고 전해지는 온기가 낯설면서도 따뜻했다.

얼마쯤 걸었을까, 잎이 무성한 작은 숲에 다다랐을 때 그녀가 손을 살짝 끄는 바람에 얼떨결에 그녀를 따라 숲으로 들어갔다. 조금 가다가 그녀가 갑자기 돌아서는 바람에 하마터면 이마를 부딪칠 뻔했다.

그리고--

누가 먼저랄 것도 없이 서로의 입술 위로 부드러운 감촉이 내려앉았다. 누군가 목덜미를 잡아당기는 듯한 느낌이 들었다. 아주 작고 따뜻한 입술이 그의 입술 위에 조용히 얹혔다. 순간, 심장이 멈춘 듯한 착각에 빠졌다.

얼마 후, 천천히 그녀를 바라보았다. 양귀비보다 붉은 그녀의 입술이 살며시 떨리고 있었다.

그녀를 멍하니 바라보며 허리에 두었던 손을 더욱 단단히 붙잡았다. 볼록한 가슴이 명치에 닿는 순간, 다시 그녀의 입술을 찾았다. 혀끝을 스치는 따뜻한 감촉이 마치 봄날의 강물이 흐르듯 입속을 감싸는 그 온기…….

그 순간, 세상의 모든 시간과 에너지가 두 사람의 입술에 멈추어 버리고 순간 남자는 뼈 마디마디에 숨어있던 하얀 액체가 온몸에서 빠져나가는지 흐물흐물해지는 몸을 가름하지 못하고 쓰러지고 말았지만 애써 몸을 곧추세우며 후들거리는 다리를 땅에 겨우 버티고 섰다.

두 사람이 맞잡은 손에는 숲속의 싱그런 바람이 스치고 지나갔다.

삼 일간의 휴가를 마치고 두 사람은 다시 공장으로 돌아왔다. 그러나 이전처럼 공장 생활이 힘겹게 느껴지지는 않았다. 어딘지 모르게 두 사람의 얼굴에는 생기가 돌았다. 그날 후쿠이에서 시작된 작은 애정의 싹은 힘든 하루를 버티는 버팀목이 되었으며 살아가는 이유가 되어주었다. 서로를 향한 갈망은 더욱 깊어졌고 하루라도 만나지 못하면 미칠 것 같은 심정을 감추지 못했다.

"후사코 상, 전쟁이 끝나면 어떻게 할 거예요?"

기후현 에이헤이지 절에서 처음 만난 지 석 달이 지난 5월 두 사람은 기숙사에서 조금 떨어진 뒤편 언덕에서 자주 만나곤 했다.

"전쟁이 끝날까요?"

"곧 끝날 거예요."

하야시는 확신에 찬 목소리로 답했다.

"그러면… 학교도 다시 다니고 돈도 벌고, 그리고…"

"그리고?"

"우선 집으로 돌아가야겠죠."

잠시 침묵이 흘렀다.

"전쟁이 끝나도 삶은 더 어려워질 거예요."

"저도 답답하긴 해요. 상급학교에 가고 싶긴 하지만 공부엔 취미도 없고 많이 배운 것도 아니라서 힘들겠죠. 그보다… 전쟁이 끝나면 하야시 상과 자주 못 만나겠네요."

심각해지는 분위기 속에서도 그녀는 장난기 어린 눈빛으로 그를 바라보았다.

"왜요? 전쟁이 끝나면 헤어지나요?"

"그렇진 않지만… 지금처럼 자주 볼 순 없겠죠. 집이 멀어서."

후사코는 마치 당장이라도 이별해야 하는 듯 시무룩해졌다.

"자주 만나면 되죠. 내가 그쪽으로 이사 가든지 아니면 자기가 이쪽으로 오든지."

그녀는 조용히 그의 말을 경청했다. 작은 어깨 위로 하야시의 팔이 살며시 감쌌다. 그녀는 아무 말 없이 그의 어깨에 머리를 기댔다.

"전쟁이 끝나면…"

하야시는 한참을 망설였다. 쉽사리 입이 떨어지지 않았다. 그러나 마침내 용기를 내어 말을 이었다.

"전쟁이 끝나면, 전쟁이 끝나면 결혼하자."

그녀는 아무런 대답도 하지 않았다. 그러다 조용히 그의 품을 벗어나 일어서더니 이내 기숙사 쪽으로 걸어가 버렸다.

그는 당황했다. 붙잡고 싶었지만 도저히 발이 떨어지지 않았다. 그녀가 떠난 자리에서 꼼짝 하지 못한 채 한동안 앉아 있다가 이내 풀썩 뒤로 누워버렸다.

밤하늘에는 이름 모를 별들이 반짝이고 있었다.

별을 헤이다 어느별에 시선이 멈추는 순간, 별보다도 밝게 빛나는 그녀의 얼굴이 별빛 속에서 아른거렸다. 저 별에도 이 별에도, 수백 개의 별 속에 그녀의 얼굴이 있었다. 그 별들은 하나같이 빛을 내며 그의 마음을 흔들었다.

그 순간, 별빛 속에서 그녀의 얼굴이 진짜처럼 보이더니 목소리가 들려왔다.

"다음 쉬는 날… 우리 집에 갈래요?"

하야시는 귀를 의심했다. 언제 돌아왔는지 그녀는 그의 발치에 서 있었다. 하야시는 황급히 상체를 일으켰다. 그녀의 또렷한 목소리가 밤하늘을 가르며 귓가를 울렸다.

그는 천천히 일어나 그녀를 품에 안으며 대답을 대신했다.

기숙사 뒤편 언덕의 스기나무(*삼나무) 숲은 사시사철 푸르른 잎과 독특한 향기로 가득했다. 나뭇잎이 땅에 두껍게 쌓여 사람을 푹신하게 받아 주었다. 두 사람은 서로의 온기에 취하고 스기나무의 향기에 취해 조심스럽게 그러나 간절하게 서로를 받아들였다.

서툴지만 뜨겁고도 진실한 사랑을…

스기나무는 주변에는 아무 식물도 자라지 못할 만큼 강한 향을 내지만 그 푸르름만큼은 언제나 변함이 없다.

"우리도 스기나무처럼, 늘 푸르고 향기롭게 살자."

두 사람은 서로를 꼭 끌어안았다.

밤하늘의 별들은 마치 이 순간을 더 가까이서 지켜보고 싶다는 듯 더욱 밝게 빛났다. 두 사람이 어둠 속으로 숨을수록 별빛은 호기심 어린 눈길로 두 사람을 찾았다.

그리고, 마침내 별빛조차도 서쪽 하늘 너머로 살며시 숨어들었다.

[04] 귀향 그리고 증오

●●● 귀향선이 군산항에 가까워져 오자 하야시 후타쿠, 아니 「복택」은 일어섰다.

귀향선에서는 거의 먹지도 않고 말없이 앉아있었으나 고국 땅이 시야에 들어오면서부터는 알 수 없는 오기 같은 것이 심장 속에서부터 끓어오르는 것 같았다.

석출은 어디서 구해 왔는지 막걸리 한 병을 투박한 그릇에 부은 뒤, 둘째 아들에게 먼저 마실 것을 권하고는 남은 막걸리를 목에 털어 넣고서 긴 한숨을 내쉬며 말했다.

"둘째야, 미안하다 내 욕심 차리느라고 못 할 짓을 한 것 같구나. 그러나, 인생은 새옹지마라고 했다. 더 좋은 일이 있을 수도 있고 하늘이 무너져도 솟아날 구멍이 있다고 한 것처럼 네 색시와 만날 날이 곧 올지도 모를 일이니 너무 낙담 말고 힘차게 살아보자"

1946년 새해 첫날, 2,000여 명의 귀향민을 실은 수송선은 그렇게 군산항에 입항했다. 하선 전 수송선 위에서 간단한 수속을 마치고 사람들은 미군의 지도하에 길게 줄을 서서 소독부터 받아야 했다. 미군은 소독장비를 동원하여 고향으로 돌아온 사람들 모두에게 소독약을 뿌려댔다. 어른, 아이 할 것 없이 사람들은 하얀 소독약으로 뒤집어쓰고 춤추는 듯 털어내기에도 바빴다.

귀항선에서 내린 사람들은 나가사키의 조선인 환국대기소처럼 미군이 만들어 놓은 철조망 구역으로 들어가야 했다. 일본 보다야 감시가 덜 했지만 허가 없이 밖으로 나갈 수가 없었다.

다만, 대기소 철조망 사이로는 잡다한 물건을 파는 사람, 물물 교환을 원하는 사람들로 시장만큼 번잡했다.

미군은 고국에 도착한 사람들에게 남녀노소를 불문하고 일 인당 1천 원씩의 정착금을 지급했다. 세 살 아이에게도 1,000원, 어른도 1,000원, 남녀노소를 불문하고 1인당 1,000원씩, 석출은 정착금 총 9,000원을 받아 들고 한숨부터 쉬었다. (*당시 미군정이 실시되고 있던 한국은 불과 1년도 안 되는 사이, 1945년 8월 15일 대비 1946년 3월 말 현재 물가지수가 5배 정도 폭등하여, 논 1평 (약30제곱미터)에 30원 정도 였으므로, 9,000원은 논 한마지기 <260평 =약 300제곱미터>를 겨우 살 수 있는 아주 적은 금액이었다.)

그래도 석출은 일본 돈 6만엔이 들어 있는 궤짝(상자)를 어루 만지며, 돌아온 고국에서 여유로운 생활을 할 수 있을 거라 막연히 기대하는 듯했다. 그러나 군산항에 도착하면서부터는 패망국이 된 일본 돈으로 바꿔온 것이 패착이 아닌가 하는 두려움으로 변했다. 다만, 일본에 있는 10여 년 동안 당시 고향에 정착해 있던 윗 형에게 전답을 사놓도록 얼마간 돈을 부쳐 놨다는 사실에 그나마 위안을 삼는 듯했다.

복택의 입장에서는 빈손으로 고향에 돌아온 꼴이 되어버렸으니 답답할 노릇이었다. 더구나 장모에게 맡겨놓은 사업자금이 3만 엔이나 되었다. 당시 3만 엔이면 일본에서도 남 부럽지 않은 생활을 할 수 있는 큰 돈이었다. 그러나 현실은 빈손으로 고국에 돌아온 꼴이 되어버렸다. 사랑하는 아내에게는 한 마디도 못하고 떠나왔다. 고국이라고 하지만 고향에는 기반도 없고 무엇을 해 먹고 살 것인지 계획도 없다. 어린 동생들의 학업은 누가 책임지겠는가를 생각하면 부아만 치밀어 올랐다.

이제 빈털터리가 되었다. 가슴속에서는 피눈물이 흐르는 것을 느끼면서 피를 토하는 심정으로 아버지를 노려봤다.

창고 같은 곳에서 나흘을 대기한 후, 군산역으로 이동한 사람들은 각자 고향으로 돌아가는 기차에 올랐다. 기차는 승객 전용 기차가 아닌 화물열차였다. 열차는 사람에 비하면 공간이 턱없이 모자라 화물열차 안에 타지 못한 사람들은 지붕 위에, 난간에, 발붙일 틈만 있으면 올라탔다. 석출의 가족도 일본 돈이 든 궤짝(*상자*)를 신줏단지 모시듯 하며 기차에 올랐다.

군산의 날씨는 바닷바람 탓인지 정말로 살을 에는 듯 추웠다. 군산역을 출발한 기차는 가다 서고 또 가다 서기를 수천 번도 더 했다. 날씨는 너무나 추워 아픈 사람이 속출했고 급기야는 동사로 죽어 나가기도 했다.

1월의 고국 산하는 앙상한 가지들만이 남아 벌거벗은 모습이었다. 군산을 떠난 화물열차는 이틀을 달려 이리역(*지금의 익산*)에 닿았고, 다시 이틀을 더 달린 끝에야 영산포역에서 가족들을 내려놓았다. 영산포의 공기는 군산보다 한결 부드러웠으나 마음속의 한기는 여전히 녹지 않았다. 가족들은 아버지가 안내한 작은 여관에서 잠시 몸을 풀었고 다시 화물차 적재함에 올라 고향 강진으로 향했다.

화물차는 아홉 시가 넘은 깊은 밤에 가족들은 고향 앞 도로에 내려줬다.

밤하늘은 먹물을 쏟아놓은 듯 까맣게 가라앉아 있었고 가족을 비추는 것은 오직 수천, 수만 개의 별빛뿐이었다. 그 별빛 아래 하얀 흙길이 아스라이 드러났고 가족들은 아버지를 따라 좁은 길을 걸었다. 복택은 저토록 빛나는 별들을 본 적이 없었다는 사실을 깨닫고 놀라움을 감추지 못하는 사이, 별이 비추는 길을 따라 걷다 보니 어렴풋이 높은 산의 윤곽이 보일락 말락 했다. 산 아래보다는 정상쪽이 별빛을 받아 더욱 빛나는 듯했다.

가족의 발아래 펼쳐진 길은 어둠에 깊이 잠겨 있다는 생각을 하는 사이, 그 어둠은 뒤쪽에서 비추는 달빛이 만들어낸 그림자 때문이라는 것을 깨닫는데는 오래지 않는 시간이 걸렸다. 달은 가족의 뒤편에서 조용히 떠오르며 길고 어두운 그림자를 만들어냈고 가족은 자신의 그림자를 밟아가며 길을 걸었다.

좁은 흙길은 막 얼어붙기 시작한 듯 발을 내디딜 때마다 사각사각 마찰음을 냈다. 낯선 소리였다. 발길이 미끄러웠다. 그 차가운 길 위를 걸을 때마다 냉기는 발가락을 타고 올라 다리를 지나 머릿속까지 스며드는 듯했다.

고개를 들어 바라본 하늘을 보니 떠오른 달을 까만 무엇인가가 가리고 앉아 마치 하늘에는 빛이 없는 공간처럼 느껴졌다. 땅과 하늘이 하나로 이어져 있는 듯 머리 위로 검은 장막이 펼쳐져 있었다. 그러다 막내를 형의 등에서 내려업을 때 가족은 문득 깨달았다. 그것은 단순한 어둠이 아니었다. 차가운 눈보라를 머금은 먹구름인지 어둠인지 모르는 그 무엇인가가 하늘과 하늘의 빛을 가리고 있었다. 그 검푸른 장막은 마치 땅에서 솟아올라 하늘을 덮어버린 듯했다. 그리고 그 너머 월출이 검은빛을 머금은 채 우뚝 서 있었다.

십수 년 만에 돌아온 가족을 맞이한 월출은 마치 길을 쉽게 내어주지 않겠다는 듯 하늘을 가로막고 서 있었다.

동백꽃의 향긋한 내음과 마당에 쌓인 눈꽃의 차가운 향기가 콧속을 스쳤다.

살며시 눈을 뜨자 찢어진 창호지를 비집고 들어온 햇살이 방 안에 가득히 퍼져 있었다. 머리끝까지 덮인 두툼한 솜이불의 포근함은 전에 느껴보지 못한 감동처럼 가슴을 저리게 했다. 이대로 깨어나고 싶지 않았다. 몸을 일으키는 순간 이 꿈 같은 시간이 산산이 부서질 것만 같았다.

온돌의 따스함을 처음 맞이한 형제들은 깊은 잠에 빠져 있었다. 어젯밤, 얼어붙을 듯 차가웠던 발가락을 조심스레 움직여 본다. 온기 속에서 발가락은 무사히 살아 있었다. 바깥에서는 거센 바람이 부는 듯 문풍지가 가늘게 떨렸다.

고향의 문을 열었다.

중백부댁 마당에는 족히 이틀은 지난 듯한 눈이 군데군데 녹아 있었다. 하얗게 깔린 눈 위로 움푹 구멍이 뚫려 있어 마치 시들어가는 꽃잎 같았다. 머잖아 또 눈이 내릴지, 찬바람이 거칠게 불어왔다.

별안간 눈앞에 월출이 떠올랐다.

마당 뒤편 하얀빛을 머금은 월출은 굳건히 서서 온 산하를 내려다보고 있었다. 병풍처럼 펼쳐진 산세 속에는 수십, 아니 수백 개의 봉우리들이 숨겨져 있다. 거대한 바위들은 마치 세월을 지켜온 장승처럼 말없이 서 있었다. 복택은 자신도 모르게 발걸음이 월출로 향했다. 눈 덮인 길을 조심스레 걷다 보니 산에서 흘러나오는 냇물이 앞을 막아섰다.

징검다리가 놓인 개울 위에는 두껍게 얼음이 얼어 있었고, 그 얼음 밑으로 새파란 물이 흐르고 있었다. 살짝 얄팍해 보이는 얼음 틈으로 솟구치는 냇물에 손을 담갔다. 차가운 물로 얼굴을 씻어내니 정신이 또렷해졌다. 산을 더 잘 보기 위해 언덕 위에 올라섰지만 월출의 양 끝은 보이지 않았다. 오히려 산에 다가갈수록 산은 거대해 지고 몸은 점점 작아지는 듯한 기분이 들었다. 거대한 바위 봉우리들은 굳건히 버티며 모든 것을 압도하고 있었다.

그렇게 고향의 첫 아침이 밝아왔다.

전날 늦게 도착한 중백부댁에서 가족들은 첫 식사를 맞이했다.

"서로들 인사하지."

아버지는 차례로 아들들을 소개했다.

"이쪽은 첫째, 일택이. 둘째, 복택이. 셋째, 삼택이……"

형제들은 서툰 인사말을 건넸다.

"일택입니다."

형은 더듬더듬 한국말로 본인을 소개를 했다.

"와타시와… 후타쿠……"

"이 녀석아, 복택이라고 해야지!"

아버지의 호령이 떨어졌다.

그 순간, 머릿속이 하얘졌다. 어제까지만 해도 '하야시 후타쿠'였는데, 이제부터는 '복택'이라 불려야 한다는 사실이 낯설었다. 더구나 자신이 한국말을 한마디도 할 줄 모른다는 현실이 불현듯 가슴을 짓 눌렀다.

동생들은 아예 말을 하지 못하고 눈만 껌뻑거렸다.

고향으로 돌아왔지만, 형제들은 한국인으로 변신했지만 말 한마디 제대로 하지 못한 채 꿀 먹은 벙어리가 되어 익숙지 않은 매운 반찬과 보리가 섞인 밥을 꾸역꾸역 삼켰다.

사랑채에서 석출 형제간에 격한 대화가 오갔다.

"형님, 그 많은 돈을 보냈는데 한 푼도 없다는 게 말이 됩니까?"

"그게 말이야, 뭔가 좀 해서 불려 보려고 했는데, 잘 안돼 부렀어."

"그래도 그렇지, 그렇게 큰돈을 다 날려버렸단 말이요?"

"참말로… 안돼 부렀어. 경험이 없어서 투자한 게 잘못돼 버렸다니께."

"그럼, 우리 가족은 어쩌란 말이오? 형님이 책임지셔야지."

"이 집에서 한없이 먹고 자고 할 수도 있으니, 알아서 하시오."

격한 언쟁은 끝이 나질 않았다. 형제들은 정확한 뜻을 알아듣진 못했지만, 아버지의 깊은 한숨 속에서 무언가 심각한 일이 벌어졌다는 것을 느낄 수 있었다.

그리고 일주일 후, 결국 가족은 중백부댁을 떠나 고모네 집에 방 두 칸을 빌려 임시 거처를 마련했다.

이사하는 날, 부모님은 거친 말다툼을 벌였다. 아버지와 어머니는 땅이 꺼질 듯한 한숨을 수백 번이나 내쉬었다. 그렇게 겨우 짐을 풀고 나니, 아버지는 복택을 불렀다.

"자, 이걸 받아라."

낫과 새끼줄이 손에 쥐어졌고, 그리고 지게가 어깨에 메어졌다.

"산에 가서 땔감을 해 와라."

땔감이라니?

나고야에서는 다다미방 한가운데 놓인 화로에 숯불을 피워 방을 덥혔다. 부엌에서는 연탄으로 음식을 만들었다. 하지만 이곳에서는 땔감을 직접 구해야만 했다. 나무를 구해 아궁이에 불을 지펴야만 방이 따뜻해지고 음식이 만들 수 있었다.

그제야 깨달았다. 이제부터는 모든 것이 달라진다는 것을.

나고야에서의 삶과는 완전히 다른, 고향에서의 새로운 현실이 눈앞에 펼쳐지고 있었다.

현실인가, 꿈인가?

생전 처음으로 낫을 쥐었다.

월출산 아래에서 소나무 잔가지를 잘라 땔감을 마련하다가 문득 산허리에 걸터앉아 세상을 내려다보았다. 숨이 턱 막혔다. 사랑하는 사람과 생이별해야 한다는 현실이 가슴을 짓눌렀다. 부모님의 한탄이 귓가에 맴돌았고 일본으로 돌아가야 한다는 생각만이 끊임없이 머리를 스쳤다.

"그래, 돌아가자. 기다려라, 후사코!"

돌아가야 한다는 결심을 가슴에 품고 지게를 졌다. 그것이 땔감인지 아니면 세상의 무게인지 알 수 없었지만, 무거운 짐을 지고 뒤뚱거리며 산길을 내려왔다.

발걸음을 내디딜 때마다 지겟다리가 땅에 닿아 휘청거리면서도 수 차례 중심을 잡으며 한 걸음, 한 걸음 내려왔다. 하지만 이제부터 짊어져야 할 것은 단순한 땔감이 아니었다. 연로한 부모와 어린 동생들의 생계를 책임져야 하는 무거운 현실이 기다리고 있었다.

겨우내 나무를 하러 산을 오르내리는 그에게 형은 눈길 한 번 주지 않았다. 오직 책만 바라볼 뿐이었다. 누구도 그의 고단함을 위로하지 않았고, 그의 사정을 헤아려 주지도 않았다. 다만, 월출산만이 묵묵히 그를 품어주었다. 날마다 그가 올라와 나무를 베어 갈 때에도 월출은 아무런 말 없이 온 몸을 내어주었.

돌아가겠다는 결심과 이유가 뚜렷해 졌지만, 하루하루를 살아내는 절박함 속에서 그 다짐은 점점 희미해졌다. 일본으로 돌아가겠다는 꿈은 사라지고 남겨진 것은 현실은 땅바닥에 붙어 떨어지지 않는 삶이었다.

월출은 그에게 먹을 것과 입을 것, 쉴 곳과 따뜻한 온기를 말없이 내어주었다. 마치 오랜 세월 그를 기다렸다는 듯이.

*

석출 형제는 4형제였다. 첫째는 선비였고, 둘째는 한량이였다. 막내인 석필은 셋째 석출이 일본으로 들어간 직 후, 부인과 함께 만주로 갔다. 전라도 끝에서 만주 가기란 쉬운 것은 아니었지만 고향에서는 숨 쉴틈도 보이지 않는다는 판단으로 목포에서 기차를 타고 여러 날을 허비하며 신의주를 통해 만주에 당도했다.

석필이 성장하며 공부를 하여야 할 시기에 부모가 세상을 뜨는 바람에 서당을 몇 개월만에 그만 둬야 했다. 그 덕분에 항상 자신이 배움이 짧다는 것을 한탄했지만 성실성은 어느 누구에게도 뒤지지 않았다. 아무 일이나 닥치는 대로 열심히 일했다. 그 덕분에 만주로 건너간 지 3년 만에 조그만 잡화가게를 가질 수 있었다. 중국사람과 한국사람을 상대로 열심히 장사를 하여 돈을 상당히 모았다. 항상 자신의 무식함을 한탄한 석필은 많은 돈을 들여가며 만주의 관리들과도 가깝게 지냈고 알게 모르게 한국사람들과도 교분을 쌓아 갔다.

한편으로는 아무도 모르게 한국 독립군들에게도 얼마간의 자금을 지원했던 석필은 일본과의 항일전쟁 만주국 수립 등, 중국이 변화하는 것을 지켜봤다. 세계대전 말엽 막강했던 중국은 국민당이 정부군으로 중국을 지배했지만 어느 때부터인가 정부군과 팔로군이라는 모택동군이 국공합작으로 연합하여 일본군과 싸우는 것을 봤다. 또한 서로 적대관계로 대립하면서도 각자의 사상적 이익을 버리면서 연합하기도 하고 중국 통일이라는 한 목표를 위하여 물불을 가리지 않는 행태를 취하는 것을 본 것이다.

중국의 내전에서 대부분의 국민들은 부패한 쪽에는 등을 돌렸다. 아주 작은 존재였던 팔로군은 한국 독립군과도 연합한 듯하더니 농민이나 가난한 사람들의 지원을 받고서 어느 순간부터는 정부군과 대등한 세력이 되어 갔다.

석필은 사상이 무엇인지 잘 몰랐고 관심도 없었지만 팔로군은 농민이나 주민들을 괴롭히지 않는 정책으로 신임을 얻더니 주민들 깊숙이 들어와 곧 정부군 보다 신뢰를 받는 집단으로 성장해 가는 것을 지켜봤다. 급기야는 전쟁이 끝날 무렵에는 공산당인 팔로군이 국민당 정부군을 압도하면서 오히려 중국을 대표하는 세력이 된 듯 했다. 장재쓰의 국민당 정부군은 힘을 잃어가고 있다고 느꼈다. 일본이 패망하며 물러간 후에는 정부군과 공산당의 중국내전이 발발하였지만 국민의 지지면에서, 인심을 얻는 면에서 그 넓은 중국대륙을 팔로군이 차지하는 것은 시간문제처럼 보였다.

석필은 사회주의가 무엇인지 공산당이 무엇인지 아리송했지만 사람들의 인심이 따르는 쪽이 옳은 것이라는 생각이 들었다.

전쟁이 끝난 후, 가게를 내 놓았던 석필은 전재산을 정리하여 금붙이 등 가격은 나가지만 부피가 작은 귀중품을 구입하여 고국에 돌아갈 준비를 하였다. 전쟁이 끝나기 직전부터 뒤숭숭했던 중국 땅이라서 아무래도 현금을 지니고 만주를 지나 한국으로 들어간다는 것은 위험하다 판단했기에 귀중품으로 바꿔 귀향을 준비했다.

석필 부부는 다음해 3월이 되서야, 만주를 출발했다. 마차를 타고, 트럭과 기차를 타고 때로는 걸어서, 고향으로 향했다. 한국으로 돌아가는 사람들은 수없이 많았고 탈 것 마다 초 만원을 이루고 있었다. 허름한 열차의 객차는 물론이고, 화물차의 지붕, 트럭, 마차 등 사람이 탈만 한 것에는 고향으로 가는 사람들로 발 디딜 틈도 없었다. 그들은 모두 남쪽으로 향하고 있었다.

열차를 타지 못한 사람들을 철길로 걸으며 만주를 떠났다. 열차는 지정된 역에서만 정차하는 것이 아니었다. 가다 지치면 쉬는 사람처럼 자주 멈추곤 했다. 승객들도 모두 지친 얼굴이었지만 고국으로 돌아간다는 생각 때문인지 표정은 밝아 보였다.

만주를 떠나올 때부터 거리에 붙어 있던 구호들은 한반도의 국경을 통과해서, 신의주, 평양을 거치는 동안에도 똑같은 내용의 프랭카드, 배너 등이 붙어 있었다.

'*사회주의 만세! 스탈린 동지 만세!, 쏘련 만세*' 등이었다.

중국에서의 공산화 과정을 본 많은 사람의 뇌리에는 공산주의 또는 사회주의는 농민과 국민을 위한 제도로 이해하고 있었으며, 이는 공산당이 거대한 중국을 천천히 그리고 어느 순간에 장악해 가는 현실과 소련군이 진주한 신의주, 평양 지역을 통과하여 고향에 도착하는 동안 보아온 여러 현상으로 인하여 한반도도 곧 공산당이 장악하게 될 것이라고 더욱 확신하고 있었다. 석필 또한 그렇게 생각하며 서울을 거쳐 고향에 도착했다.

공산당이 무엇인지, 사회주의가 무엇인지 모르겠지만, 하여튼 중국에서 본 사회주의는 힘으로 밀어붙이면서도 인심을 얻기 위해 무엇인가를 열심히 하는 듯 했고, 인민의 절대적인 지원을 받고 있다. 인민을 하늘처럼 받드는 쪽이 이길 것이라는 생각에는 변함없었다. 특히 가난한 사람의 편은 사회주의인 것 같았다

"형님! 아이고, 형님! 정말 오랜만입니다!"
"그래, 아우야! 15년? 16년만인가 싶네!"
"언제 돌아왔습니까?"
"음, 돌아온 지 쬐끔 되었지. 그동안 고생 많이 했지이?"
고향에 도착한 석필은 일본으로 떠났던 형 석출이 먼저 와 있는 것을 보고 반가움을 감추지 못했다. 네 형제가 다시 모여 지나온 세월을 이야기하며 밤을 새우는 줄도 몰랐다. 하지만 일본에서 돌아온 셋째 형의 얼굴은 밝지 않았다.
"근데, 형님… 뭔 걱정 있다요?"
"걱정은 무슨…"
"형님 얼굴에 근심이 가득한디~. 무슨 일인지 말해야 같이 걱정하든지, 말든지 하지라이?"

석출은 깊은 한숨을 내쉬었다. 그는 일본에서 재산을 정리해 가져온 돈이 일본 돈으로 환전되지 않아 한 푼도 남지 않았음을 토로했다. 더군다나, 일본에 있는 동안 둘째 형에게 부탁해 전답을 사두라 했던 돈마저 허투루 탕진되었음을 알게 되었다.

"형님, 걱정 마쇼. 내가 형님 집은 마련해 드릴 께라이."

석필은 형이 살 집을 마련해 주었고, 생활에 필요한 세간살이도 챙겨주었다.

그는 형 석출이 여섯 명의 자식을 둔 것을 부러워했고, 혼자서 모든 것을 감당해 온 세월 속에서 가정이 주는 따뜻함과 안락함을 늘 그리워했다.

그것은 반백의 귀향민, 아니 이땅의 백성이라면 누구나 그러했을 지극히 평범한 소망이었다.

[05]

월출 그리고 강진

●●● 봄이 왔다. 동백꽃 향기가 마을을 감싸안았고 월출에서 불어오는 바람은 따뜻한 기운을 실어 날랐다. 온 세상이 봄빛으로 물들었건만 단 한 사람 - 복택은 꽃향기를 맡을 새도 없이 생전 처음 해보는 농사일에 허덕이고 있었다. 꿈도 희망도 사치처럼 느껴졌다. 고향에서 처음 맞이한 봄은 낯설고 막막하기만 했다. 무엇을 어떻게 해야 하는지조차 알 수 없었다.

아버지가 마을 유지에게 빌린 소작논과 밭을 일궈야 하는 그는 그저 남들이 하는 대로 따라 해볼 뿐이었다.

이웃들이 논을 갈면 논을 갈고 밭을 갈면 밭을 갈았다. 그러나 진짜 농부들이 하는 만큼의 결실은 커녕 몸만 고단해질 뿐이었다. 다행히 품앗이라는 제도가 있어 몇 번 도움을 주고받았으나 초보 농부와 일해본 이웃들은 다시는 품앗이 하려 들지 않았다. 할 수 없이 하루의 노동을 받고 이틀을 갚아야 했지만 그것도 얼마 가지 않았다. 누구도 세상에서 가장 미숙한 농부와 손을 맞잡고 싶어 하지 않았다. 불과 몇 달 사이 그는 인생에서 가장 많은 노동을 했고 가장 혹독한 시간을 견뎌야 했다.

가장 힘든 일은 밭과 논에 거름을 나르는 일이었다. 썩은 벼와 보리 짚, 측간에서 삭힌 오줌과 똥을 섞어 만든 거름을 지게에 지고 나르는 일은 그야말로 등골이 휘는 노동이었다. 때로는 썩힌 거름조차 없을 때 그저 날것 그대로의 오물을 작물에 부어야 했다. 지독한 냄새와 끈적한 촉감이 온몸을 휘감았다. 밤마다 그는 일본으로 돌아가야겠다는 생각을 품고 잠들었지만 아침이 되면 또다시 들로 나가야 했다. 그는 마치 자신이 측간의 똥통 속 거름이 되어 썩어 가고 있는 기분이었다.

봄볕이 내리쬐는 아침 땔감을 구하러 산에 오르려던 순간 문득 지친 자신을 돌아보았다. 그리고 처음으로 다른 길을 택했다. 마을 뒷산이 아닌 아랫마을로 이어지는 길. 그동안 그는 오로지 산을 오르기만 했었다. 그러나 오늘은 달랐다. 고개를 돌려보니 월출의 산맥이 아래쪽으로도 뻗어 있었고 그곳에도 숲이 무성했다.

'왜 이제야 알았을까? 왜 그동안 옆 마을, 아랫마을에 관심조차 두지 않았을까?'

아랫마을 산으로 발걸음을 옮긴 그는 금세 땔감을 한 짐 마련했다. 돌아가려던 찰나, 멀리서 동자승 하나가 조용히 걸어가는 모습이 눈에 들어왔다.

'절이 있었던가?' 그동안 그는 농사일에 치여 주변을 돌아볼 여유조차 없었다. 옆 마을 사람들과 교류도 없었고 산에 무엇이 있는지조차 관심을 두지 않았다.

그런데 이상하게도 오늘은 그 동자승을 따라가고 싶어졌다.

땔감 지게를 내려놓고 조용히 걸음을 옮겼다. 동자승이 사라진 곳으로 발길을 향하니 나무들 사이로 웅장한 기운이 스며 나왔다. 그리고 마침내 눈앞에 나타난 것은 결코 작지 않은 절이 나왔다.

무위사!

절 안으로 들어서니 오래된 기와가 얹어진 세 칸짜리 절이 나타났다. 그는 극락전 앞에 오롯하게 섰다. 오른발을 내놓고 앉은 부처님은 엄지와 중지를 맞댄 손 모양을 하고서 미소를 머금고 자신을 반기는 것 같다. 부처님 오른편과 왼편에 또 다른 부처인지, 보살상이 앉아 있다. 오른편 부처는 두건을, 왼쪽 부처는 꽃장식을 덧붙인 육중한 보관을 쓰고 있다. 세 부처의 미소에 이끌려 그의 마음이 한결 가벼워지는 순간, 문득 뒤편에서 나지막이 기침 소리가 들려왔다.

'나무 관세음보살'

약간 늙은 스님은 낯선 불청객에게 합장했다. 그도 어색하게 두 손을 모으고 엉거주춤한 자세로 화답하자 스님은 미소를 지으며 부드럽게 말했다.

"어서 오십시오."

조그만 절이고 농사철이라서 찾아오는 사람도 별로 없는 듯 스님의 얼굴에는 반가움이 어려있었다.

"어디서 오셨습니까?"

"저기, 윗마을에서…"

서툰 한국말로 대답하자 스님은 잘 오셨다며 한국말과 일본말을 섞어 설명을 이어갔다.

"이 절은 신라 진평왕 때, 원효대사께서 창건하셨습니다. 그 후에는 도선국사께서 중창하셨고, 고려 때는 선각국사께서 삼창하셨죠. 지금 보고 계신 곳은 아미타 삼존불상으로 가운데는 부처님, 양쪽에는 관음보살과 지장보살이, 모두 목조로 봉안되었습니다."

"아, 네, 저는 불교에 문외한이라서…"

그가 잘 알아듣지 못해도 스님은 정성스럽게 무위사를 소개했다.

"하하하, 일본에서 오래 사셨던 모양이군요."

"네, 그곳에서 오래 지내다 보니…죄송합니다. 한국말이 서툴러서."

"뭐, 상관있습니까? 다 시대가 그리 만든 탓이지요."

스님은 빙긋 웃으며 손짓했다.

"이쪽으로 오십시오. 귀한 손님이 오셨으니, 귀한 것을 보여드리겠습니다."

스님은 또 다른 칸으로 안내하며 안으로 들어갔다.

스님이 보여 준 것은 천 년도 넘었을 것 같은 벽화와 천 같은 곳에 새겨진 그림이었다. 그것이 무엇을 의미하는지 몰랐지만 영롱한 심연의 빛을 머금어 퇴색되지 않는 물건들의 아름다움에 감탄사가 절로 나왔다. 스님은 차분히 여러 가지를 설명했으나 내 머릿속에 남은 것은 오직 '천 년의 시간을 견뎌 온 포근하고도 깊은 빛깔들'뿐이었다.

밖을 보니 어느새 해가 저물어 있었다. 돌아가야겠다고 마음먹고 자리에서 일어섰다.

"또 오십시오. 어느 것에도 얽매이지 마십시오. 내 것을 버리는 것이 해탈입니다."

스님의 마지막 말이 귀에 맴돌았다.

"저는 스님의 말씀이 잘 이해되지 않습니다."

스님은 내 얼굴을 가만히 바라보다가 조용히 입을 열었다.

"지금 처사의 얼굴에는 증오가 가득합니다. 증오는 악을 싹 틔우는 근원입니다. 증오를 없애려면 내 것을 버려야 하고, 내 것을 버리려면 그 무엇에도 얽매이지 말아야 합니다. 그래야 비로소 증오는 사라지는데, 그것이 곧 해탈입니다."

스님의 말은 논리적이었다. 하지만 내게 중요한 것은 해탈이 아니라, 기회가 온다면 다시 일본으로 돌아가는 것이었다.

'만약, 일본으로 돌아갈 수 있다면 증오는 자연히 사라질 것이다.'

그렇게 되뇌며 무위사를 내려왔다.

한없는 증오를 간직한 채 봄을 보냈다. 논에 뿌려놓은 볍씨들이 푸릇푸릇 나올 즈음 오랜만에 여유가 생겨 하늘을 바라봤다. 그리고 거기에 월출이 있음을 새삼 느끼며 월출의 정상에 가 보고 싶었다. 지난 겨울, 땔감을 마련하려고 징그럽게도 월출산에 오르내렸지만 중턱과 밑에서만 뱅뱅 돌았던 탓에 산 정상에도 서 보고 싶은 마음이 들었다. 그는 산을 어루만지듯 천천히 산 위쪽으로 걸음을 옮겼다.

그 순간, 그는 깨달았다. 그동안 봄이 오고 있었건만 그는 봄을 보지 못했다. 그러나 오늘 비로소 처음으로 봄이 보였다.

남쪽 기슭을 오르자 완만한 경사의 계곡이 모습을 드러냈다. 맑은 물이 가득 차 넘쳐흘렀고 크고 작은 바위들이 절경을 이루었다. 움푹 팬 곳마다 비취빛 물결이 머물러 있었다. 그는 옷을 벗었다. 아직 차가운 계곡물이 몸을 감싸도 깊은 곳은 기묘할 정도로 따스한 느낌이 들었다. 하얀 물고기들이 마치 반가운 벗을 맞이하듯 다가와 내 벌거벗은 몸을 간질였다. 그는 웃으며 그들에게 몸을 내주었다. 하지만 곧 한기가 엄습했고 온몸이 얼어붙어 움직일 수 없었다. 서둘러 물에서 나와 겉옷으로 몸을 닦으며 물고기들에게 작별을 고했다.

계곡의 끝은 보이지 않았다. 그는 그 끝을 향해 걸었다. 5리쯤 걸었을까, 10리는 되었을까. 금능경포대의 계곡은 끝없이 펼쳐져 있었다. 바위 사이를 흐르는 물은 수정보다 더 맑았다. 그는 손에 물을 담아 한 모금 삼켰다. 가슴속 응어리가 단숨에 뚫리는 듯했다.

계곡을 뒤로하고 다시 산을 올랐다. 멀리서 보았을 때는 바위산처럼 보였던 월출은 가까이에서 마주하니 부드러운 육산(肉山)이었다. 몇 개의 계곡을 넘고 몇 번이고 쉬어가며 바위를 잡고 뛰어오르기를 반복했다. 발길이 닿는 곳마다 이름 없는 폭포들이 흩뿌리는 물안개가 그를 감쌌다. 한참을 그 절경에 취해 서 있다가, 바람재를 지나 가장 높이 솟은 봉우리를 향해 나아갔다.

마침내 정상에 닿았다.

천황봉!
천황봉은 낮은 봉우리들이 줄을 지어 엎드린 듯 서 있었다. 갑자기 거센 바람이 불어왔다. 몸이 휘청였지만, 두 발을 단단히 딛고 고개를 들었다.
'야—!'
심호흡과 함께 외쳐보았다.
남쪽에서 올랐기에 완만한 경사 덕에 그리 어렵지 않게 정상에 닿았다. 그러나 북쪽을 내려다보니 이야기가 달랐다. 험난한 성벽처럼 높고 깊은 절벽이 사람의 접근을 허락하지 않는 듯 보였다.
천황봉 아래 또 하나의 하늘이 있었다. 바다였다. 바다 끝에 작은 섬들이 떠 있지 않았다면 그는 그것을 또 다른 하늘이라 착각했을 것이다. 강진만을 흐르는 바다는 끝없이 펼쳐졌고, 푸른 물결 사이로 작은 섬들이 점점이 떠 있었다. 어렴풋이 한라산 봉우리가 보이는 듯했다.
저 너머로 가야 하는데.
저 바다를 건너야 하는데. 산 반대편 가파른 봉우리 아래로는 영암과 강진의 평야가 넓게 펼쳐졌다. 월출의 동쪽에는 소백의 줄기가 희미하게 다가왔다. 천황봉에는 강진에서 불어오는 바닷바람과 영암에서 불어오는 들녘의 바람이 만나고 있었다. 시간이 얼마나 흘렀을까. 문득, 천황봉의 양옆으로 또 다른 천황봉들이 모습을 드러내고 있었다.

누가 옮겨 놓았을까. 누가 깎아 놓았을까.
잠시 사이에, 그가 선 봉우리와 똑같은 모습의 바위 봉우리들이 사방에서 다가와 있었다. 천황봉을 중심으로 장군봉과 사자봉이 연봉을 이루고 있었고 그 뒤로 구정봉이 우뚝 솟아 있었다. 향로봉을 비롯해 수많은 봉우리들이 능선을 따라 줄지어 섰다. 능선마다 아슬아슬하게 서 있는 바위들. 그 바위가 그 바위 같지만 가까이서 보면 하나하나 다른 표정을 하고 있었다.

국사봉 끝에서 시작된 강줄기는 영암과 강진을 지나 장흥으로 흘러갔다. 그리고 마침내 탐진과 금강으로 이름을 바꾸어 강진만으로 스며들었다.

천하에 하나뿐일 것 같은 이 산은 지금껏 보아 온 그 어떤 산과도 비교할 수 없었다. 언젠가 보았던 후지산도 월출 앞에서는 한 줌의 초라한 흙에 불과했고 알프스조차 이곳에 견줄 수 없을 듯했다.

시장기가 느껴졌다.

그는 구름을 친구 삼아 천황봉을 내려와 구정봉을 거쳐 걸었다. 그러나 어느 순간 길을 잃었다. 아무것도 보이지 않았다. 똑같은 하늘만 끊임없이 이어졌다.

길을 잃고 헤매던 중 거대한 바위가 길목을 막고 있었다. 그 바위는 알 수 없는 덩굴과 잎사귀로 덮여 있어도 그 크기가 작아 곳곳에서 바위의 속살이 드러나 있었다. 그 속살에서 이상한 기운이 감도는 듯했지만 배 속의 시장기에 이끌려 발걸음을 내디뎠다.

몇 걸음을 옮겼을까? 방금 지나친 바위에서 느꼈던 이상한 기운을 떨칠 수가 없어 뒤를 돌아보았다. 그리고 다시 그 큰 바위로 향해 올라섰다.

순간, 바위는 현란한 광채를 내뿜더니 이내 사라졌다. 다시 그 큰 바위로 올라가 광채가 났던 곳의 덩굴을 뜯어냈다. 수백 년을 살아온 듯한 이름 모를 덩굴을 정신없이 뜯어내다 외마디 소리를 지르며 뒤로 굴렀다. 두세 바퀴를 구르면서도 바위에서 눈을 뗄 수 없었다.

바위는 아래에서부터 연꽃과 같은 이름 모를 꽃 조각이 나오고, 위쪽으로 호랑이 비슷한 동물이 새겨진 옷을 입은 누군가가 앉아있는 모양새였다. 나머지 덩굴도 모두 뜯었다.

사람 키의 다섯 배, 아니 열 배쯤 되는 바위에는 얼굴이 무척 큰 부처가 앉아 세상을 내려다보고 있었다. 그 아래쪽에는 무위사로 안내했던 동자승인 듯, 동자승이 서 있었다. 동자승은 부처를 향해 합장하고 있었다. 뜯어내어 쌓인 덩굴 속에는 돌 받침 같은 것도 있는 듯했다. 수천 년 동안 사람들에게 얼굴을 숨기고 있던 부처는 마침내 미소를 보냈다.

부처는 증오와 원망으로 가득 찬 그에게 무심을 가르치고 있었다. 부처의 미소는 사람들에게 용서와 사랑과 희망을 말하고 있었다.

'어느 것에도 얽매이지 않고 내 것을 버리는 것이 해탈입니다.' 무위사의 스님이 했던 말의 의미를 이제야 알 것 같았다. 큰 부처 얼굴이 새겨진 바위를 올려다보며 합장하고는 증오를 묻었다.

어느새 해는 서쪽으로 넘어가고 달이 떴다. 아니, 달은 월출의 남쪽으로부터 솟아올랐다. 월출의 봉우리에 걸쳐진 달은 땅과 바다와 산과 사람들을 비추고 가슴에도 비쳐왔다. 월출에서 떨어지는 조그만 이름 없는 폭포를 비추는 달빛은 창조주가 만든 최상의 작품이었다.

하루를 꼬박 월출에서 보내고 마을로 서둘러 내려갔다. 월출은 하늘로부터 비치는 달빛 때문에 대낮보다 더 환한 길을 내어주고 있었다. 복택은 월출의 정상을 봤던 그날 이후 수삼일 심한 몸살을 앓아누웠다. 그리고는 그날 증오를 월출의 큰 바위 부처님 가슴에 묻고 평상으로 돌아왔다.

십 년이 세 번쯤 지난 후, 사람들은 월출의 큰 얼굴의 부처를 발견했고 돌에 새겨진 부처를 마애여래좌상이라고 이름 붙였다.

해방과 동시에 미군과 소련군은 남과 북에 각각 진주하면서 좌익과 우익의 대결이 시작되었다. 남한에는 미국에 의한 군정이 실시되고 있었다. 세상일에 정확한 진상을 알기 힘들었고 알고 싶지도 않았으며 관심도 없었다.

그날은 고향으로 귀국한 다음 해 처음으로 맞이한 1946년의 한식날이었다. 일택과 복택 두 형제는 나주(회진) 종갓집에서 시제를 지낸 후 집으로 돌아가고 있었다. 집안 어르신들은 친척이 마련한 차를 타고 먼저 떠났으나 자리가 부족하였던 탓에 제일 젊었던 두 형제는 나주에서 영산포를 거쳐 고향까지 걸어갈 참이었다.

"형, 너무 멀지 않아?. 영산포에서 기다렸다가 차 타고 가자"

"차가 언제 올 줄 알아?. 잘 못하다가는 차도 못 타고 밤길을 걷게 될지도 모르니까 그냥 가자, 가다가 차가 오면 세워달라고 하면 되지."

형의 말이 맞다고 생각한 동생은 비포장 길을 걸으며 열심히 뒤를 돌아다봤다. 영산포를 지나 영암 신북면을 앞에 두었을 무렵 뒤쪽에서 먼지를 날리며 차량 한 대가 강진 쪽으로 오고 있는 것이 보였다.

동생은 손을 들어 열심히 흔들어 댔다. 그러나 차량이 미군 지프차로 확인되는 순간 손을 얼른 내렸다. 미국말을 한 마디도 못해서 미군차는 그림의 떡이겠거니 하고 생각하는데 미군 지프차는 두 사람 앞에 오더니 일단 정차를 했다.

미군 소령인 듯 멋있는 계급장을 붙인 장교가 차량 위에 앉아 형제를 향하여 뭐라고 말을 걸었다. 동생은 꿀 먹은 벙어리가 되어 눈만 멀겋게 뜨고 쳐다볼 수밖에 없었다. 그때, 형이 나서서 미군 장교와 몇 마디 이야기를 나누더니 "땡큐"하면서, 차에 타고는 빨리 타라고 재촉한다.

형제는 차에 올라탔다. 동생은 형과 미군 장교가 영어로 쉴 사이 없이 떠들며 웃는 모습을 멍하니 지켜보고 앉아 있을 수 밖에 없었다. '나가사키 조선인 환국대기소에서 내 얘기를 미군에게 해서 수용소를 나가게 해 달라고 형에게 부탁했건만 그때는 입을 다물고 있던 형이 영어를 이렇게나 잘했다고? 동생은 어안이 벙벙한 채 지난날 나가사키 항의 한 많은 「조선인 환국대기소」에서의 일을 떠올렸다.

미군 지프차는 고향 마을 앞에 도착하여 골목길을 올라가 집에까지 데려다 주더니 미군 장교가 집을 확인하였다. 그는 종이에 뭔가를 적어 형에게 주고는 몇 번이고 '플리즈'를 연발했다.

"땡큐 미스터 림! 씨유레이터. 앤 .프리스 마이 서제션."

형과 한참 이야기를 나누던 미군 장교는 악수를 청한 후 강진읍 쪽으로 떠났다.

"형, 뭐라고 그래?"

동생은 갑자기 위대해 보이는 형에게 호들갑 떨며 물었다.

"응, 강진에 진주한 미군정 대장이구먼, 강진군청에 와서 통역관으로 들어오라는데!"

무표정한 얼굴로 일택이 대답했다. 당시 강진에는 해방되던 해 11월부터 미군이 주둔하여 군정을 실시하고 있었다.

"뭐, 강진군청 통역관, 그거 끝내 주는데! 형, 그래서 뭐라고 했어?"

"싫다고 했어야."

"뭐, 싫다고??. 왜? 미국 놈들 통역관 하면 돈도 많이 줄 텐데."

"그거야 그렇겠지."

"그런데 왜 싫다고 했어?. 최고 좋은 일 같은데"

"싫어, 미국 놈들 뒤나 닦는 일은 하기 싫어."

동생은 이해할 수가 없었다. 미군정 통역관은 당시 한국 사람이면 누구나 선망하는 직업이고 월급도 많을 것이다. 더구나 미군 부대에서 나오는 각종 물건을 푸짐하게 받아 올 수 있을 것이다. 지금 집안 사정이 말이 아닌데 얼마나 좋은 기회인가! 그러나 형은 싫다고 했다. 무엇 때문일까?.

동생은 내내 아쉬워서 '원님도 저가 싫으면 그만이지 뭐.' 생각하면서도 형을 이해할 수 없는 눈으로 바라봤다.

일택이 관심갖는 것은 오직 책뿐이었다. 미군 지프차를 타고 집에 왔던 얼마 후, 10월 성전면 소재지에 강진 공립초급중학교(*성전중학교)가 개교하여 교사를 구한다는 소문이 들려왔고 신설 학교 관계자가 만나자는 연락이 왔다. 그는 성전중학교 교장 겸 설립자와 면담 끝에 수학 교사로 채용되어 학교 옆에 하숙을 정하고 학생들을 가르치기 시작했다.

학생들을 인솔하여 소풍을 가고, 강진 뿐 만 아니라 해남, 완도, 영암 등지로 견학을 떠나며 여행을 계획하고 실행하는 일은 그에게 무척이나 재미있고 보람찬 일이었다. 그중에서도 정약용 선생이 머물렀다는 그 작은 초당의 지붕을 볏짚으로 엮는 행사에 참여했던 일은 마치 그 시대의 숨결을 느끼는 것처럼 감동적이었다.

초당에서 바라보는 강진만의 바다 그곳에서 학생들과 함께 낙지와 조개, 바지락을 잡거나 부근의 백련사에서 피어난 연꽃을 보며 마음을 닦는 일은 일택에게 진정한 평화를 선사했다.

봄과 가을, 소풍을 떠날 때면 그는 수암산이나 월출산을 오르기도 했고 백련사의 연꽃을 보며 마음을 정화했다. 금곡사와 까치내 고갯길에 피어있는 벚꽃을 구경하며 세상에서 가장 아름다운 경치를 마주하는 순간 그는 강진의 뛰어난 풍광을 자랑하고 싶은 마음에 가슴이 벅차올랐다. 또한 수확 철에는 학생들과 함께 병영면, 성전면, 작천면을 따라 흐르는 탐진강의 물길을 따라 펼쳐진 황금빛 들녘에서 농부가 되어 수확의 기쁨을 나누고 봉사하는 일도 그에게 큰 의미가 있었다.

겨울방학에는 마량 바다와 가우도의 황가오리 낚시를 즐기며 신혼의 달콤한 시간보다 더 꿈같은 일상을 보냈다.

그는 때때로 고향마을에 돌아가서 휴식을 취하고 월출 기슭에 올라 책을 읽기도 하며 지내곤 했다. 또한 고향마을에 가면 숙부 석필이 만주에서의 무용담과 '격변의 시대'를 이야기하며 그를 반겼다. 숙부는 중국에서 독립군을 돕고 공산당의 대장정과 그들이 대륙을 장악해 가는 과정 그리고 국민의 마음을 얻어가는 이야기를 들려주었다.

"이봐, 조카. 내가 만주에 있을 때, 우리 '임씨(林氏)정부'에 독립 자금도 대고, 그랬당께! 진짜랑께!"

"임씨 정부요? 숙부님, 그게 뭐죠?"

"어따 조카, 너 최고 학부 나온 사람인데 그런 것도 몰라? 백범 선생이 상해에서 만든 임씨 정부란 말이여, 근데 백범 선생은 '백' 씨인데 왜, 정부는 임씨 정부를 만들었을까, 그 임씨 정부에는 높은 사람들이 모두 임씨 성을 가졌던 거야?."

"아, 상해 임시 정부요? 아, 그건 임씨 정부가 아니라 임시(臨時) 정부여라. 나라의 주권을 되찾기 위해 임시로 세운 정부…."

"아! 그러니까, 임씨 정부! 이봐 조카. 배운 사람들이 해야 할 일이 있지만 많이 배운다고 다 좋은 건 아니지. 만주에서 보니까, 유식한 국민당 놈들은 사람들 피를 빨아먹고 못 배운 팔로군은 사람들을 위해 열심히 뛰더라니까."

석필이 기세등등하게 덧 붙였다.

"두고 봐, 중국은 모택동이 통일할 거야. 장제쓰 군대는 이미 사람들의 마음을 잃었단 말이여. 참말이여!"

그의 예언처럼, 중국은 모택동의 손에 의해 사실상 통일된 것 같았다. 그러나 한반도에서는 정치적 혼란이 더욱 깊어졌고 평화는 쉽게 다가오지 않았다. 오히려 좌우간의 대립은 더 깊어져, 그 결과 여순반란사태가 뉴스에 오르기 시작했다. 그리고 얼마 지나지 않아, 고향 마을의 산속에서는 좌익으로 추정

되는 이들이 내려오기 시작했고, 마을 사람들과 경찰들이 희생되었다는 소문이 퍼지기 시작했다.

남북으로 갈라진 한반도는 남한에서만 제1대 제헌 국회의원 선거가 시작되었다. 당시 교사들을 비롯한 지식인들 대부분은 남한만의 단독선거 반대 선언문에 이름을 올리고 소극적 투쟁을 하고 있을 때였다. 남한만의 단독선거를 반대하는 교사 명단에 일택의 이름도 있었다. 지식인으로 할 수 있는 최소한의 의사표시였다.

임기 2년인 제헌 국회의원을 뽑는 선거운동이 시작된 얼마 후 국회의원 후보인 김용석으로부터 선거를 도와 달라는 연락을 받았다. 김 후보는 메이지대학을 동문이었다. 당시 강진군에는 '영랑' 김윤식 등 4명의 국회의원 후보가 출마하고 있었다.

1948년 강진군 선거 인수는 10만 3천여 명 정도로, 2025년 현재의 인구 5만여 명에 비하여 어마어마하게 큰 선거구였다. 그는 그동안 공부로 배웠던 이론을 현실에서 써먹을 기회가 왔다고 생각하고 사심없이 정말 열심히 선거를 도왔다. 김 후보의 선거를 도와준 것이 평생의 한이 될 것이라고는 생각지 못한 채 최선을 다하였지만 김 후보는 결국 낙선했다.

국회의원 선거가 끝나고, 대한민국이 수립되었을 때, 얼마간 평화가 찾아온 듯도 하였지만 교사들 대부분은 남한만의 단독선거에 반대 투쟁을 했다는 이유로 경찰의 감시 대상이 되어 있었다. 일택은 남한 단독선거 반대 투쟁 서명 교사에 더하여 좌익 후보를 도왔다는 '좌익교사'로 찍힌 덕분에 경찰의 상시 감시를 받는 신세가 된 것이다.

그로부터 얼마 지나지 않아 이번에는 국가보안법이 공포되고 과거나 현재의 소속 단체를 신고하라는 지침이 내려오면서 개인의 사상을 반강제적으로 밝혀야 하는, 이른바 보도연맹 사건이 시작되어 비극을 절정으로 치닫게 하였다.

어느 날은 좌익으로 낙인찍힌 교사들은 경찰의 호출을 받고 보안 각서에 서명하고 풀려나기도 했다. 그 과정에서 협박과 구타를 당하기도 했지만 어디 하소연 할 곳도 없었다. 구타한 경찰 중에는 고향마을 선배인 강문도 있었으나 서로를 모른 척할 수밖에 없었다.

1948년 8월 우여곡절 끝에 정부가 수립되었지만, 좌우 세력 간 힘겨루기로 여러 군데에서 시끄러운 뉴스들이 계속 들어왔다. 월출산 북쪽인 영암에서는 산으로 숨어든 빨치산 세력을 제압하기 위하여 국군이 배치되었다는 소식이 들려왔으며 영암 도갑사 주지스님과 주민 다수가 피살됐다는 소문이 연속적으로 돌아, 인심은 점점 흉흉해졌다.

급기야는 고향마을에도 낮과 밤의 치안 주인이 바뀌는 일이 빈번해지기 시작하였다.

남한만의 단독정부가 수립되어 이승만 대통령이 취임한 한 달 뒤 9월, 북한에는 김일성을 수상으로 하는 조선인민민주주의 공화국이 수립되었고, 3.8선을 중심으로 남북왕래가 금지되면서 한반도는 민족과 땅이 본격적으로 갈라졌다.

그즈음 고향마을에서는 밤이면 산 사람이 내려왔고 낮에는 경찰이 부역자를 색출하는 일이 빈번하게 일어났다.

중간쯤에 서 있던 사람들은 어느틈엔가 자신들이 서 있는 자리를 강요받고 있음을 깨닫지 못하고 흘러가고 있었다.

[06]
마지막 인사

●●● 벌써 세 번째 수확이었다. 세월은 흐르고 이제 대한민국이라는 국호로 불린 지도 두 달이 지났다. 짧은 시간 많은 것이 변했다. 그러나 복택에게 가장 큰 변화는 일본을 잊었다는 것이었다. 아니, 사랑하는 여자를 잊었다는 것이었다.

그녀를 사랑했었다는 사실조차 과거형이 되어야만 하는 현실이 안타까웠다. 삼 년이라는 세월 동안 너무나 많은 일이 일어났고 그는 아무것도 할 수 없었다. 결국 잊어야만 했다. 아니, 잊지 않으면 살아갈 수 없었다.

삶은 그를 감상에 젖어 있을 여유조차 주지 않았다. 당장 해결해야 할 문제는 먹고사는 일이었다.

일본에서 가져온 엔화를 한국 돈으로 바꾸려 노력하였지만 패망한 나라의 돈을 바꿔주는 사람은 없었고 그나마 한국 돈으로 바꿔 오겠다고 가져간 친척도 감감무소식이 되어 버려 그나마 일본 돈도 없어져 버렸다.

먹고사는 문제는 금방 해결되는 것이 아니었다. 매일 가난을 벗어나려 발버둥 쳐야 했다. 그즈음에는 가난도 가난이지만 낮과 밤이 바뀔 때마다 치안의 주인이 바뀌는 불안스러운 마을은 도저히 있고 싶지 않은 곳이었다.

낮에는 경찰들이 마을에 와서 지난밤에 누가 산 사람들에게 밥을 해 줬는지, 무엇을 협조했는지 추궁했고, 밤이 되면 산에 숨었던 사람들이 밥을 해 달라고 협박하는 아슬아슬한 생활이 계속되었다. 그나마 다행스러운 것은 한국말이 어눌한 그에게 완장을 찬 사람들은 부드럽게 대해주곤 했다. 정부가 수립되면서 완장을 찬 사람들의 기승은 한풀 꺾이기는 하였지만 큰 산 아랫마을은 불안의 연속이었다.

그해 10월 중순이었다. 아침부터 경찰 기동타격대가 마을에 들이닥치더니 동네 사람들을 도로에 집결시켰다. 경찰들은 남자와 여자를 구분시키고는 남자들을 트럭에 태워 강진경찰서로 연행해 갔다. 복택은 마을 사람 몇 명과 경찰서 유치장에 수감된 지 하루 만에 취조실로 불려 나가 일대일로 형사와 마주 앉았다.

곧이어, 공산당에 협조한 사실을 털어놓으라는 형사의 취조가 시작되었고 형사와는 말이 통하지 않아 애를 먹고 있었다. 형사는 일본말을 조금 하는 사람으로 교체되었고 필답을 주고받으며 취조를 받아야 했다. 형사는 윽박지르기도 하고 때로는 부드럽게 달래며 공산당에게 협조한 사실을 털어놓으라고 하면서 거짓말하면 재미없다고 협박까지 해댔다.

'한국말도 못 하는 놈한테 공산당이 무엇 때문에 나 같은 놈한테 정력을 낭비한답니까? 공산당에 협조한 사실도 없고, 공산당이 뭐 하는지도 모르지만, 나쁜지는 안다.'

맹세코 공산당에 협조한 사실이 없고 앞으로도 협조하지 않겠다는 요지의 말을 한문으로 적자 형사는 고개를 끄덕이며 취조를 마쳤다. 이틀 만에 경찰서를 나오는데 형사는 미안해하며 순천과 여수에서 공산당이 반란을 일으켜 본의 아니게 고생시켰다고 하면서, 앞으로도 공산당에게는 협조하지 말고 신고하라고 했다. '어떻게 하면 이 구렁텅이에서 빠져나갈 수 있을까?'

경찰서를 나오며 한탄 섞인 한숨을 쉬는데 경찰서 게시판에 「국방경비대 징병 모집 안내」 포스터가 붙어 있었다. 다행히 제목이 한문으로 되어 읽을 수 있었던 국방경비대 모집 안내문을 형사에게서 펜과 종이를 빌려 베껴 썼다. 그리고는 같이 풀려난 마을 청년에게 광주로 간다고 어머니에게 전해달라고 부탁하고는 곧바로 광주로 향했다.

광주는 꽤 큰 도시였다. 여러 차례 길을 물어 징병검사소를 찾아 입대신청서에 간단히 기재하고 신체검사부터 했다. 체중미달로 판정됐으나 검사관에게 사정하여 신체검사를 통과하자 이번에는 '국군의 맹세'를 읽어 보라고 명령했다.

"국문(한글)은 못 읽으나 일본글과 한문은 읽을 수 있습니다. 합격만 시켜 주신다면 한글도 열심히 배우겠습니다."고 소리치자 검사관은 군대 생활을 이겨낼 자신이 있느냐 묻고는 합격 판정을 내렸다. 군대도 사정해서 들어가야 하는 자신의 처지가 처량했지만 막상 합격하니 세상을 다 가진 기분이 들어 쾌재를 불렀다. 복택은 군인이 되면 정말 열심히 근무하겠다는 각오를 다졌다.

훈련소 생활은 정말 힘들었다. 그러나, 마음만은 편하여 오직 훈련에만 열중할 수 있었다. 훈련소 동기보다 한 가지 더 해야 했던 것은 한글을 깨치는 일이었다. 직속상관의 명칭과 이름, 각종 수칙들은 한문 한글 혼용이어서 한글을 깨치는 것은 총 다음으로 중요했다. 식사는 엉망이었다. 소금만 뿌려놓은 것 같은 반찬은 정말 고역이었지만 그나마 양까지 적어 항상 배가 고팠다. 너무 배가 고파 상관들의 쓰레기통을 뒤져서 먹고 버린 음식들로 배를 채울 정도였다.

6개월 만에 하사계급장과 함께 5307***가 새겨진 군번줄을 목에 걸었다. 훈련소를 갓 나온 동기생 몇 명과 함께 송정리 보급창에 배속된 후 다시 목포로 파견근무를 나갔다. 목포역 부근에 임시 막사를 짓고 매일 벼를 열차 편으로 수송하는 임무 담당관이 되어 어느 정도 여유를 찾을 때쯤인 군 입대 7개월 만에 처음으로 주인 있는 편지를 썼다. 편지는 일본에서 돌아오던 해 붙이지도 못하고 무던히도 썼었는데 이제는 주인 있는 편지를 쓴다.

'부모님 전상서, 아무 말씀도 드리지 못하고, 떠나온 지 벌써 반년이 넘었군요'로 시작된 편지는 불효에 대한 용서를 빌고 동생들의 안부까지 적으니 두 장이 넘어간다.

편지를 보내고 난 며칠 후, 보급품을 기차에 실어 보내고 부대로 돌아오며 막사 앞에 서 있는 중년 여인을 보았다. 어머니였다.

"엄니~!"

한걸음에 달려가 어머니를 안았다. 어머니는 그동안 십 년은 늙어 보였고 몸은 더 가벼워져 있었다.

"아이고, 둘째야, 아이고, 내 새끼"

"엄니!, 엄니!"

"어디 낯바닥 좀 보자, 참말로 내 새낀지, 낯바닥 좀 보자"

두 모자는 하염없이 울었다. 반년 이상 소식도 모른 채 애끓었던 어머니는 아들이 건강한 모습으로 자신의 앞에 섰으니 꿈인지 생시인지 구분이 안 가는 모양이었다. 편지를 받자마자 산을 넘고 바다를 건너 목포까지 면회 온 어머니는 아들을 붙잡고 목 놓아 울었고 부대 막사는 잠시 눈물바다를 이루었다. 1949년 당시 강진~목포는 차를 타고 와서 용당이라는 곳에서 배로 바꿔 타야만 도착할 수 있는 하루가 족히 걸리는 거리였다. 그 먼 거리를 어머니는 한달음에 달려온 것이다.

송정리 본대와 목포 파견부대를 오가며 10개월쯤 만족스러운 군대 생활에 젖어 있었다. 그동안 휴가와 외박도 나가고 하사계급장을 중사로 바꿔 달면서 부하 병사도 생겨서 그런대로 여유 있는 군 생활에 젖어 있었다. 일본에서 귀국한 이후 가장 행복한 생활을 보내던 때였다.

1950년 5월 25일 오후, 부대장의 호출을 받았다. 같이 호출을 받은 20여 명의 동료들이 연병장에 집합을 완료하자 부대장은 단상으로 올라왔다.

"제군들, 그동안 수고 많았다. 제군들은 오늘부로 제7사단으로 전속 명령을 받았다. 1주일의 휴가를 줄 테니 고향에 가서 부모님께 인사드리고, 6월 1일까지 의정부에 있는 새 부대로 복귀하라." 부대장 최봉진 중령은 단상에서 내려와 부대를 떠드는 장병들과 일일이 악수하며 그동안의 노고를 격려했다. 복택을 비롯한 떠나는 장병들과 부대에 잔류한 병사들은 아쉬운 작별을 나누며 개인 관물을 챙겨 부대를 떠나갔다.

휴가를 가는 고향길 들녘에는 보리가 누렇게 변해 있었고, 논마다 못자리에 뿌려진 모(* 벼가 되는 새싹)가 푸른빛을 띠고 주뼛주뼛 고개를 내밀고 있었다.

휴가는 달콤했다. 그렇다고 놀 수 있는 팔자는 아니어서 휴가 기간 내내 집안의 농사일을 거들었다. 농사일하는 동안 동네 가운데를 흐르는 냇가에 땀에 젖은 몸을 담글 때는 정말 시원했다. 월출 경포대를 돌아 나온 계곡물은 사람들에게 시원함 그 자체였다.

땔감을 하기 위해 수없이 오르내리던 월출이 눈앞에 있다. 고통스럽던 지난날이 떠 올랐지만 언제 다시 고향으로 돌아와 오를지 모른다는 생각에 다시 한번 월출을 오르기 시작했다. 그동안 열심히 훈련한 탓인지 단숨에 중턱까지 올라 중턱의 따스한 햇볕이 내리쬐는 작은 바위에 앉아 고향마을을 내려다봤다.

5월 말의 눈부신 푸르름이 월출 중턱에도 내려오고 있었다. 그동안의 고통스러움에 주변을 돌아볼 여유조차 없었는데 중턱에 앉아 주변을 보니 들꽃이 눈에 들어왔다.

'여기에 이렇게 아름다운 꽃들이 피어있었나, 들꽃들 사이로는 녹차나무가 군락을 이루고 있었다. 누가 일부러 심은 것도 아닐진대 자연은 그 자체로 조화로웠다. 부드러운 바람 속에 녹차 새순들이 어린 새의 부리처럼 뾰족뾰족 솟아 있었다. 군락을 이룬 녹차나무 덕분에 새잎을 따는 일도 손쉬웠다. 얼마 지나지 않아 호주머니는 녹차 어린잎으로 가득 찼다.

휴가 5일은 시위를 떠난 화살처럼, 빠르게 지나갔다.
"아버지, 저 내일 떠납니다."
"벌써 그렇게 됐냐?."
아버지는 힘없이 대답하며 둘째 아들을 쳐다봤다. 다행인지 아들은 일본에서 돌아올 때의 일을 다 잊었는지 예전보다 살도 많이 붙었고 의젓해졌다.
"벌써?, 내달 1일이 되려면 아직 이틀 남았는데?"
옆에서 부자의 대화를 듣던 어머니는 의아한 듯 아들에게 물었다.
"고것이 아니라, 실은 이참에 의정부에 있는 부대로 옮기게 돼서."
잠시 침묵이 흐르며 호롱불이 깜박거렸다.
"거까지 가려면 내일 일찍 떠나야 시간을 맞출 수가 있어서."
"응?, 의정부가 어드메냐? 서울 위 아닌가? 3.8선 아래? 거기는 위험하다던데…"
어머니는 놀랐는지 목소리가 커지더니, 혼잣말처럼 중얼거렸다. 눈에는 금방 눈물이 맺혔다.
"허, 뭔 위험… 거, 방정맞은 소리."
"괜찮아요, 군대는 어디나 다 똑 같은께요"

"그래도…"

어머니는 목이 메어 오는지 말끝을 흐리며 부엌으로 나가 버렸다. 방문이 열리자 희미하게 비추던 호롱불은 부엌에서 들어오는 바람 때문에 몇 번을 깜빡거리더니 이내 꺼졌다. 아버지는 성냥을 그어 다시 호롱불을 켰다.

"몸조심해야 한다."

아버지는 어디 가나 몸조심하여야 한다며 못내 아쉬워했다.

"예, 염려 마세요, 아부지. 엄니가 몸조심하셔야 할 텐데요."

조금 이따 어머니가 녹차를 대접에 가득 담아 오더니 작은 잔에 나눠 부어 남편과 둘째 아들에게 건넸다.

"녹차 드셔보쇼, 둘째가 요 앞에서 새순을 따 왔는데, 새잎이라서 그런지 맛이 좋더라고요."

송 씨는 아들이 따 온 녹찻잎을 아홉 번 정성껏 덖고 천에 싸서 향이 달아나지 않도록 만든 뒤 상자에 곱게 넣어두었다. 나고야에 있을 때 사 마셨던 녹차보다 월출산의 향긋한 녹차가 훨씬 깊고 부드럽다는 사실을 진즉 알고 있었다.

다음날 아침, 복택은 일찍 집을 나섰다. 대문 앞에서 작별 인사를 받은 아버지는 조심하라는 말만 되뇌었다. 돌아서며 본 아버지의 눈가는 촉촉했다.

아까부터 눈물만 흘리는 어머니는 떠드는 아들의 손을 붙잡고 놓지 못했다.

"엄니, 너무 염려 마세요. 엄니가 너무 그러시면 내가 떠날 수가 없지라이, 마음 편하게 잡수시고."

"오냐, 이제 떠나면 언제 볼까이."

동생들에게는 눈물을 보이지 않으려고 땅만 쳐다봤다.

"너희들 아버지, 어머니 말씀 잘 들어야 해."

아쉬워하는 동생들에게 한마디 하고는 관물배낭을 어깨에 들쳐업고 발걸음을 옮겼다. 어머니와 동생들은 버스가 다니는 큰 도로까지 따라 나왔다. 아버지하고 형만 빼고…
 한참 기다리니 광주로 가는 버스가 도착했다. 가는 사람도 남아 있는 사람도 아무 말이 없다.
 버스에 올라탔다. 버스에서는 어머니의 얼굴을 안 보려고 천장만 쳐다봤다.
 어머니는 버스가 사라지고 버스가 일으킨 흙먼지가 사라질 때까지 하염없이 바라보고 서 있는 모습이 희미하게 보였다. 복택은 마음속으로 아버지에게도 마지막 인사를 했다. 마지막 인사인지 모른 채…
 '아버지, 어머니 안녕히 계시쇼.'

 떠나는 이도, 남은 이도 모두 이별의 깊이를 모른 채 먼 길 떠나는 작별의 인사를 나눴다.

 월출만이 영원한 이별의 슬픔을 예감한 듯 봉우리 뒤로 눈물을 흘리고 있었다. 아무도 눈치채지 못하게 홀로 눈물 흘렸다.

*

 나카죠는 하야시가 떠난 뒤, 그의 흔적을 쫓아보려 애썼다. 연락을 시도하고 아는 사람들을 찾아다녔다. 하지만 그 모든 시도는 허망한 벽에 부딪혔다. 그는 하야시가 한국에 대해 한마디도 언급한 적이 없었다는 사실을 그제서야 깨달았다.
 친구라고 믿었던 그가 정작 가장 중요한 부분은 끝끝내 감추고 있었던 것이었는지, 아무 말 없이 맹세도 소용없이 어디로 갔는지조차 모른 채 그는 공허한 어둠 속을 헤매야만 했다.
 점점 희미해지는 단서들, 닿을 수 없는 거리, 그리고 끝내 닫혀버린 문. 나카죠는 포기할 수밖에 없었다. 자신이 아는 유일한 단서는 후사코였지만, 그녀는 하야시가 떠난 후 완전히 입을 닫아버렸다. 그토록 수다스럽던 그녀가 마치 세상과 단절한 듯 침묵하고 있었다. 실성한 것만 같았다. 나카죠는 그녀에게서 정보를 얻을 수 없음을 직감했다.

결국, 그는 하야시를 찾아야 한다는 마지막 희망마저 내려놓았다.

하야시는 가족을 버렸고, 형제같은 친구마저 버렸다.

나카죠는 주먹을 꽉 쥐었다. 손톱이 손바닥을 파고들 정도로 그가 참아온 분노는 날카롭게 살을 헤집었다. 친구라고 믿었던 자가 남자들끼리의 의리도 망각한 채 말 한마디 없이 떠났다. 아니, 도망쳤다. 그를 배신하고, 조용히 등을 돌려 사라졌다.

"이 나쁜 자식…!"

숨이 차오르고 가슴이 요동쳤다. 그는 하늘을 향해 욕설을 내뱉었다.

"조센징 자식…!"

목소리는 허공에 흩어져도 분노는 사그라지지 않았다. 오히려 타오르는 불꽃처럼 더욱 거세어졌다. 5년, 다섯 해 동안 함께한 우정이 이렇게 허무하게 끝나다니. 그는 형제와도 같았던 친구의 얼굴을 떠올렸다. 그리운 감정보다 먼저 치솟는 분노가 그의 가슴을 태웠다.

그럴 거면 왜 함께했던 거지? 왜 형제처럼 굴었던 거지? 끝내 떠날 거면서 아무렇지도 않게 사라질 거면서 왜 나에게 맹세를 한 거야?

나카죠는 이를 악물었다. 사무라이에게 맹세를 깬다는 것은 죽음을 의미하는데, 조선인 친구는 맹세를 깨고는 끝내 나타나지 않는다. 괘씸하여 아무리 기억을 지우려 해도 그놈은 머릿속에서 떠나지 않았다. 아무리 욕을 해도 아무리 외면하려 해도 하야시는 여전히 그의 가슴 한구석에서 웃는 듯 자리 잡고 있었다.

그를 잊어야 한다. 반드시 완전히 잊어버려야 한다.

나카죠는 애써 발걸음을 돌렸다. 하지만 걸음을 내딛는 순간 그는 자신이 도망치고 있음을 깨달았다. 잊으려 하면 할수록 친구의 그림자는 더욱 선명하게 되살아났다.

그는 숨을 삼켰다. 분노와 원망 그리고 지워지지 않는 기억 속에서 그는 오롯이 홀로 남겨져 있었다.

나고야로 다시 돌아온 다음 해 봄. 5월의 문턱에 들어섰을 때였다. 후사코 어머니인 다나카 여사가 나카죠를 찾아왔다. 나카죠는 깜짝 놀랐다.

"나카죠 상, 미안해요, 안 찾으려 했는데… 어쩔 수 없었어요." 여사는 10년은 늙어 보였고 살도 많이 빠진 듯했다.

"아니, 여사님, 어쩐 일로. 주소는 어떻게 아시고."

"수소문했지요. 전에 살던 곳에도 가보고."

"그나저나 어쩐 일이시죠?"

여사는 한참을 말이 없이 앉아 눈물만 흘리더니 어렵게 말을 이었다.

"이런 부탁, 어떻게 생각할는지…"

나카죠는 말을 끊지 못하고 여사의 입술만 쳐다보고 있었다.

"저… 부탁할 사람도 없고. 하야시 상 주소 좀 알아봐 주었으면. 전에 알아보려고, 백방으로 노력한 줄은 알지만…"

"아니, 그것보다는 그 녀석 주소는 알아서 뭘 하시게요?"

하야시를 찾는다는 것을 알면서도 순간적으로 화가 치밀어 오르는 것을 참지 못한 것을 후회하면서 차분히 다시 말했다.

"그 녀석은 모든 걸 버리고 간 놈입니다. 연락도 없고… 알아낸다 해도 연락할 방법도 없겠지만."

"그게 아니고."

"그 녀석이 무슨 사고라도 저질렀습니까?"

나카죠는 마지막 말을 꺼내는 순간, 뭔가 일이 잘못되었다는 것을 직감했다.

'혹시, 후사코가 정신병원에 입원한 건가'는 생각을 하고 있었다는데 여사의 입에서 뜻밖의 엉뚱한 말이 튀어 나왔다.

"맞아요, 애를 가졌어요."

후사코가 애를 가졌으며 벌써 6개월이 지났다고 했다.

"고것이 그렇게도 깜찍하게 숨기다니. 흑흑"

둔기로 뒤통수를 맞은 기분이었다. 여사는 말을 맺지 못하고 있었다. 후사코는 임신 사실을 숨기고 반쯤 미쳐 날마다 어디를 가는지 아침에 나가면 저녁에 돌아오곤 했다는 것이다. 그러기를 두 달쯤 하더니 다시 한 달을 방구석에만 틀어박혀 있더니만 어느 날 없어져 버렸고 두 달 후에야 집으로 돌아왔다고 했다. 배가 부른 상태로.

하야시가 말없이 떠난 뒤 후사코는 그가 남긴 흔적을 찾아 헤맸다. 조선을 향해 떠나간 이들이 마지막으로 머물렀던 항구를 수소문하며 나가사키 항구를 떠돌았고 마침내 그녀의 발걸음은 조선인 환국대기소에 닿았다. 그러나 조선인 환국대기소는 텅빈 상태였고 그녀는 어쩔 수 없이 집으로 돌아와야 했다. 집으로 돌아오는 길 그녀는 이미 반쯤 미쳐 있었다.

"나, 기다릴거야. 돌아와. 꼭 돌아온다고 했잖아!"

그녀의 가슴속에서는 여전히 하야시의 존재가 숨 쉬고 있었다. 그가 살아 있다는 확신 그 믿음만이 그녀를 지탱하고 있었다. 나가사키 앞바다에는 하야시가 남기고 간 그리움이 출렁이는 파도가 되어 밀려왔다. 바람이 불 때마다 그의 목소리가 들리는 듯했고 그녀의 뱃속에서는 그리움이 꿈이 되어 자라나고 있었다.

나카죠는 아무 말도 할 수 없었다.

"어쩔 수 없어요. 지금은 하야시 상을 찾는 수밖에."

나카죠는 여사를 따라 기후현으로 향했다. 시간이 흐른 탓인지 그녀의 집과 식당은 예전보다 더 도심으로 옮겨져 있었다. 그곳에서 다시 만난 후사코는 나카죠를 보자마자 아무 말 없이 눈물만 흘렸다. 그녀는 얼굴을 손으로 가린 채 흐느꼈고 불룩해진 배를 끌어안고 오열했다. 마치 가슴속 깊은 곳에서부터 밀려 나오는 절망이 그녀를 짓눌렀다.

"자, 경비가 필요할 거예요."
"돈은요. 뭐 괜찮아요, 저도 돈은 있어요."
"하야시 상이 남기고 간 돈이에요. 이보다 훨씬 많지만."
 여사는 하야시의 주소를 알아내려면 수월찮은 돈이 들어갈 것이라고 하면서 그가 남기고 간 돈의 일부라며 한 뭉치나 되는 돈을 손에 쥐어 줬다. 나카죠는 여사의 손을 뿌리치지 못하고 하야시의 고국 주소를 알아보겠노라 약속하고 집을 나왔다.
 역시 하야시의 주소를 알아내는 데는 힘이 들었다. 한국 사람들을 수소문하여 친구의 고향마을을 물어도 돌아오는 대답은 '잘 모르겠다'는 것이었다.
 정작 하야시의 고향마을을 알려준 이는 후사코였다.
 몇 달 후, 여사로부터 기후현으로부터 급히 다녀가라는 전보를 받고 달려간 나카죠는 여사의 빈집에서 반나절을 기다리다가 이웃 주민이 가르쳐준 조산원으로 달려갔다. 후사코는 예정일보다 조금 빨리 아이를 낳았다. 아이는 미숙아였다. 아이를 막 낳은 그녀는 힘들여 눈을 뜨고는 헛소리처럼 중얼거렸다.
"엄마, 나카죠 상, 미안…. 미안해. 반도 끝에 있는, 남쪽 끝에 달이 뜨는 큰 산 동네라고 했어. 아니야 그게 아니고, 큰 산 동네 아래…. 남쪽에서 뜨는 달 동네라고 한 것 같아."
"애야, 애야 후사코!"
 여사의 절규를 들었는지 후사코는 눈을 가늘게 뜨고는 엷은 미소를 짓더니 마지막 인사를 했다.

"하야시 상…. 달 뜨는 큰 산밑에 남쪽 끝에서 달이 뜨는 동네라고. 한 것 같아. 엄마 미. 안. 해!"

"애야, 후사코!"

"엄마, 미안해!"

여사의 절절한 외침에도, 후사코는 이미 먼 길을 떠날 준비를 하고 있었다. 그녀는 마지막 힘을 짜내듯 눈을 가늘게 뜨고는 흐릿한 미소를 지었다. 그것은 사랑과 미안함이 뒤섞인, 너무나도 아픈 미소였다.

'하야시 상 고향 동네……. 큰 산 밑, 남쪽 끝에서 달이 뜨는 동네라고 했어'라고 했는지, '큰 산 남쪽 끝에 있는 동네라 했는지' 마지막 인사는 불분명했지만 그녀가 세상에 남긴 자그마한 여자아이는 분명하게 하야시 피를 물려받은 것 같았다.

후사코는 가루가 되어 10월의 태양을 받아 보석처럼 빛나던 기소강 부근의 고향인 기후현 한 마을 가운데 위치한 공동묘지에 안치되었고, 다나카 여사는 하야시, 아니 한국인들을 한없이 증오하며 살겠다고 다짐하고 있었다. 그 옆에 있던 나카죠는 하늘만 쳐다봤다.

여사는 딸을 잃고 딸이 남긴 작은 생명을 품었다. 그것은 후사코가 남긴 마지막 선물이었다. 그녀는 마치 후사코를 다시 품에 안은 듯 그 아이를 정성껏 보살폈다. 미숙아처럼 작고 연약했던 아이는 어느새 눈부신 미소를 지으며 자라나고 있었다.

바람이 불고 시간이 흘러도 기소강은 여전히 흐르고 있었다.

그리고 그 강물 속에는 사랑과 슬픔과 지워지지 않는 한 여인의 마지막 속삭임이 머물고 있었다.

[07] 한강

●●● 의정부는 참으로 먼 곳이었다. 송정리에서 기차를 타고 서울에 도착하여 하룻밤을 지낸 뒤 이튿날 오후에야 사단에 도착했고 동기생 몇 명과 전속신고를 했다. 사단본부에서는 동두천에 있던 1연대 2대대에 배속 명령을 내려 연대로 들어섰다.

장병 3명과 함께 연대장에게 배속신고를 한 복택은 본부 중대 선임하사관으로 명을 받아 근무를 시작하였다.

최전선이라고 생각한 38선은 의외로 조용했다. 공산당이 불법화된 이후 지하로 숨어든 세력들은 산속으로 들어가 게릴라식 투쟁을 전개하고 있을 때였다. 후방에서는 정규군 8개 사단 중 4개 사단이 공비 토벌에 여념이 없었지만 38선은 의외로 조용했다.

약 3주간 새로운 부대에 적응하느라 정신이 없이 보내고, 새 부대에 부임한

지 네 번째 토요일인 1950년 6월 24일~25일 양일간 첫 외박을 받아 동료 2명과 함께 서울로 내려왔다.

서울은 화려했다. 한 달 전쯤 새로 배속된 부대로 가기 위하여 잠시 서울역 부근을 잠시 스쳐 갔지만 이제는 서울을 자세히 보게 됐다는 생각에 가슴이 뛰었다.

종로 피마골(*말을 피하던 골목이라는 뜻. 표준어 '피맛골'은 뜻이 '피맛'으로 변해버리므로 피마골로 쓴다.)에서 본 서울은 일제 치하 한국총독부였던 중앙청(*1995 김영삼 대통령 시절 철거되었다) 탑이 서울을 아래로 누르는 듯한 중압감을 주고 있었다.

세 사람은 저녁 늦게까지 이곳저곳을 기웃거리다 선술집에서 한 잔씩 하고 이름 모를 여관에서 잠이 들었다. 아침 일찍 서로의 안부를 물으며, 아침을 먹은 세 사람은 영화를 보자는 데 의견이 일치해 단성사 방향으로 향했다. 골목을 나왔을 때, 사람들이 허둥거리고 있었다. 많은 헌병들이 나타났고 그중 하나가 세 사람을 불러세웠다.

"빨리 부대로 복귀하시오."

납하게 명령하는 헌병에게 박 하사가 무슨 일이냐고 물었다. 오늘 새벽 북괴군이 38선을 넘어 전쟁을 일으켰고 전 군인들은 부대로 복귀하라는 명령이 내려왔다며 빨리 차에 타라고 지시했다. 종로 큰 도로 한편에는 '쓰리쿼타'라고 부르는 군용 트럭이 대기하고 있었다.

남 얘기하듯 무표정하게 말하는 헌병은 군용 트럭에 오르는 세 사람 뒤에 대고 '오늘 중으로 북괴군은 격퇴될 것이다'는 말을 빠뜨리지 않았다.

군용 트럭은 금방 꽉 찼으며 빠른 속도로 의정부를 향해 달렸다. 트럭에 탄 군인들의 표정도 별로 심각하지 않았다.

'인민군쯤이야, 하루거리나 되겠어?', '일부 공비들이 넘어온 거겠지.' 병사들은 가벼운 운동을 하러 가는 사람처럼 시시덕거렸고, 세 사람 또한 맞장구를 쳤다. 트럭이 가는 동안 멀리서 들리던 포성과 총소리가 가깝게 들려오니 그제서야 병사들의 얼굴이 빠르게 굳어진다. 부대에 가까워져 오자 민간인과 군인들이 우왕좌왕하는 모습이 보이고 포성 소리가 점점 가까이 들린다. 비로소 전쟁이 일어났다는 사실이 현실로 다가오며 복택은 묘한 기분이 들었다.

오후에 도착한 부대는 의외로 조용했다. 내무반에는 아무도 없었다. 병사들도 없었고 총도, 탄약도, 관물도 아무것도 없다. 어디로 갔는지 김 하사와 박 하사도 사라져 버려 혼자가 되어버린 것을 확인하는 순간 갑자기 밀려오는 두려움을 떨치려 모자를 벗어들고, 발길을 서둘러 연대본부로 향했다.

연대본부 또한 공동묘지인 듯 적막감만 맴돌았고 오직 인사과 사무실 앞에서 편 상사 혼자 서류를 태우고 있었다.

"어, 임 중사! 여기서 뭐 해?"

"외박 갔다 왔는데, 부대에는 아무도 없고, 어떻게 하죠?"

편 상사는 서류 태우는 일에만 열중이었다. 시끄러운 소리가 들리는 정문 쪽을 바라보니 부상병을 실은 트럭이 들어오고 있었다. 달려가 부상병을 의무대로 옮기는 일을 돕다가 부상병이 흘리고 간 총과 실탄으로 무장을 하고서 식당으로 갔다.

아침 이후 아무것도 먹지 못하여, 배가 무척 고팠기 때문에 무엇이든지 먹어야 살 것 같았다. 아무도 없는 식당 주방 솥에는 밥이 가득했다. 아마 동료들은 밥도 먹지 못하고 전투를 치르고 있는 것 같았다. 큰 그릇에 밥을 잔뜩 퍼 넣고 반찬들을 비벼 혼자만의 진수성찬을 차렸다.

포성은 귀밑에서 울리고 연병장에도 포탄이 떨어지기 시작했다.

'이봐, 중사 이것 좀 도와줘!' 식당을 나오니 처음 보는 헌병 대위가 불러 세웠다. 담요와 휘발유를 탄약고 앞으로 옮긴 다음 총의 개머리판으로 탄약고 문을 부수고 휘발유 적신 담요를 탄약고 안에다 던졌다. 대위는 들고 있던 조그만 휘발유 통에 불을 붙이더니, 탄약고 안으로 힘차게 던졌다.

'쾅쾅, 뻥! 뻥! 뻥!' 죽어라 뛰는 두 사람 뒤로, 탄약고 폭발하는 소리가 천지를 진동시키고 검은 연기가 솟아올랐다. 뒤를 돌아보니 연대본부 건물은 포탄으로 쑥대밭이 되고 있었다. 아군의 총소리는 들리지 않고 인민군들의 따발총 소리만 계속 들려왔다.

의정부 전선이 무너지는 소리였다.

큰길로 나와 전선과 반대 방향으로 걷는 병사들과 합류했다. 지휘관도 없었고 대열도 제멋대로였으며 모두가 땀에 젖어 기진맥진해 보였다. 아무리 적들이 기습을 했다지만 75mm 대전차포와 박격포를 비롯한 중화기를 가진 대부대가 맥없이 무너지다니 휴일을 맞아 병사들이 외출, 외박을 나갔다지만 3,000명 이상의 연대가 일시에 무너졌다니 도저히 믿어지지 않는 한편, 적에 대한 두려움이 엄습했다.

짧게나마 전쟁을 경험하고 후퇴하고 있는 병사들의 얼굴에는 두려움이 역력했다. 얼마쯤 가니 소위가 길을 막고 대오를 정렬시켰다. 길을 걷던 병사들은 꾸역꾸역 모여들었고 금방 100여 명의 부대가 되었다. 소위의 지휘에 따라 대오를 정비한 병사들은 산등성이로 올라갔다.

'크르르르륵, 크르르르륵'

산하가 한눈에 보이 곳에 엎드린 병사들 앞에 탱크를 앞세운 인민군들이 시커멓게 몰려 내려오고 있었다. 지금까지 인민군 부대를 본 적이 없이 막연하게 상상 속으로만 생각하던 전쟁을 눈으로 직접 확인하는 순간 오금이 저리기 시작했다. 소위를 비롯한 병사들도 두려운지 아무 말이 없었다.

"자, 여기에서 내려가, 남쪽으로 간다."

소위의 지휘에 따라 다시 산을 내려간 병사들은 어두워진 길을 따라 남쪽으로 걷기 시작했다. 이슬비가 내린다. 배도 고프다. 힘도 없다. 인민군 탱크에 맞설 용기도 없다. 동료도 없는 것 같다. 병사들은 민가에 들러 사정하면서 밥을 얻어 허기를 없애며 그렇게 남으로 남으로 내려왔다.

그날 밤, 후퇴한 병사들은 미아리 입구에서 부대와 조우했다. 연대에서 헌병대위와 탄약고를 폭파하고 있을 때 연대는 후퇴하여 미아리에 방어선을 구축한 듯했다. 이미 호는 파져 있었고 비는 그쳤다. 다시 부대를 찾았다는 소속감, 수많은 동료 병사들과 함께 있다는 사실에 안도했지만 전쟁에 대한 두려움과 군인이 된 것에 대한 후회가 여전히 가시지 않았다. 마음이 무겁고 겁이 났다.

소총을 꽉 잡고 눈을 감아봤다. 눈을 떠 하늘을 바라봤다. 포성이 가까운 곳에서 들려왔다.

슈-슈-우-펑!, 슈-슈-우-펑!

밤새도록 수많은 조명탄이 터지며 눈앞이 밝아졌다, 어두워졌다 하였으나 적들은 코빼기도 보이지 않았고 아군 병사들은 보이지 않는 곳에다 총질만 해댔다. 같이 총을 쐈다. 앞에다 쏴 보고 허공으로도 쏴 봤다. 자신의 총에 적들은 맞는 것 같지도 않고 적들이 어디 있는지도 모르겠다. 아마도 적들은 멀리 있는 것 같다.

날이 밝아왔다. 밤새 적의 특별한 움직임을 보지 못한 아군들은 긴장이 풀린 듯 연신 하품을 해댔다. 졸음도 쏟아졌다. 자신도 모르게 눈이 감겨오면서 몸이 나른해졌다.

그때, 적군의 총소리와 함성이 아군의 눈앞에서 울리고 탄환이 비 오듯 쏟아졌다. 계속 움직임이 없던 적들은 어느새 눈앞까지 기어와 집중사격하고 아군들이 있는 곳에 포탄을 쏟아냈다. 총알이 사방에서 날아오고 포탄이 머리 위에 떨어지니 아군의 팔이 튀고 머리통이 날아가며 참호 속에서 쓰러져 갔다. 적들은 중화기를 앞세워 밀고 들어와 아군은 총도 쏘지 못하고 쓰러져 갔다.

적들은 정말로 노도(怒濤)와 같이 밀려왔다. 후퇴명령도 없는데 아군은 뒤도 안 돌아보고 뛰고 있다. 전부 혼비백산한 상태였다.

미아리 전선이 힘없이 무너지는 순간이었다.

뒤도 안 돌아보고 뛰는 아군 사이로 총알이 비 오듯 쏟아지며 병사들은 힘없이 쓰러져 갔다. 아군들은 주택가로 뛰어들었다. 담을 수십 개 넘고 또 넘어 적군을 피하는 것이 급선무였다. '걸음아 날 살려라'는 말이 실감이 나는 순간이었다. 담을 수십 개나 넘으니 비로소 총성이 멀어진 듯했다.

얼마나 쓰러져 있었을까? 땀에 젖은 옷을 고쳐 입고 큰길로 나오니 아군들이 다 죽어가는 얼굴로 걸어가고 있었다. 길거리에는 시민들이 바가지 등에 밥을 담아 국군들에게 퍼 주며, '수고 많다, 잘 싸워 달라, 공산당 놈들 잘 무찌르고 있느냐' 며 격려했지만 국군들은 말없이 시민들이 준 밥을 꾸역꾸역 삼킬 뿐이었다.

배가 고파 밥은 얻어먹지만 부끄러웠다. 고개를 들지 못하고 힘없이 걸었다. 어깨에 멘 총이 무겁게 느껴졌다. 그 몇 시간이 며칠이 지났는지 모를 만큼 지루하고 길었다. 오늘이 며칠인지 무슨 요일인지 기억도 가물가물했다. 자신이 걷고 있는 곳이 서울 어느 변두리쯤이라는 생각이 들면서 '아직 인민군들이 서울까지는 내려오지 않았겠지'하는 마음에 조금은 안심하고 마음을 놓고 큰길로 나왔다. 그러나 그것은 착각이었다.

"이보시오, 중앙청에 붉은 깃발이 올라갔어, 빨리 피해! 저 앞에 인민군들이 국군과 경찰을 마구 잡아가고 있다고!"

노인은 작은 소리로 외쳤다. 노인에게 고맙다는 인사도 하지 못하고 산 쪽으로 뛰었다.

그제서야 '*조선 인민민주 공화국 만세!*', '*김일성 장군 만세!*' 등의 포스터로 장식된 담장이 눈에 들어왔다. 언제부터 준비했는지 사방의 담벼락이 온통 그 포스터였다. 포스터로 장식된 담벼락이 있는 곳은 이미 인민군에게 점령되었다고 생각하니 등골이 오싹했다. 주위를 살피고 다가가 아낙네가 길러 주는 물을 두 바가지나 마시고 다시 걸으려 했으나 도저히 배가 고파 걸을 수가 없었다. 우물에서 조금 떨어진 나무로 된 대문을 두드리니 집주인인 듯한 남자가 나와 황급히 옷소매를 잡아 끌어당겨 안으로 들이고는 대문을 잠가 버린다.
"배고프죠?"
주인은 혼잣말처럼 얘기하더니 부인에게 눈짓했다. 부인은 바가지에 밥과 김치를 가득 담아 내밀었고 복택은 정신없이 퍼먹었다. 밥을 먹고 있는 사이 수통에 간장이 섞인 물을 담아 건네준 남자는 '어쩌다 혼자 떨어졌어요?' 물으며 한숨을 내쉰다. 부인이 건넨 주먹밥 몇 개를 주머니에 쑤셔 넣고 대문 밖을 살핀 남자가 보낸 손짓에 따라 고맙다는 말을 남기고 다시 산으로 숨어 들어갔다.

산은 조용했다. 기력을 소진하여 더 이상 몸이 말을 듣지 않아 걸음을 옮길 수가 없어 산속에서 쓰러져 버렸다. 눈이 부셔 왔다. 꿈인지, 생시인지 구분이 안 되었다. 허기가 져 왔다. 호주머니에서 주먹밥을 꺼내 먹으며 허기를 쫓으니 꿈은 아닌 듯했다. 얼마나 시간이 지났는지 가늠조차 할 수 없었다.
주먹밥을 다 먹고 수통에 물을 다 마셨는데도 갈증이 가시지 않는다. 다시 일어나 공동 우물로 내려가 물을 실컷 마시고는 수통을 채우고 다시 산으로 올라갔다. 산 정상에는 아군들이 버리고 간 군복과 총, 탄약 등이 어지럽게 널려 있었다. 제일 좋은 군복으로 갈아입고 M1 소총을 버리고 권총과 칼빈총을 챙겼다. 그때 인기척이 들려왔다. 몸을 낮추고 인기척이 그는 쪽을 주시했다. 연대 보급 담당 현 준위가 마흔 살쯤 되어 보이는 중년부인과 함께 산으로 올라오고 있었다.

"어, 현 준위님?"
"응, 누구야? 임 중사, 야! 아직 죽지 않고 살아 있었네"
두 사람은 반가운 마음에 부둥켜안았다.
"그런데, 여기가 어디지요?"
"여기는 서대문 형무소 뒤쪽이에요."
현 준위를 따라왔던 중년 부인이 말을 받았다. 남편이 수도사단 장교라는 중년 부인은 인민군들이 군인과 경찰 가족을 잡아들이는 바람에 도망 다니다가 운 좋게도 현 준위를 만나서 남쪽으로 데려다 달라고 사정하여 같이 다닌다는 것이었다.

세 사람이 내려다본 서울은 조용했다. 다만, '이승만 괴뢰 정권하에서 얼마나 고생하였습니까?'로 시작하여 인민공화국에 귀순하면 쌀밥과 고깃국을 배불리 먹여 주고 대접해 주니 늦어서 후회하지 말고 빨리 귀순하라'는 협박조 스피커 소리만 요란하게 들려왔다. 그놈의 스피커는 어찌나 성능이 좋은지 카랑카랑한 여자의 목소리가 서울 전역에 다 울려 퍼진 듯했다. 어떻게 해야 할지 앞이 캄캄한 시점에 현 준위는 귀가 솔깃한 말을 했다.
"이대로 있다가는 개죽음당하기 십상이오, 행주로 갑시다."
"네, 행주요? 거기는 어디라요? 멀어요?"
"그래요, 행주나루 거기는 아직 괜찮을지 몰라. 거기서 배를 타면 강을 건널 수 있을 거요."
현 준위는 앞장섰다. 서울 지리에 밝은 현 준위를 만난 것은 큰 행운이라고 생각하며 그를 따라나섰다. 서대문 형무소 뒷산을 떠난 지 이틀째 밤이었다.

'누구야?' 외딴집을 찾다가, 어느 동네 앞에 이르렀는데, 동네 입구에서 시커먼 두 그림자가 앙칼진 목소리를 냈다. 움직이면 쏜다는 말에 반사적으로 총을 들이대며 엎드렸다.

"쏘지 마시오, 쏘지 마!"

검은 그림자는 당황하고 있었다. 총을 버리라는 외침에 검은 그림자는 말없이 총을 버렸다.

마을 사람들이었다. 가까이 가니, 검은 옷을 입은 농부들이다. 농부들은 전쟁이 일어난 날부터 교대로 마을 입구를 지키고 있다고 하면서 총은 지서에서 내주었다고 했다. 일본제 99식 총을 분해하여 멀리 버리고서 두 사람을 앞세워 마을로 들어갔다. 마을 한집 마당 가운데에 불을 피워 밝히고 모여 앉아 회의하던 마을 사람들은 침입자를 두려운 눈으로 바라보았다.

"여기 대표가 누구요, 나오시오."

머리가 희끗희끗한 남자가 대표라며 앞으로 나왔다.

"왜 이렇게 모여 있는 거요?"

"전쟁이 일어났으니 마을을 지키기 위한 의논도 할 겸…"

"밥이나 싸 주시오."

마을 대표는 아낙을 시켜 밥이 가득 든 냄비를 전해 주었고 부인이 받아 손에 들었다.

"부대표는 누구요? 부대표도 나오시오"

잠시 후, 또 한 명의 남자가 나왔다.

"두 명 다 앞장서!"

갑자기 태도가 돌변한 침입자가 총부리를 들이대니 마을 사람들은 당황하기 시작했고 대표라는 두 남자는 사색이 되었다. 마을 사람들에게는 따라오면 두 남자는 죽는다고 엄포를 놓고서는 떨고 있는 대표 두 명을 앞세우고 마을을 떠났다. 캄캄한 길을 따라 5리쯤 왔을까,

"당신, 뒤돌아보지 말고 돌아가라, 뒤따라오거나 뒤를 돌아보면 당신도 죽고 이 사람도 죽는다, 알겠나?"

공포에 떨고 있는 부대표를 풀어줬다. 5리쯤 더 와서는 대표를 풀어주며 똑같이 위협했다. 마을 사람들에게는 미안해도 안전을 위해서 어쩔 수 없었다.

행주에는 그로부터 삼 일 뒤 도착했다. 그러나 행주나루를 이미 인민군들이 접수하였다는 외딴집 노인의 말에 세 사람은 더 이상 나아가지 못하고 망설이고 있었다.

"2~3일 있으면 철수한다지? 아마, 그때까지 기다려 보쇼."

딸과 함께 북에서 남하했다는 노인은 행주나루의 소문을 친절하게 알려 줬다.

"2~3일 후요? 그거 참말입니까?"

"확실한 거는 모르지. 동네 사람들이 그랬으니."

못 믿겠다는 듯 현 준위가 재차 물어도 노인은 똑같은 대답이었다.

"그러면 우리는 저쪽 산에 진을 치고 있을 테니까 삼일간만 밥 좀 해주쇼, 노인장."

"그럽시다. 쌀은 얼마든지 있지요, 갖고 와야 되지만…"

노인은 쌀은 얼마든지 있다며 컴컴한 들판을 가리켰다. 컴컴한 들판 철로 위 멈춰 선 화차에 쌀이 가득하다고 했다. 개성‑문산 간 철로 위에 탈선하여 방치된 화차 안에는 노인의 말대로 쌀이 가득했고 지키는 사람도 없었다. 일행은 쌀을 날라 노인의 부엌에 가져다줬다. 노인의 딸은 밥을 지어 상을 차려 왔다.

"휴! 아까도 얘기했지만, 내가 북에서 넘어 온줄 저놈들이 알면 이제는 죽은 목숨이지"

일행이 밥을 먹는 사이 노인은 한탄했다.

"군인끼리 싸움인데 민간인들한테 피해를 안 줄 거요."

현 준위는 퉁명스럽게 대꾸했다.

"허, 저놈들 몰라서 하는 소리지. 이보쇼, 군인 양반. 한강 건널 때 내 딸년도 좀 데려가 주지 않겠소? 나야 괜찮지만 딸년이 뭔 죄가 있겠소, 안 그런가."

"지금 우리도 못 건너가는데, 무슨 재주로 따님을 데려갑니까?"

현 준위는 여전히 퉁명스럽게 말했다

"허, 곧 철수한다 하지 않았나, 참말이요."

"만약, 2~3일 안에 저놈들이 철수하면 우리가 데려다주겠소."

복택은 진심을 담아 얘기했다.

"참말이지? 잘 됐소. 그럼 지켜봅시다."

노인은 안심한 듯했다.

"대신, 삼 일간 밥을 해주쇼. 우리는 저쪽 산에 진을 칠 테니까"

"그거야 어려운 일 아니지. 휴, 그런데 저 쌀을 더 가져와야 하지 않겠소?"

"그건 우리가 하겠소."

노인은 밥을 해다가 산밑에 가져다 놓겠다고 말했다. 일행은 끼니때가 되어 밥을 산밑 약속 장소에 가져다 놓으면 밥을 가지고 올라와 산속 진지에서 끼니를 해결하고 다시 빈 그릇을 가져다 놓기로 약속했다.

세 사람은 행주 선착장에서 2km쯤 떨어진 노인의 집이 보이는 산 중턱에 진지를 만들었다. 밤에는 화차에서 쌀 2가마니를 날라다 노인의 집으로 날라다 줬다. 화차에서 쌀을 가져간 것은 세 사람 일행만이 아니었다. 야밤에 아군인지 동네 사람인지 두, 세 사람들이 쌀을 가져가기 위하여 화차에서 마주쳤지만 서로 모른 척할 수밖에 없었다.

노인의 딸인 소녀는 따뜻한 밥을 보자기에 싸서 산 밑 약속 장소에 놓고 돌아갔다.

다음 날 아침에도 소녀가 가져다준 밥을 먹고 긴장을 풀고 있는데 비행기 소리가 나더니 전투기 1대가 날아와 화차에 폭탄을 떨어뜨리고는 다시 솟구쳤다. 쌀을 실은 화차는 검은 연기에 휩싸여 형체가 아물거렸다. 돌아갔던 항공기는 다시 하강하여 화차에 폭탄 세례를 퍼붓고 남쪽으로 유유히 사라졌다. 화염이 걷히고 시야가 맑아졌을 때 쌀은 실은 화차는 완전히 폭파된 것이 보였고, 동시에 기찻길도 화염에 휩싸여 전소되었다.

복택은 비행기가 사라진 하늘에다 대고 외쳤다.

'자샤! 행주 나루터나 폭격하고 가라!'

쌀이 적군에게 넘어가 군량미가 되는 것을 막고자 어쩔 수 없는 조치일 것이라는 생각이 들면서도 쌀이 아까웠다. 그나마 어젯밤 노인 집으로 쌀을 실어 날랐던 것이 얼마나 다행인지 모른다는 생각이 동시에 들었다.

이틀 밤이 지나도 인민군은 철수할 생각이 없어 보였고, 오히려 트럭들만 분주하게 행주나루를 드나들었다.

인민군의 철수가 늦어지자, 현 준위는 변장하여 서울을 관통하는 것이 나을지 모른다며, 서울로 돌아가자고 했다.

"아니, 죽을 고생을 해서 와 놓고, 돌아가요? 인민군들이 곧 철수한다고 하잖아요."

"아냐, 인민군들이 철수한다는 것이 도무지 믿어지지 않아, 저 노인의 말도 믿을 수 없고."

"아니, 자기 딸도 데려다 달라고 했는데요."

"아냐, 거짓말일지도 몰라. 저놈의 노인네 쌀이 욕심나니까, 집으로 쌀 날라다 달라고, 우리를 속인 거야."

"에이, 그럴 리가, 우리를 속이면 자기들도 무사하지 못하지."

"아냐, 뭔가 느낌이 안 좋아, 저놈의 노인네를 콱…"

현 준위는 인민군들이 도저히 철수할 것 같지 않다며, 서울로 돌아가자고 거의 떼를 쓰고 있었다.

'여기서, 이렇게 마냥 기다리다가는, 저놈들 대부대가 내려오면 이러지도 못하고 저러지도 못하고, 딱 죽기 알맞아. 난 돌아가겠어.' 현 준위는 투덜거리며 서울로 돌아가버렸다. 두 사람은 돌아가는 현 준위 뒤를 쳐다보고 있을 수밖에 없었다. 그날 이후, 현 준위는 다시는 모습을 나타내지 않았다.

노인의 딸이 밥을 가져다 놓고 갔는지, 산 밑에까지 와서는 다시 집으로 들어간 모습이 보였다. 산밑으로 내려가 밥을 가져와 부인과 먹으며 현 준위가 적군에게 들키지 않고 무사히 서울을 벗어나기를 바라며 다시 몸을 숨겼다.

삼 일째, 정오경이었다. 멀리 개성 쪽에서 내려오는 군대 행렬이 보였다. 아군인지, 적군인지 구분을 못해 숨을 죽이고 가까이 오기를 기다렸다. 대열이나 무기, 군복, 노기등등한 대오를 보니 아군이었다. 국군 대부대는 서울 쪽으로 가려고 하는 것 같았다. 대병력이 가까이 오자 복택은 산을 내려가 대병력을 세웠다.
개성을 방어하던 1사단 소속의 2연대라고 했다.
"자네는 누군가?" 지휘관인 대령은 새카맣고 조그만 낙오병인 듯한 국군이 단신으로 대부대를 세우며 어느 부대인지를 물으니 기막혀하며, 노기 띤 얼굴로 단호하게 다그쳤다.
"저는 7사단 1연대 임복택 중삽니다. 어디로 가십니까?"
"서울로 진입하고 있다."
이번에는 복택이 기가 막혔다. 서울은 이미 인민군들이 점령했고 정부는 남하했다는 사실과 행주 선착장을 인민군들이 점령하였다는 사실을 모른 듯했다. 행주나루까지 인민군이 내려왔지만 곧 철수한다는 소문에 기다리고 있다고 아는 대로 얘기했다. 지휘관은 깜짝 놀라며 소속과 상관을 물었다.
"사단장은 김석원 장군이시고, 연대장은 함준호 대령입니다."
"음 좋아, 거짓말이면 총살감이다."

"제가 뭣 때문에 거짓말하겠습니까? 저도 삼 일째 기다리고 있습니다."

"알았다, 고맙다. 다시 만나자."

지휘관은 복택의 말을 믿어 주었다. 지휘관은 장교들을 불러 모아 상의를 하더니 부대별로 장병들을 해산하게 했다.

"잘 들어라, 서울은 이미 인민군들에게 함락됐고 정부는 남하했다 한다. 여기서부터 개별 행동에 들어간다. 어떠한 방법을 써서라도 한강을 건너라, 집결지는 수원이다. 알았나!"

'네! - 넷 -'

"해산!" 부대는 함성과 함께 해산했다.

대 부대가 해산 도중, 뒤편에서 소대장인 듯한 소위 1명과 중위 1명이 병사들을 모으더니 뭐라고 큰소리로 울부짖는 소리가 들려왔다.

곧 이어 *꽝꽈꽝!!!!* 수류탄 터지는 소리가 들리더니 부대원들이 땅에 엎드렸다.

부대의 젊은 장교 2명이 서울이 인민군에 함락되었다는 소리를 듣고, 울분을 참지 못하고 수류탄을 가슴에 안고 자폭해 버린 것이다. [* 북쪽에서 내려오는 부대에서 해산 도중 수류탄으로 자결한 초급장교는 김호 소위, 김웅* 소위, 고모 중위이다.{국방부 군사편찬연구소 북한의 남침과 초기방어전투(2005년 발간)}]

병사들은 형체도 없는 소대장의 시신을 붙잡고, 소리내어 울면서, 담요로 덮어주고는 뿔뿔이 흩어졌다.

복택은 군인 부인과 다시 산으로 올라가 행주나루터에서 인민군이 철수하기만을 기다렸다. 할 수 있는 일이라고는 숨는 거 말고는 없었다. 한심했다.

부대 전우들은 무사할까? 나처럼 낙오된 전우는 없을까. 별생각이 들었다. 멀리 산에서 본 행주나루터로 흐르는 한강은 푸르기만 했다.

밤이 되었다. 노인의 딸이 집으로 오라고 했다며 아버지의 말을 전하였다. 밥을 먹고 부인은 산에 두고 내려와 빈 그릇을 들고 노인의 집으로 향했다. 내일은 한강을 건널 수 있으려나, 부엌에 빈 그릇 보자기를 내려놓자마자 노인은 안방으로 안내하고는 이내 동네에서 들은 소문을 말했다.

"내일 1시에 인민군들이 철수한다고 들었소, 내일이면 건널 수 있지 않겠어?"

"참말입니까? 참말로 내일 1시면 철수한다고 합니까?

"허, 그렇다고 하지 않겠어? 틀림없는 거 같아."

"좋습니다, 그러면 따님은 어떻게 할까요?"

"내일 1시 반부터 2시 사이에 선착장에 나와 있을 거니까. 중사님이 데리고 가세요. 알겠죠? 1시 반 이후라오."

"알았습니다. 시간 꼭 지키십시오."

노인과 단단히 약속하고는 안방을 나와 부엌으로 가 딸이 주는 밥이 담긴 보자기를 받아 돌아섰다.

"저, 아저씨, 이거" 소녀가 나지막이 불렀다. 그가 돌아서니 소녀는 뭔가를 손에 쥐어 줬다. 손에 잡힌 둥근 물체는 소녀의 따뜻한 체온을 전했다. 삶은 달걀이었다. 세상에서 제일 맛있는 달걀을 목에 털어 넣었다.

날이 밝자 군복을 벗고 농부로 변장하여야겠다는 생각에 산에서 내려와 누군가 지나가기를 기다렸다. 마침, 행주 나루터와 반대편 쪽 방향으로 지나가는 농부를 위협하여 모자와 고무신 그리고 옷을 송두리째 빼앗았다. 옷과 신발을 빼앗긴 농부는 군복과 군화를 가져가라는 말에 농부는 "'군복은 군인들이나 필요 하지, 농부에게는 필요 없다."고 벌거벗은 채로 가버렸다.

농부에게는 미안했지만 내가 살기 위해서는 할 수 없었다.

권총을 허리에 찬 다음 군번줄을 풀어 신발 속에 깔고 보리 볏짚 모자를 눌러쓰니 영락없는 농부였다.

오후 1시가 된 지 한참이 됐는데도 인민군들은 철수할 기미를 보이지 않고 포성은 한강 남쪽에서만 희미하게 들려왔다. 북쪽은 오히려 평화로운 것 같았다. 더 지체하다가는 인민군들은 남쪽을 점령해 버릴 것이고 인민군들이 한강 이남을 점령해 버린다면 강을 건너더라도 그들에게 포로가 되거나 사살되기 십상이라는 생각이 들었다. 인민군 대부대가 이곳에 상주한다면 영원히 강을 건너지 못할 수도 있다는 생각이 뇌리를 떠나지 않았다. 서울로 돌아간 현 준위가 현명했는지도 모른다는 생각을 지울 수가 없었다.

"이놈의 노인네… 부인 어떻게 할까요?"
부인은 '임 중사님 원하는 대로 하겠다'고 힘없이 대답했다.
"내 생각은 지금 가는 것이 좋겠소. 농사꾼처럼 꾸미니 저놈들도 쉽사리 눈치 못 챌 거고, 선착장까지만 가면 갈대밭으로 숨어들어 강을 건너지 않겠습니까? 강가에 가면 썩은 배라도 있겠죠. 아시겠지만, 노파심에서 말씀드리겠습니다. 부인이 따라온다고, 내가 보호하지도 못하고, 목숨도 보증 못합니다. 따라오는 것도 부인 책임이고 남는 것도 부인 책임이요. 다만, 내가 부인을 보호하여 운 좋게 한강을 넘을 수 있다면 그것은 하나님이나 부처님의 보살핌이든지 부인이 운이 좋든지. 어떻게 하시겠소?"
두 사람은 식은 밥으로 배를 채우고는 시간을 확인했다.

부인의 시계는 3시 30분을 가리키고 있었다.
'갑시다' 도로를 이용하지 않고 논길로 들어섰다. 논에는 몇 명의 농부들이 전쟁은 안중에도 없다는 듯이 모를 심고 있어서 농부로 위장하기에는 최적의 조건이었다.
모내기한 지 얼마 되지 않은 벼들은 물속에서 흘러거리고 있었다. 한참을 가다 논길 가운데 양수장인 듯한 허름한 가건물에서 버려진 삽을 주워 어깨에 짊어지고, 호롱불 등은 부인에게 건넸다. 부인은 열심히 쫓아오고 있었다. 다시 논두렁 길로 나와 걸었다. 전쟁이 벌어지는 나라라고 하기에 들녘은 평화스러웠고, 초여름의 공기는 더위를 싣고서 두 사람의 목덜미를 간지럽혔다.

행주 나루터를 4~500m쯤 남겨 놓았을까?!, 아니면 300m쯤? 얼마나 남았을까, 마음속으로 가름하며 논두렁 옆으로 뻗은 도로로 나가기 위하여 논두렁 길을 비스듬히 올라가는데 하마터면 기절할 뻔했다. 아니, 외마디 소리를 지를 뻔했다. 두 사람이 걷고 있는 논두렁 길과 불과 10m도 안 되는 옆으로 쭉 뻗은 도로 앞쪽에 인민군 모자인 듯한 물체가 보이더니 어찌 된 일인지 콩나물 대가리처럼 모자가 쭈뼛거리며 올라왔다.

인민군 모자는 한 줄이 아니고 두 줄로 쭈뼛쭈뼛 올라왔다. 행주나루터를 점령했던 인민군들이 도로를 이용하여 나루터에서 철수하여 서울 방향으로 진군하는 중이었다.

논두렁 길과 도로가 마주치는 삼각지점에 인민군 선두가 보이더니 낙오병 일행에게 다가오는 듯이 다가 왔다.

총을 어깨에 멨고 뒤편에는 중화기까지 있는 듯했다.

'큰일났다. 돌아가?, 그냥 가?, 돌아가기에는 너무 늦어버렸고 인민군은 이미 낙오병 일행을 발견해 버렸다.' 논길과 맞닿은 도로에 인민군이 앞뒤 간격을 5m 정도로 유지하고 1~2개 소대 정도의 병력이 길 양편으로 나뉘어 낙오병 일행이 있는 쪽으로 걸어오고 있었다.

노인의 말이 맞았다. 선착장을 지키던 인민군들이 철수를 시작한 것이다. 그런데, 이놈들 왜 이렇게 늦은 거야? 왜 하필이면 많은 길을 두고 이쪽으로 와? 조금만 더 기다렸다 나왔어야 했다. 하루 더 있다가 산에서 내려올 걸… 온갖 생각이 들면서 산에서 내려온 것을 천만번도 더 후회했다.

등에는 식은땀이 물이 되어 흐르고 다리는 후들거리고 이대로 굳어 버릴 것 같았다.

천우신조인가?

앞을 보니 지게에 쟁기를 얹어 메고 소를 끌고 가는 농부가 논두렁 길로부터 삼각지점 도로로 올라가는 것이 보였다. 경보선수처럼 빠른 걸음으로 농부 뒤에 바싹 붙어 인민군이 오고 있는 도로로 올라섰다. 농부와 소, 농부로 변장한 낙오병은 도로 중앙으로 걷고 인민군은 도로 양편으로 나뉘어 행군하며 다가왔다.

저벅, 저벅, 저벅… 인민군 선두가 다가왔다. 우측에서 한 명, 좌측에서 한 명이 지나갔다. 둘, 셋, 넷 - . 열, 열하나, 한편에 약 삼십 명씩 -

약 5분? 10분? 100m 정도의 길을 행군해 지나갔다. 낙오병은 숨죽이고 걸었다.

인민군의 거친 숨소리와 군화 소리가 저벅저벅 왜 그리 크게 들리는지 인민군 한 명 한 명의 까만 눈동자까지 보였다. 나이까지 가늠할 수 있는 거리였다. 다리가 후들거리며 식은땀이 등을 타고 사타구니 속으로 흘러내렸다. 지휘관인 듯한 인민군 장교와 눈이 마주쳤을 때도 눈을 내리깔고 앞만 보고 걸었다. 한참 후 인민군 후미가 나타나더니 이내 시야에서 사라졌다.

아부도 없다, 휴~ 살았다. 인민군은 지나갔고 앞에 가던 농부와 소도 보이지 않는다. 정신을 차려 보니 뒤를 따라왔던 부인의 모습도 보이지 않는다. 부인도 다시는 만나지 못했다.

그는 길을 앞장서 걸었던 농부와 소는 지난날 월출에서 본 마애여래좌상이 선승이 되어 길을 인도했다는 생각이 들었다. 그 짧은 순간이 인생에서 가장 긴 시간이었음을 복택은 두고두고 마음에 간직하고 겸손을 말하며 살았다.

선착장 부근에는 패전의 잔해들이 산처럼 쌓여 있었다. 수백 대, 혹은 수천 대는 될 것 같은 자동차와 장비들이 도하하지 못한 채 버려져 있었고, 각종 군용 장비들은 까만 재가 되어 있었다. 배는 파손된 채 그 잔해들이 여기저기 흩어져 있었다.

강을 건널만한 것이라고는 하나도 없다. 갈대숲으로 숨어들어 강을 건널만한 것을 찾기 시작했다. 강 이북에는 탈것이 보이지 않아도 강 이남 기슭에는 수 십대의 배가 버려져 있었다.

'저 배들을 이쪽으로 가져올 수 있다면' 말도 안 되는 상상을 하며 하류 쪽으로 내려가는데 갈대숲 사이 모래밭에 배가 한 척 보였다. 그러나 배는 뒤집혀 있어서 혼자 힘으로는 도저히 일으켜 세우지도 못하겠다. 다행스럽게 농부 차림의 두 사람이 갈대숲에서 나왔다. 변장한 아군이라는 것을 한눈에 알아본 세 사람은 아무 말 없이 배를 바로 세웠다.

"뭐야?, 뭐, 왜 남의 배에 손대고 그래?"

어디서 나타났는지 배 주인은 소리를 질러 댔다. 얼굴이 새까만 젊은 청년이었다. 청년의 가슴팍으로 권총을 겨누었다.

"배를 가져가면 누가 갖다줘요?"

힘없이 말하는 청년에게 총구를 향하며 배에 타라고 눈짓, 손짓을 했다. 세 사람만 배를 타고 간다면 주위에 얼마든지 버려져 있는 무기를 이용하여 청년이 공격할지 모를 일이다. 청년에게 배에 타서 노를 젓도록 명령했다. 청년은 머뭇거리더니 이내 배에 올라타 능숙한 솜씨로 노를 저어갔다. 배 위의 세 사람은 혹시나 적의 총알이 날아오지 않을까 긴장하며 몸을 낮추고 북쪽만 주시했다.

한강은 깊고 넓었다. 한강을 건너기 위하여 일주일이 소요됐다. 같이 왔던 현 준위와 군인 부인은 영원히 보지 못했고 또 자신을 도와준 노인과 소녀에게도 약속을 지키지 못했다. 하지만 구사일생으로 남쪽으로 피신에 성공한 것 같아 안심하고 있었다. 남쪽으로의 피신이 목숨을 보장받는 것이 아니라는 사실을 곧 알게 되겠지만 천신만고 끝에 세 사람은 한강 남쪽으로 떠내려갔다. 네 사람을 태운 배는 강 한가운데서 갑자기 멈춰 섰다.

'모두 내려 배를 미시오' 배 주인은 강 한가운데서 내려 배를 밀라고 했다. 강 하류였던 그곳은 강바닥이 올라와 있어 발목까지 밖에 물이 안 차는 곳이었다. 세 사람은 배에서 내려 모래밭에서 배를 한참 밀고서 다시 올라탔다. 배는 다시 남쪽으로 미끄러져 갔다. 남쪽에 배가 다다르자 두 청년은 뒤도 안 돌아보고 가 버렸다. 한강은 아무 일 없었다는 듯 도도하게 바다로 흘러들고, 낙오병의 머리 위로는 물새 무리가 날아가며 슬픈 울음소리를 낸다. 어찌 된 일인지 강변과 들판에는 검은 까마귀 떼가 제철 만난 듯이 춤을 추고 사람이 가까이 가도 도망갈 생각조차 하지 않았다.

이름 모를 젊은이들의 시체 썩는 냄새에 취하여 살을 뜯어내고 내장의 맛을 본 까마귀들은 광기에 가까운 소리를 지르며 시체 위를 떠돌았다.

전장의 고약한 냄새에 취한 타락한 사상가들은 전쟁을 단숨에 끝낼 수 있다는 망상에 너무나 큰 희생을 강요하고 전장의 종착역이 어딘지도 모르는 채 이 땅의 젊은이들을 사지로 내몰고 있었다. 한강은 사람들의 처절함을 아는지, 모르는지 언제나처럼 너무나 한가로이 흐르고 있었다.

[08]
흔들거리는 시대

●●● 둘째 아들이 38선을 부근 부대로 떠난 지 한 달 남짓 되었을 무렵, 전쟁이 터졌다. 사람들은 불안 속에서도 전쟁이 곧 끝날 것이라 믿었지만 상황은 걷잡을 수 없이 전면전으로 치달았다. 서울은 방어선이 무너졌고 국군은 남쪽으로 퇴각했다는 소식이 전해졌다.

나라 전체가 혼란에 빠진 가운데 많은 군인이 목숨을 잃거나 포로로 잡혔다는 흉흉한 소문이 퍼졌다. 그러나 석출 부부가 할 수 있는 일이라고는 아무것도 없었다. 날마다 둘째 아들의 안위를 걱정하며 밤잠을 설치고 터질 듯한 가슴을 쓸어내릴 뿐이었다.

한편, '좌익 선생'이라는 꼬리표가 붙은 일택은 경찰의 감시를 받으며 위태로운 출근길을 이어갔다. 억울한 구석이 없지 않았다.

그는 국회의원 선거에서 좌익 후보를 돕긴 했으나 아무도 모르게 일본에서 대학원 나온 우익 후보도 지원한 적이 있었다. 그러나 사람들은 좌익 후보를 도왔다는 사실만 기억할 뿐이었다.

1950년 5월 30일, 전쟁이 터지기 직전, 제2대 국회의원 선거가 시작되었다. 이번 선거에서는 성전중학교의 설립자인 정영실이 출마하였고 일택은 자연스럽게 그의 선거 참모가 되었다. 그동안 '좌익'이라는 낙인이 찍혀 손가락질 받았던 그에게는 오명을 씻을 좋은 기회였다. 그는 당선을 위해 치밀한 선거 전략을 세우고, 단 한 표라도 더 얻기 위해 애썼다. 그러나 이번에도 그가 지지한 후보는 낙선하고 말았다.

1대 재헌 국회의원 선거가 좌익의 바람이 거셌다면, 2대 선거는 우익이 우세했다. 우익 정당의 공천을 받지 못해 무소속으로 출마한 후보들은 하나같이 낙선했고 낙담한 사람은 비단 후보들뿐만이 아니었다.

선거가 끝나고 일주일 후, 토요일 밤 숙직을 서고 있던 일택의 앞에 철혁이 막걸리 두 병을 들고 나타났다.

"아이고, 임 선생. 고생이 많네요 잉."

"어, 정 선생님? 어쩐 일이다요?, 집엔 안 가시고…"

열 살가량 연상인 정철혁은 선거에 고생했을 텐데 숙직까지 서느라 수고가 많다고 격려했다. 막걸리 한두 잔이 몸을 데워 갈 무렵, 철혁이 문득 입을 열었다.

"임 선생, 메이지대학을 다녔다면서요? 일본 놈들한테 괄시는 안 받았습니까?"

일택은 아무 말 없이 술잔을 기울였다. 그러자 철혁이 더욱 의미심장한 표정으로 말을 이었다.

"임 선생, 김일성 대학에 가보고 싶진 않소? 임 선생 같은 천재가 그곳에서 공부하면 세상이 뒤집히지 않겠소?"

순간 등골이 서늘해졌다. 그는 아무 대답도 못 하다가 얼떨결에, '기회가 된다면 다녀보고 싶다'고 중얼거렸다. 그것이 막걸리 취기 때문이었을까? 아니면 학문에 대한 갈망 때문이었을까? 심지어 스탈린 대학이라도 갈 수 있다면 좋겠다고 생각하는 자신에게 소스라치게 놀랐다.

술잔을 주고받으며 이야기가 깊어지던 끝에, 그는 무심코 물었다.

"김일성 대학에 갈라믄 뭘 어떻게 해야 하는가요?"

철혁은 빙그레 웃으며 대답했다.

"아마 남로당에 가입해야 쉬울 것이오 잉."

그 말에 입을 굳게 다물었다. 김일성 대학을 꿈꾸면서도 남로당 가입은 단 한 번도 생각해 본 적이 없었다. 무엇보다 국군으로 입대한 동생이 마음에 걸렸다. 형이 남로당에 입당하면 군에 있는 동생에게 피해가 갈 수도 있다는 불안감이 가슴을 짓눌렀다.

그 시절은 연좌제가 엄격히 시행되던 때였다.

철혁은 끊임없이 설득했다. 당시 지식인들 사이에서 사회주의 사상이 마치 새로운 시대의 이념처럼 번져가고 있었고, 좌익 세력은 그 흐름을 주도하고 있었다. 일택 역시 그들에게 우호적이었지만 아직은 확신이 없었.

그의 입장은 애매했다. 우익 교사들은 그를 우익이라 여기고, 좌익 교사들은 좌익이라 여겼다. 어느 편에서도 확실히 속하지 못한 채, 그는 흔들리는 시대의 한복판에 서 있었다.

월출산 자락에 포근히 안긴 고향 마을은 백여 호가 넘는 큰 마을이었다. 깊은 산자락에 기대어 살아가는 이곳 사람들은 오랜 세월 자연과 더불어 살며, 때로는 산에서 내려오는 이들을 맞이하는 일이 일상이었다. 마을의 위치는 산사람들이 밤이면 내려와 양식을 구하기 쉬운 곳에 자리 잡고 있어서, 나그네에게 밥을 지어 주고 옷가지를 내어주는 일이 낯선 일이 아니었다. 이는 일제강점기 이전부터 그리고 그 이후까지도 너무나 당연한 일처럼 이어져 왔다.

일제 치하에서 '산사람'이라 불리던 이들은 대개 독립운동 하거나 일제 순사의 추적을 피해 숨어든 사람들이었다. 마을 사람들은 그들을 숨겨주고 보살폈으며, 설령 그로 인해 주재소(*경찰서)로 끌려가 문초를 당한다 해도 누구 하나 원망하지 않았다. 그것은 애국이라 떠벌릴 것도 숨길 것도 없는 그저 자연스러운 일이었다.

세월이 흐르는 동안 몇 번의 고초를 겪었음직한 마을 사람들은 변함없이 산사람들에게 밥을 내주었고, 때로는 헌 옷 한 벌이라도 건넸으며 하룻밤 쉬어갈 잠자리조차 마다하지 않았다.

일제강점기에서도 같은 마을 사람끼리 산사람을 고발하는 일은 단 한 번도 없었다. 월출산 아랫마을 사람들은 '사상'이라는 것을 깊이 생각해 본 적이 없었고, 우익과 좌익이 무엇인지 그것이 삶과 무슨 관계가 있는지조차 알지 못했다. 누가 우리 편인지 누구를 적으로 삼아야 하는지 따질 필요도 없었다. 그저 가난한 삶 속에서도 찾아오는 손님에게 한 끼 밥을 내어주는 것이 인지상정이었다. 그 손님이 불청객이라 할지라도 그저 늘 하던 대로 살아갈 뿐이었다.

그러나 그러한 평온함이 깨지는 순간이 다가오고 있었다. 마을 사람들끼리 서로를 의심하고 고발하고 신고하는 일들이 서서히 일어나는 등, 일상에 변화가 일기 시작했다. 아이러니하게도 그 일상의 변화가 시작된 때는 일본이 물러간 후부터 였으며, 우리 민족끼리 살던 순간부터 였다.

월출산에서 내려오는 길목, 잿등 위 첫째 집인 석중의 집은 마을에서도 산사람들이 가장 먼저 닿을 수밖에 없는 위치에 있었다. 어느 4월 초, 산사람 세 명이 내려와 저녁밥을 얻어먹고 생필품 몇 가지를 챙겨 다시 산속으로 사라졌다. 다음 날 경찰이 들이닥쳤다. 그리고는 석중의 맏아들이자 종손인 승택을 지서(*파출소)로 끌고가 추궁했고 심한 구타까지 가해졌다.

그 사건 이후, 마을은 변하기 시작했다. 사람들은 더 이상 서로를 온전히 믿지 못했다. 산사람들에게 밥을 내주었다는 사실을 마을 사람 중 누군가가 경찰에 알렸으리라는 생각에 경계의 눈빛이 스며들었다. 그 후로도 비슷한 일이 반복되었다.

우익도, 좌익도 아니었던 마을 사람들은 자연스럽게 경찰로 근무하던 이웃 강문을 의심하기 시작했다. 그즈음부터 마을사람 누군가를 툭하면 지서로 끌려가는 일이 잦아졌고, 잘 알지도 못하는 일로 심문을 당하기도 했으며, 설상가상으로 경찰외에도 산사람들로부터도 봉변을 당하는 일까지 벌어졌다.

월출산 아래, 한때는 서로의 등을 기대고 살던 마을이 이제는 누구도 믿을 수 없는 곳이 되어 가고 있었다.

여순사건 이후, 월출산을 중심으로 한 소문이 나돌았다. 북에서 내려온 남로당 간부가 산에 은거하고 있다는 이야기였다. 그리고 그 소문은 사실처럼 퍼져 나갔다. 해가 저물면 월출산 기슭의 마을들은 좌익들의 그림자에 점령당했고, 다시 해가 뜨면 경찰이 들이닥쳐 사람들을 추궁했다.

영암에서는 군대가 진주하여 좌익세력 토벌작전이 벌어졌고, 마을 곳곳에서 두려움이 뿌리를 내리고 있었다.

칠량면에서는 더욱 기이한 일이 벌어졌다. 마을회관에서 열린 회의 중 유지들과 가난한 머슴들 사이에서 격렬한 다툼이 일어났다. 순간의 분노가 칼이 되어 머슴이 주인을 죽였다. 한편, 옴천면에서는 어둠이 내리자마자 산에서 내려온 좌익 세력이 마을 사람들을 모아 인민재판을 열었다. 그렇게 10여 명이 죽었다. 그리고 다음 날, 경찰이 좌익 계열 사람들을 처단했다는 소문이 돌았다. 사람들은 속삭였다. '세상이 뒤집히기 시작했다'고. 두려움이 땅을 적셨고 인심은 날카롭게 갈라졌다.

늦가을의 찬 바람이 뺨을 스치는 어느 날, 석출은 면 소재지 오일장에서 낫과 호미, 곡괭이를 사 들고 마을 장년 몇 명과 함께 십 리 길을 걸어가고 있었다. 장터에서 마신 막걸리 기운이 서서히 깰 무렵, 마을 초입 범바위골 부근에서 땔감을 진 옆 마을 청년 종박과 마주쳤다. 그는 석출의 먼 친척뻘이었다.

"아따, 석출 형님, 장에 갔다 오쇼? 곡괭이를 사셨네? 밭일할라고 그라요?"

종박은 활기차게 말을 걸었다. 그러나 석출은 대꾸하지 않았다. 종박의 선친은 본래 노비였으나 일제강점기 성씨를 부여할 때, 양반인 임씨 성을 가져다 써서 족보에 이름을 올렸다. 석출은 이를 못마땅하게 여겼고 그를 무시했다. 종박은 아무 대답이 없는 석출에게 대들었다.

"아무리 일가 동생이라도 사람이 말을 하면 대꾸는 해야제, 시방 사람을 무시하는겨?"

다행스럽게 사람들이 두 사람을 말려 큰 싸움으로 번지지는 않았으나, 석출은 혼잣말처럼 한마디를 툭 내뱉었다.

"일가는 무슨 놈의 일가, 요즘 세상은 쌍놈들이 양반을 잡아먹는 세상이랑께이."

그 말이 종박의 심장을 후벼팠다. 얼굴이 붉어지며 그는 석출 일행이 걸어가는 뒷모습에다 소리쳤다.

"그래, 얼마나 그 양반 짓거릴 오래 하나 보자! 석출이 너, 두고 보자. 이 새끼야, 네놈이 얼마나 잘 먹고 잘 사는지 보자! 상놈 맛 한 번 봐라!"

종박은 지게에 올려놓았던 땔감을 길바닥에 내던지고, 작대기로 땅을 내리쳤다. 그의 울분이 하늘을 찔렀다.

*

일택은 모처럼의 일요일을 맞아 고향집에서 늦잠을 자고 있었다. 오후가 되어서야 전쟁 발발 소식을 들었어도 방송에서는 국군이 곧 인민군을 물리칠 것이라 말만 반복하고 있었다. 대다수 사람들은 전쟁이 전면전으로 번지리라 생각하지 못했다.

그러나 한 달이 지난 7월 말, 인민군이 전라남도 도청을 장악했다는 소식이 들려왔다. 강진을 비롯한 남쪽 지방에까지 인민군의 발길이 닿자, 각 지역 관공서는 폐쇄되었고 군수와 우익 인사들은 목포와 완도로 피신했다. 마침내 인민군이 강진에 본격적으로 진주하고 노동조합평의회, 민청련 부녀회 동맹 등이 읍내 기관을 장악했다. 곧이어 우익 인사들에 대한 숙청이 시작되었다는 소문이 돌았다.

일택은 혼란스러웠다. 공산주의가 사회주의와 연결된 것 인지, 공산당이 진정한 해방자인지 확신하지 못했다. 국가가 수립된 직후 친일파를 청산할 것이라 믿었지만 오히려 친일파들이 요직을 차지하며 국민을 핍박하는 모습을 보아온 터라 그를 비롯한 지식인들 사이에서는 정부에 대한 불신이 퍼져갔다.

8월초 어느 날, 역사 교사 철혁이 사람을 보내 읍내로 오라는 전갈을 보내왔다. 그는 숙부 석필과 함께 강진 읍내로 향했다. 그날은 인민위원회가 선전 활동을 시작하는 날이었다. 붉은 완장을 찬 자들이 군청과 경찰서를 접수한 채 방송을 내보냈다.

'군민들은 읍내 장터로 모이시오!, 지금 모이지 않고 숨어 있는 것이 발각되면 모두 처형될 것이다!'

읍내에 남아 있던 사람들은 거의 모두가 방송을 들었고, 두려움에 떨며 시장으로 몰려나왔다. 유지, 교사, 공무원, 종교인, 그리고 주민들이 장터를 가득 메웠다. 그들 중 대부분은 우익도 좌익도 아닌 그저 살아남고자 했던 사람들이었다.

내무서원과 치안대 요원들의 주도속에 사람들 무리 속에서 특정 인물들을 끌어냈다. 목사 한 명이 먼저 처형당했다. 이어서 국회의원을 지낸 사람, 청년 대장 등 우익 인사들이 불려 나와 사살되었다. 공포가 군중을 엄습했다.

군중 속에서 사복 차림으로 숨어 있던 경찰인 듯 한 우익인사 한명이 끌려 나왔다. 그를 끄집어낸 것은 다름 아닌 종박이었다.

"이 악질 놈이 여기 있었구먼!"

종박은 그의 멱살을 잡고 주먹을 휘둘렀다. 붉은 완장을 찬 또 다른 자가 긴 칼을 꺼내 들었다. 한때 위세를 떨쳤던 우익인사는 그 칼 아래에서 목숨을 잃었다.

이제 종박은 완전히 달라져 있었다. 평소의 분노, 울분, 모욕이 그를 붉은 물결의 선봉으로 만들었다. 그는 광장에서 피를 흘리는 자들을 내려다보며 외쳤다.

"이제 진짜 세상이 바뀔 것이다."

바뀐 세상은 얼마나 지속될 것인가? 붉은 바람이 남긴 상처는 쉽게 지워지지 않을 것 같았다. 종박은 좌익세력의 선봉이 되었다.

일택은 혼란한 시류 속에서 갈팡질팡하며 눈치를 보고 있었다. 그는 좌익세력의 틈바구니에 서 있었지만, 정작 자신이 그들과 한편인지 확신하지 못한 채 머뭇거렸다. 그러나 전세가 기울고 국군이 후퇴하며 이승만 정부가 패배했다는 소문이 퍼지자 스스로를 설득해 나갔다. 어쩌면 이 선택이 올바른 것일지도 모른다고.

그날 저녁, 인민재판이 끝난 후 철혁은 인민위원회 간부 김성옥과 몇몇 동지들에게 죄익 교사들과 석필을 소개했다. 이들은 지난해 보도연맹 사건으로 인해 경찰서에서 구타당하고 감시와 사찰 속에서 살아왔던 이들이었다. 이미 그들의 행적을 알고 있던 간부들은 서로 손을 맞잡으며 이제야말로 큰일을 도모할 때라고 말했다. 마치 오래 기다려온 순간이 찾아온 듯 그들의 얼굴에는 결연한 의지가 서려 있었다.

그때까지만 해도 좌익 편에 선 일택의 태도는 어정쩡하기만 했다. 좌익들조차도 아직 그를 완전히 믿지 않는 눈치였다. 그런 가운데 각 지역 간부 임명을 논의하는 군 인민위원회 간부회의가 열렸다. 긴 회의 끝에 신임 간부 후보자들이 하나, 둘 회의실로 불려 들어갔다.

"자, 동무들! 이제 인민의 세상이 되었소! 부자도 가난한 자도 없는 평등한 세상이 열린 것이오. 아니 그런가?"

회의실 한가운데서 힘찬 목소리가 울려 퍼졌다. 그 말을 내뱉은 이는 낯선 얼굴이었다. 후에 알게 된 바에 따르면 그는 남로당 간부로 북에 갔다가 전쟁이 나자 다시 남으로 내려온 윤철우라는 자였다.

"지금 위대한 인민군들이 남으로 내려오고 있소! 머지않아 이 땅은 인민의 공화국이 될 것이오. 그러니 우리도 가만히 있어선 안 되지 않겠소? 인민위원회를 중심으로 단결하여 인민군을 맞이할 준비를 해야 하오!"

윤철우는 의기양양하게 연설을 이어갔다. 그의 말 한마디 한마디에 붉은 완장을 찬 간부들이 고개를 끄덕이며 박수를 보냈다.

"그런데, 여기 강진군과 성전면에는 우리의 사상을 책임질 선전부장이 필요하오. 동무, 그대가 맡아주면 좋겠소. 물론, 거절해도 좋소."

그 말은 거절해도 된다는 의미가 아니었다. 윤철우는 의미심장한 눈빛으로 일택을 지명했다. 반협박조의 말투 속에서 거절이라는 선택지는 애초에 존재하지 않는 듯했다. 순간 회의실의 공기가 무겁게 가라앉았고 간부들은 여전히 일택을 향해 기대 어린 시선을 던지고 있었다.

"임 선생, 내가 추천했소. 성전면 인민위원회 선전부를 맡아줄 것이라 확신하오. 안 그런가?"

철혁이 말을 보탰다. 이어 또다른 간부가 회유하듯 아니, 거의 강권하듯 물었다.

"선전부를 맡겠소?"

일택은 대답 대신 고개를 끄덕였다. 그러자 회의실에 있던 이들이 일제히 그를 바라보았다.

"고개만 끄덕이면 안 되지. 각오를 말하시오."

제일 상석에 앉아 있던 윤철우가 단호한 목소리로 말했다. 그러자 칼빈총을 든 인민군 장교 복장의 김성옥이 맞장구쳤다.

일택은 마른 입술을 한 번 적시고는 떨리는 목소리로 말했다.

"사회주의 사상의 실천으로 위대한 조국을 건설하기 위하여, 인민들의 정신과 소양을 높이는 데 모든 것을 바치겠습니다…."

그는 무슨 말을 해야 하는지, 어떻게 말해야만 하는지도 알고 있었다. 그래서 그는 입술에 익지 않은 단어들을 조합하며, 선전부장이 된 소감을 더듬더듬 이어나갔다. 그의 연설이 끝나자마자 간부들은 배운 사람은 역시 다르다며 박수쳤고 일부는 그를 향해 악수를 청했다.

그렇게 일택은 선전부장이 되었고 석필과 몇몇 후보들은 마을 위원장으로 지명되었다. 마을 위원장은 '이장'쯤 되는 자리였다. 세상은 바뀌었고 그 속에서 살아남기 위해 사람들은 자신도 속이며 변해가고 있었다.

'나, 윤이라 하오!, 앞으로 잘해 봅시다' 북에서 파견되었다는 간부는 새로 임명된 간부들에게 악수를 청하며 앞으로 잘 해 보자고 했다. 일택은 그날부터 면 선전부장 지명을 받고 활동을 시작했다. 그동안 공부했던 이론을 실천할 수 있는 기회로 인민군을 이용하기로 하고 철저히 좌익 편에 선 것이다. 가난한 사람은 계속 가난해야 하고 부자는 계속 부자로 살 수밖에 없는 불합리를 고쳐야 한다는 평소의 생각을 실천해 보기로 한 것이다.

며칠 후, 윤철우가 다가와 메이지대학을 나왔다 들었다며 강진군 인민위원회 선전부까지 맡는 것이 어떠냐고 제안하면서, 전쟁이 끝나면 북으로 같이 가서 김일성 대학에서 공부해 보라고 했다.

김일성 대학이라는 단어는 두 번째 들었지만 여전히 가슴이 벅차올랐다.

면 치안대에는 종박도 있었는데 지역 토박이인 종박은 강진군의 악질 우익 인사를 잘 알고 있다며 전공을 세우고 있다고 자랑삼아 얘기하곤 했다. 지역

실정에는 약간 어두운 면이 있던 석필과 간부들은 젊은 종박을 의지하는 듯했다. 치안대 등에 지원한 사람은 종박뿐만 아니었다. 배운 사람 못 배운 사람, 가난에 찌든 농부, 깊은 산속에서 빨치산 활동을 하던 사람 등 많은 이들이 공산당이 진주하자 좌익 단체로 몰려들었다.

선전부 요원들은 각 마을을 돌며 마을 유지들을 집합시켜 사상교육과 인민개조교육, 자기반성을 강요하는 인민재판도 같이 진행했다. 가난했던 고향 마을 사람들은 일택의 집으로 몰려들어 천재가 마을을 빛내고 있다고 칭찬하기까지 했다.

그때쯤 그는 그냥 좌익 간부가 아니었다. 그의 주변에는 선전부 조직원 10명쯤이 붙어 보호받는 위인이 되었다. 붉은 완장을 찬 사람들은 동네를 돌아다니며 마을 유지들을 잡아들이고 자기반성을 강요했다. 각 지역 곳곳에서 좌익 세력은 조직화되어 인민재판을 열고 지주나 공무원 등 우익인사들을 처형해야만 하는 이론을 제공했고 이로 인해 많은 사람들이 희생되었다.

석출과 송 씨는 첫째 아들에게 사람을 죽이는 일만은 하지 말라고 애원했지만 이미 제어할 수 있는 한계를 넘어버렸다는 것을 너무나 잘 알고 있었다.

인민군이 마을을 차지한 뒤, 경찰과 공무원, 국군이 떠난 자리를 대신한 좌익들은 가차 없이 우익 인사들을 색출했다. 그들은 처형당하거나 형무소로 끌려갔고, 살아남은 자들은 공포 속에 몸을 숨길 수밖에 없었다.

인민군은 군량미를 마련하기 위해 곡식 한 톨까지 철저히 계산하여 농민들을 수탈했고, 할당량을 채우지 못한 이들에게는 가혹한 처벌이 내려졌다. 반성문을 강요당하거나 반동이라는 낙인과 함께 가진 것을 모든 것을 빼앗았으며, 때로는 목숨마저 내놓아야 했다.

사람들은 속으로 원망하면서도 감히 입 밖에 내지 못했다. 불만을 내비치는 순간 반역자로 몰릴 것이었기에, 모두가 숨죽이며 견뎠다. 많은 우익 인사들은 피난길에 올랐고, 가지 못한 자들은 땅속의 그림자처럼 살아야 했다. 마을 사람들끼리도, 한집안 식구끼리도 서로를 믿지 못했다. 언제, 누구의 신고로 자신이 사라질지 알 수 없는 나날을 보내야 했으며, 눈치와 의심이 일상이 되었고 고발은 숨 쉬는 공기처럼 흔했다.

 마을의 인심은 메마른 땅처럼 갈라졌다. 좌익도, 우익도 아닌 마을 사람들은 어느 한쪽을 택하도록 강요받았다.

 누구도 자유롭지 못한 세상이었다.

 그해 여름, 태양은 유난히 뜨겁게 타올랐다. 하지만 그보다 더 뜨거운 것은 사람들의 두려움과 고통이었다.

[09]
죽음의 선

●●● 1950년 6월 27일 인민군 전차부대가 서울을 점령했다. 한강 인도교가 28일 새벽 3시에 폭파되었고 서울 이북지역 국민들과 위쪽에서 싸우고 있던 국군들은 순식간에 고립되어 버렸다.

국군의 동두천, 의정부, 개성, 옹진반도 등 거의 모든 전선은 일시에 무너졌으며, 서울 및 한강선 방어에도 모두 실패하고 퇴각했다. 다만, 6사단이 삼일간이나 춘천을 방어해 준 덕분에 주력부대를 수습할 수 있는 시간을 얻을 수 있었.

정부는 정일권 장군을 육군참모총장에 임명했고 한강 이남에 방어선 구축을 지시했다.

낙오된 복택이 한강을 건넌지도 일주일도 넘는 긴 시간이 흘렀다. 정말 어렵게 단신으로 한강을 건넜다. 며칠이 지났는지 기억도 나지 않고 한강을 건넌 것이 꿈같았다. 4~5일은 훨씬 지나도 일주일을 넘긴 것 같지 않았다.

다시 혼자가 되어 강 위로 올라와 둑 아래 밀밭으로 숨어들다가 코를 막고 다시 나왔다. 생전 처음 맡아보는 고약한 냄새가 코를 찔렀다. 어찌나 고약한지 정신이 하나도 없다.

강 위로는 음산한 날갯짓을 하며 검은 까마귀 떼와 물새들만이 울고 있었다. 희뿌연 안개가 피어오르는 한강은 이미 적의 손에 넘어갔고, 피로 물든 강변은 잔혹한 싸움의 흔적을 고스란히 품고 있었다.
전투가 끝난 지 오래되지 않은 듯 공기 속에는 여전히 화약 냄새가 떠돌았다. 썩어가는 시신의 악취와 뒤섞여 코를 찌르는 냄새 속에서, 어디선가 희미한 신음이 들려왔다. 혹시 아직 숨이 붙어 있는 병사가 있는 걸까?
공포가 온몸을 휘감았다. 한강 남쪽 둑을 기어오르던 순간, 갑자기 발목에 차가운 감촉이 전해졌다.
"살려 주시오…"
거의 죽어가는 목소리였다. 시체 더미 속에서 한 낙오한 부상병이 마지막 남은 힘으로 또 다른 낙오병의 발목을 붙잡았다. 놀라 주저앉아 황급히 뒷걸음쳤다. 그러나 그의 손아귀에는 힘이 없었으며 붙잡은 다리를 빼내자 다시 쓰러졌다.
복부는 깊은 상처로 벌어져 있었고 검붉은 피가 땅을 적시고 있었다. 이미 곪아버린 살점 위로 구더기와 파리들이 들끓고 다리는 부러져 형체도 알아볼 수 없었다. 복택은 더 이상 그 모습을 바라볼 수 없었다. 등 뒤에서 들려오는 서글픈 소리를 외면한 채, 무작정 내달렸다.
'어쩔 수 없다… 내가 살기 위해서는…나 혼자 저 많은 부상병을 돌볼 수 없지 않는가……'
속으로 수없이 변명을 늘어놓았다. 하지만 마음 한구석에서는 지독한 죄책감이 가슴을 방망이질 해댔다.

그렇게 한참을 달려 도착한 곳은 논이었다. 지친 몸을 논두렁에 웅크리고 앉아 물로 얼굴을 씻으며 멈추지 않는 코피를 닦았다. 한강만 건너면 살 수 있을 것 같던 희망은 점점 무너지고 있었다.

아군은 어디에 있는가? 반겨주는 것은 아군부대가 아닌 장병들의 부패한 시신과 신음하는 부상병 뿐!, 수백 명의 동료들은 어디로 사라진 것인가? 개성에서 내려오던 부대는 무사히 강을 건넜을까? 우리 연대는 아직도 저 강 너머에서 헤매고 있는 것은 아닐까?

두려움이 몰려왔다. '남쪽으로 가기만 하면 살 수 있다'는 희망이 점점 허망하게 느껴지며 온몸의 힘이 빠져나갔다.

그때, 하늘에서 굉음이 울렸.

전투기들이 날아가고 있었다.

그는 다시 정신을 가다듬었다. 여기서 잡히면 총살이다. 살아남아야 한다. 허리춤에 손을 뻗어 권총을 확인한 후 옷매무새를 고쳐 입고 길가에 버려진 삽자루를 어깨에 둘러멨다.

한참을 걸었을까. 눈앞에 드넓은 들판이 펼쳐지고 그 너머로 커다란 팽나무 몇 그루가 서 있는 마을이 나타났다. 들녘에서 일하던 농부가 보였다.

"여보십시오, 여기가 어디요? 남쪽으로 가려면 어디로 갑니까?"

농부는 손을 뻗어 길을 가리켰다.

"여긴 김포요. 저쪽으로 가다 보면 다리가 나올 것이오. 오른쪽으로 가면 영등포요."

고맙다는 인사를 남기고 농부가 알려준 길을 따라 걸었다.

그러나 멀리서 또다시 굉음이 들려왔다. 어느방향에서 왔는지 전투기가 편대를 이루며 날아왔다. 전투기들은 하늘 높이 떠오르더니 순식간에 포탄을 쏟아부었다.

김포 비행장이 공격받고 있었다. 거대한 굉음과 함께 관제탑과 비행기 격납고에서 검은 연기가 솟구쳤다.

그는 속으로 외쳤다.

'잘했다! 부숴버려라! 다 부숴버려!'

하지만 곧 혼란스러워졌다. 저 전투기들은 아군인가, 적군인가? 공격받는 공항은 아군 것이었나, 아니 적군이 공항까지 점령했나?

걸음을 재촉했다. 또 다른 농부를 만나 길을 물었다. 그는 걱정스러운 얼굴로 말했다.

"저기 보이는 마을엔 가지 마시오. 변장한 인민군들이 사복 입은 사람들을 잡아들이고 있소."

그는 급히 길을 우회했다. 다리를 건너 논길로 접어들었을 무렵, 다리는 천근만근 무거워졌고, 배에서는 허기가 밀려왔다.

'얼마나 더 걸어야 하는가…'

하늘은 점점 어두워졌다. 우선 배부터 채워야 했다.

길가를 살피던 중, ㄱ자형 초가집이 눈에 들어왔다. 대문도 없는 집이었다. 조심스럽게 다가가 방문 앞에 놓인 고무신 몇 켤레를 살펴보았다. 인기척이 없어 문을 두드렸다.

조용했다.

손을 뻗어 창호지로 된 방문을 당기니 문이 스르르 열렸다.

그 순간, 방 안을 환하게 비추는 호롱불 아래에서 세 명의 남자가 방문을 연 남자를 바라보고 있는 것이 보였다.

"실례합니다. 주인장 계십니까?"

"우리는 손님이요, 주인장은 안에 있는지 모르겠소"

중년 남자가 대답했다.

"아, 실례했습니다. 주인장 좀 불러 주시겠소?"

"이봐!, 우리는 손님이라는데 그래, 여기 주인 없어, 문 닫아" 셋 중 가장 젊은 청년이 화를 내며 쏘아붙였다.

"여보쇼, 당신은 손님이라면서 왜 그렇게 화를 내？, 객이 주인 찾는데 왜 화를 내고 그래?"

복택도 순간적으로 화가 치밀었다. 청년도 맞대응하며 욕을 해댔다.

"이 씨팔 놈, 말이 많아 주인 아니라는데 갈 것이지 웬 거지 같은 게 씨팔 –"

청년의 욕설에 열받은 복택은 권총을 빼 들어 젊은 청년에게 겨누며 나오라고 소리쳤다. 당황한 세 사람은 손을 머리 높이로 들고는 일어서 허둥대며 마당으로 걸어 나왔다. 곧 다른방에 있던 중년의 집주인이 마당으로 나왔다.

"내가 주인이오, 왜 그러시오? 젊은이."

"주인장, 죄송합니다. 밥 좀 싸 주십시오."

"아 그러죠, 밥 드릴 테니 제발 총 좀 치우시오."

주인은 부인을 시켜 바가지에 밥을 가득 담아 줬다.

"고맙소, 주인장, 저놈을 끌고 가겠소. 야, 너 앞장서!"

나그네의 엄포에 주인은 뭣 때문에 그러냐며 한 번만 봐주라고 사정했다. 못 이기는 척 말했다.

"이봐 너!, 지금은 인민군 세상 같아도 다시 국군이 올라올 거야. 당신들을 위해서 죽을힘을 다해 싸워 여기까지 왔는데 그렇게 야박하게 굴면 언제 죽을지 몰라. 알았어?"

'예, 잘못했습니다.' 청년은 기어들어 가는 목소리로 사과했다.

"오늘은 주인장 부탁도 있고 하니 그냥 가겠어. 대신 전부 방으로 들어가서 코빼기도 보이지 마! 알았어? 전부 들어가."

사람들을 모두 방 안에 가두고 빠른 걸음으로 그 집을 나와 다시 논 두렁 길을 걸었다. 남쪽을 향한 발걸음은 무겁고 쓸쓸했다. 낙오병이 된 신세는 처량하기 짝이 없었다. 총 한 자루 없이는 굶어 죽거나 맞아 죽거나 둘 중 하나 말고는 없다. 어제까지 같은 편이었던 농부들조차 이제는 안심할 수 없는 존재가 되어 있었다.

큰길에는 인민군 차량이 끝없이 남쪽으로 내려가고 있는 것이 보였다. 인민군들은 곳곳에 진을 치고 있거나 남쪽으로 내려가고 있었다. 앞에 철교가 보였다. 철교 양쪽에는 인민군 병사들이 지켜서서 지나가는 사람들을 가로막고 있었다. 어떤 사람들은 지나가고, 또 어떤 사람은 되돌려 보내졌고, 어떤 이는 끌려갔다.

밀밭 속으로 몸을 낮추었다. 숨을 죽이고 철교 쪽으로 조심스럽게 기어갔다. 저 철교를 넘으면 영등포다. 허리춤에 손을 뻗어 권총을 만지작거렸다. 1 대 2의 싸움을 머릿속으로 그려 보았지만, 승산은 없어 보였다. 어쩌면 저들 뒤편에도 더 많은 인민군이 도사리고 있을지 모른다. 몸을 더 깊숙이 숨겼다. 너무 가까이 다가와 버렸다.

"에라 모르겠다."

밀 이삭을 이불 삼아 드러누웠다. 하늘이 파랗게 빛났다. 전쟁은 인간들의 일이라는 듯, 무심한 하늘은 그저 파란색 하늘일 뿐이었다. 어디서나 같은 하늘, 구름이 흩어진 모습도 변함없었다. 보리 볏짚 모자를 얼굴에 덮고, 될 대로 되라는 심정으로 밀밭에서 눈을 감고 잠을 청했다.

눈꺼풀이 무거워졌다. 몸이 이완되자 문득 미아리가 떠올랐다. 적이 바로 코앞까지 다가왔는데, 도대체 왜 몰랐던 것일까? 밤새도록 조명탄이 하늘을 찢었지만, 인민군은 그림자처럼 다가와 숨소리조차 내지 않고 아군을 공격했었다. 등골이 서늘해졌다.

얼마나 잤을까. 세상은 고요했고, 어둠이 내려앉고 있었다. 하지만 아직은 희미하게나마 사물을 분간할 수 있는 어둠이었다. 그는 몸을 뒤집어 철교를 살폈다. 여전히 인민군 병사들이 양쪽에서 자리를 지키고 있었다. 철수할 기미는 보이지 않았다.

"다른 길을 찾아야 하나?"

누운 채 주먹밥을 꺼내어 씹었다. 철교에 너무 가까이 와버린 터라 섣불리 움직이는 것은 위험했다. 마음을 가다듬었다. 조금 더 어두워지기를 기다렸다가 움직이자. 하지만 다시 눈을 떴을 때는 이미 새벽이었다.

"젠장, 너무 오래 잤군."

몸을 돌려 철교를 바라보았다. 세상은 숨을 죽인 듯 조용했다. 철교 위를 지키던 병사들은 그대로였다. 단 두 명. 움직임이 없다.

절호의 기회였다.

'저놈들이 깨기 전에 건너야 한다. 놓치면 굶어 죽든, 잡혀 죽든, 어차피 죽는 건 마찬가지다.'

마음을 다잡고 기어갔다. 인민군 부대가 자리 잡은 반대편 둑을 넘었다. 철교로 조심스럽게 접근하며 고무신을 벗어 손에 쥐었다. 그 순간—

'팅— —'

신발 속에 숨겨둔 군번줄이 바닥으로 미끄러졌다. 쇠붙이가 돌에 부딪혀 날카로운 소리를 냈다.

"끄응…"

무릎에 고개를 쳐 박고 자고 있던 병사가 몸을 비틀었다. 숨을 죽였다. 식은땀이 등줄기를 타고 흘러내렸다. 군번줄을 황급히 집어 호주머니에 넣었다. 다행히도, 병사는 여전히 고개를 숙인 채였다. 그는 몸을 낮추고 한 발 한 발 조심스럽게 철교 위로 나아갔다. 걸음을 내디딜 때마다 이마에서 떨어지는 땀방울이 침목을 적셨다.

무사히 철교를 건너 한참을 걸었다. 먼동이 트며 도시의 윤곽이 드러났다. 영등포인 듯 했다. 피난민들이 하나둘 보이기 시작했다. 그는 삽을 내던지고, 군번줄을 다시 신발 속에 숨기고는 피난민 속으로 들어가 걸었다.

그러나 길이 막혀 있었다.

도로 곳곳에 인민군이 보였다. 군용 차량이 오가고 붉은 완장을 찬 사람들이 피난민들을 검문하고 있었다. 사람들은 도로에서 멀찍이 떨어져 강변의 평탄한 곳에 자리를 잡았다. 거적때기를 깔고 가족 단위로, 혹은 홀로 앉아 막힌 길이 열리기만을 기다리고 있었다.

인민군은 수많은 피난민을 적절히 통제하지 못하고 있었다. 하지만 기다릴 수 없었다.

'여기서 무작정 기다리는 건 죽음을 의미한다.'

그는 피난민 속에서 몸을 숨긴 채 인민군의 경계를 단독으로 넘을 수밖에 없다는 판단이 들었다.

허름한 담을 조용히 넘어섰다. 어둠이 내려앉은 집안은 숨죽인 듯 고요했다. 열린 부엌으로 몸을 낮추어 숨어들었다. 솥뚜껑을 살짝 들어 올리자 아직 온기가 남은 밥이 한 바가지쯤 남아 있었다. 허기를 달래려 조심스레 냄비에 밥을 퍼 담고, 숟가락을 움켜쥐었다. 마당을 기어 나와 대문을 나서려다 순간 망설였다. 밥을 들고 골목으로 나서는 것은 지나치게 위험해 보였다. 발길을 돌려 창고처럼 낡은 곳에 몸을 숨겼다.

창고 안에서 반찬도 없이 맨밥을 씹고 있는데 방문 여닫는 소리가 들렸다. 이윽고 한 늙은 여인이 밥상을 들고 부엌으로 들어섰다. 그녀는 한참을 머물며 설거지하는 듯했다. 바가지가 부딪치는 소리와 물소리가 들려왔다. 이윽고 부엌을 정리한 그녀는 다시 방으로 들어갔다.

잠시 후, 낮은 발소리가 마당을 스쳤다. 인기척을 느끼고 숨을 죽이고 있는데 남자가 창고 쪽으로 다가왔다. 낮은 목소리가 어둠 속을 헤집었다.

"여보시오, 거기 있는 양반 나오시오. 괜찮소."

그는 창고 앞에 서서 속삭이듯 부드럽게 불렀다. 복택은 권총 방아쇠에 손가락을 걸고서 조심스레 몸을 내밀었다. 남자는 순간 움찔했으나 곧 침착하게 들어오라고 하며 방으로 안내했다. 신발을 벗어 손에 들고 안으로 따라 들어갔다.

"앉으시오, 괜찮소. 젊은것들은 다 피난 가고 우리 부부뿐이오. 공산당이라도 늙은이를 어떻게 하겠소."

"고맙습니다. 놀라게 해서 미안합니다."

"아니요, 국군인 듯한데, 어쩌다 혼자되었소?. 지금 여기는 인민군 세상이오, 잘 못하다가는 큰일 당할 거요."

"그렇게 돼버렸습니다. 오늘 낮 동안만 신세를 지겠습니다. 아무 일 없이 가겠습니다."

진심으로 미안해하며 주인 부부에게 말했다.

"그러시오, 여기 있으면 괜찮을 거요. 염려 말고 쉬시오."

주인 남자는 안심하라고 쉬라면서 건넌방으로 안내했다. 부인은 건넌방까지 따라와 한숨 자라며 이불을 펴 주었다. 늙은 부부의 얼굴에서 진심으로 걱정해 주는 마음을 읽을 수 있었다.

"그런데 제가 숨어 있는 걸 어떻게 알아챘습니까?"

"호, 호, 몇 개 없는 그릇과 숟가락이 밥과 함께 없어졌으니 모를 수 없겠죠."

부인은 겸연쩍게 웃어 보였다. 얼마 만에 누워보는 푹신한 이불인가! 푹신한 이불에 누웠으나 몸이 편하지 않아 자꾸 뒤척였고 마음은 싱숭생숭했다. 아마도 전쟁 이후 계속 난장에서만 자 버릇해 몸이 거부반응을 일으키는 모양이다. 그 와중에 자신도 모르게 눈이 스르르 감겨왔다. 잠이 들었다.

"할머니, 할머니, 할아버지."

누군가 대문을 두드리는 소리에 본능적으로 몸을 일으키고는 권총을 움켜쥐며 대문을 주시했다. 방문 격자 2개를 뚫어 붙여놓은 밖을 보는 작은 유리창에다 눈을 갔다 댔다.

"누구요?" 부인이 마루로 나왔다.

"할머니, 저예요, 재현이에요."

"엉! 재현이가? 아니, 피난 간 놈이 어쩐 일이야?"

부인이 대문을 열자마자 모자 쓴 청년이 안으로 들어왔다. 청년은 붉은 완장을 차고 총은 아닌 듯 몽둥이 같은 것을 손에 들고는 웃음 띤 얼굴로 할머니를 쳐다보고 마당으로 들어섰다.

"아니, 웬일이냐?, 피난 간 놈이 식구들은?"

아직 부인은 사태의 심각성을 모르는 것 같았다.

"뭐?, 재현이가 돌아왔어?" 영감이 마루로 나왔다.

"할아버지, 이제는 인민군 세상이에요. 벌써 인민군들이 밑에까지 쫙 깔렸어요. 대단해요."

청년은 가볍게 목례하고 들고 있던 몽둥이를 마루 위에 아무렇게나 걸쳐 놓고는 몸을 숙여 운동화 끈을 풀었다. 청년이 운동화 끈을 풀고 있는 사이 영감 부부의 얼굴은 불안과 긴장으로 흙빛으로 변해갔다. 그도 그럴 것이 건넌방에는 낙오된 국군이 숨어 있는데 손자는 아무것도 모르고 인민군 세상 어쩌며 하며 떠들어 대니 긴장할 수밖에 없었다. 건넌방에서 상황을 지켜보던 낙오병의 눈빛이 날카롭게 번뜩이며 권총의 안전장치를 풀었다.

"아니? 아니?"

주인 남자는 사태의 심각성을 눈치챘는지 붉은 완장에 얼굴이 새파래졌다. 주인 여자도 얼굴이 새파래졌다.

"이제 인민군 세상인데요, 뭐"

청년은 고개를 처박고 운동화 끈을 풀면서 말했다. 청년이 고개를 들었을 때 문을 반쯤 열고 선 낯선 방문객과 눈을 마주쳤다.

청년은 얼이 반쯤 빠져 버렸는지 몸을 떨었다.

말없이 권총으로 방으로 들어가라는 시늉을 했다. 안방으로 세 사람을 몰아 넣어 청년을 꿇어앉히고 가슴팍을 힘껏 걷어찼다.

"이 괘씸한! 나를 속여? 빨갱이 아들한테 잡아가라고?"

아주 작은 소리였지만 상대를 제압하기에는 충분한 외침이었다.

"아니요, 그것이 아니요, 요놈은 손잔데 피난 간 놈이 어째서 돌아온 건지?"

"아이고, 이놈아! 아비, 어미는 얻다 두고 이것이 다 뭐냐?"

영감 부부는 쓰러진 청년을 붙들고 통곡 아닌 통곡을 해댔다.

"쉿, 조용히 해, 머리통을 날려 버리기 전에 조용히 해."

모자가 벗겨진 청년은 덩치는 컸으나 고등학생쯤 돼 보였고 새파랗게 질린 얼굴로 부르르 떨었다.

"자. 잘 못 했어요, 피난 가기 싫어서 밑에도 전부 인민군들이." 청년은 겁을 잔뜩 집어먹었다. 빠르게 판단해야 했다. 영감 부부가 속이는 것 같진 않다. 가족과 함께 떠난 청년은 남쪽에서 인민군 대 부대를 보자마자 전쟁은 이미 판가름 난 것으로 믿고, 인민군에게 협조하는 길이 살길이라고 생각하고 돌아왔을 수 있다. 그러나, 동료가 있다면 큰일이다.

"너, 동료들은 어딨어?, 몇 명이야?"

청년의 이마에 권총을 들이댔다.

"어. 없어요, 나 혼자에요. 그냥 집에 오고 싶어서…"

"거짓말하면 다 죽여버린다. 죽고싶어?."

"지. 진짜예요, 거짓말 안 해요."

청년은 몸을 부들부들 떨며 기어들어가는 소리로 혼자라고 했다. 대문은 잠겨 있고 청년이 거짓말하는 것 같지 않았다. 영감 부부를 벽 쪽으로 향하여 돌아 앉히고 힘주어 말했다.

"이놈을 잠시 데리고 가겠다. 만약, 따라오거나 소리치면 이놈은 죽는다. 나가고 한 시간 동안 방에서 나오지 마라. 알겠냐?"

"암요, 암요, 아무짓 않할테니, 손자 놈만 살려만 주시오."

영감 부부는 손자만 살려주면 무슨 일이든 한다며 땅바닥에 머리를 조아렸다.

"영감의 호의로 이놈 목숨은 살려 주겠다. 그러나 뒤따라오거나 소리를 지르면 모두 죽는다. 1시간이다, 1시간 동안 방에서 나오지 마라. 너 일어서!"

마루로 나와 청년의 운동화를 신어 봤다. 꼭 맞는 청년의 운동화를 신고는 방으로 다시 들어와, 청년에게 끈을 묶으라고 지시했다. 밖에는 인민군들로 가득할텐데, 청년을 인질로 골목으로 나설 수는 없다, 어떻게 해야 하나? 청년이 운동화 끈을 묶는 동안 여러 가지 방법을 생각해 봤다. 청년의 뒷덜미를 잡고 창고로 돌아 들어가 완장을 벗게 하고 주머니에 쑤셔 넣었다. 그리고는 뒤돌아 서 있는 청년의 목덜미를 권총 손잡이로 힘껏 내려쳤다.

'퍽'하는 소리와 함께 청년은 외마디 소리를 지르며 쓰러졌다. 청년의 상태를 확인하고 바로 옆집 담장을 넘었다. 아무도 없는 것 같았다. 붉은 완장을 어깨에 두르고 골목으로 나와 빠르게 걸었다. 큰길로 나오니 간간이 피난민이 보였고 날은 어두워지고 있었다.

붉은 완장을 벗어 발밑에 버리고 심호흡하며 피난민 대열 속으로 빨려 들어갔다.

철길과 나란히 뻗은 도로로 꽤 많은 피난민에 섞여 나왔다. 어느새 피난민과 이야기를 나누며, 걷고 있었다. 피난민들에게 들은 서울은 그야말로 지옥 그 자체였다.

"뭔, 반동이 그렇게도 많은지, 원, 경찰과 군인 가족들은 몰살 돼버렸죠. 웬만하면 반동으로 몰아붙이니 살 수가 있어야죠."

중년 남자는 등에 큰 배낭을 메고 가면서 투덜거렸다.

"당신도 국군이죠? 국군들은 전부 변장하고 숨어 들어서 강을 건너려고 애를 먹고 있는데, 잡혀서 죽은 사람도 무지 많아요. 또 군인을 숨겨서 반동분자로 몰려 경친 사람도 부지기수고… 그나저나 큰일났네. 큰일났어."

"아저씨는 용케도 강을 건넜네요. 한강다리가 복구됐나 보죠?"

"아따, 뭔 소리요? 배 타고 건너왔죠. 처음에는 무너져 내린 철교에 사람들이 시커멓게 붙어서 건넌 모양인데, 누군가 총을 쏘는 바람에 한 천명은 물에 빠져 죽었을 것 같네요. 지금은 그것도 가까이 가지도 못하게 지키고 서 있으니까 전부 배 타고 헤엄쳐 건넜지요. 고생 무지무지하게 했죠. 건너와서 영등포 천변에서 하룻밤 자고 밥 끓여 먹고 왔죠. 아이고, 피곤하네요."

"나도 거기서 자고 왔는데, 그런데 아저씨는 내가 군인인 거 어떻게 아셨소?"

"아따, 보면 모르겠소. 손이 반질 반질하고 얼굴이 야무지게 생겼구만."

등골이 오싹한 소리였다. 변장했지만 인민군한테 잡히면 영락없는 총살감이었다. 더구나, 눈에 띄는 것은 인민군이고 인민군 대부대들이 멀리서 가까이서 왔다 갔다 했다.

중년의 남자는 잠시 쉬어가자며 물 한 병과 담배를 내밀었다. 담배를 한 모금 깊이 들이마셨다. 순간 정신이 핑 돌았지만 입안 가득 퍼지는 담배 연기의 쌉싸름한 맛이 뜻밖에도 달게 느껴졌다.

"아니, 그런데 말이야. 국군은 어째서 그렇게 허망하게 무너져 버린 거야? 공산당이 쳐들어와도 문제없다고 큰소리 뻥뻥 치더니, 이게 대체 무슨 꼴이람."

남자는 혼잣말처럼 내뱉었다. 정부를 탓하는 것인지 무기력하게 후퇴만 하는 국군을 질타하는 것인지 혹은 절망 속에서 스스로에게 하는 말인지.

"정부도 마찬가지지. 안심하라 해 놓고는 자기들 먼저 도망쳐 버려가꼬, . 한강다리는 와장창 끊어놓고 정작 부러져야 할 다리는 즈그들 다리몽둥이 아니겠나 싶어요 . 아이고, 참나. 이렇게 죽기 살기로 싸우다 온 사람한테 화풀이하고 있는 꼴이라니. 미안해요. 진짜로. 피곤할 터인데…"

그는 잠시 말을 삼키더니 문득 떠오른 듯 중얼거렸다.

"그나저나 우리 아이들은 어디로 가버린 거지? 이놈들 아버지를 찾느라 울고불고 난리일 텐데. 큰일났네, 큰일났어."

피난길에서 가족을 잃고 헤매는 사람들은 사내만이 아니었다.

"순자야! 광순아! 춘심아! 복남아! 복순아! 아버지! 엄마!"

절박한 목소리들이 사방에서 메아리쳤다. 누군가는 운 좋게 가족을 찾아 부둥켜안고 오열하며 다시는 헤어지지 않겠노라 다짐했다. 그러나 여전히 길 위에 남은 이들은 애타게 이름을 불러대며 공허한 밤을 울렸다.

"오늘 중으로 국군 접전선을 넘을 수 있을까요?"

"글쎄, 다 온 것도 같긴 한데…"

어느덧 해가 기울고 있었다. 그는 남자에게 고맙다며 작별 인사를 건네고 철길을 따라 발걸음을 옮겼다.

어둠 속을 걷다 밤이 깊어졌고 사방은 칠흑 같은 어둠에 잠겼다. 길의 방향조차 가늠이 어려웠다. 가끔 몸을 낮추고 나뭇잎을 살폈다. 무성하게 자란 방향이 남쪽일 터. 그렇게 어둠 속을 더듬으며 한 걸음, 또 한 걸음 나아갔다.

무서움보다도 외로움이 더 견디기 힘들다는걸, 그제야 깨달았다.

도로변을 따라 한참을 걸었다. 저 멀리서 인기척이 들리는 듯했다. 걸음을 멈추고 소리에 귀를 기울였다. 거리를 가늠하고 조금 더 내려갔다.

그러나 인기척은 점점 가까워졌다. 순간 몸이 본능적으로 땅에 닿았다. 포복 자세를 취한 채 길가의 무성한 가로수 사이로 몸을 숨겼다. 그리고 조심스레 기어갔다.

숨을 죽이고 몸을 더욱 낮췄다. 어둠 속에서 희미하게 어른거리는 검은 그림자가 보였다. 이내 시야에 선명하게 들어온 것은 총을 든 자의 실루엣이었다. 앞쪽에 검은 그림자가 어른 거리더니 어렴풋이 총을 든 그림자가 시야에 잡히자 기어가던 동작을 멈췄다.

말해야만, 아군인지 적군인지 구분할 수 있을 텐데 그림자는 도통 말이 없었다. 한참을 엎드려 있으니 그 위에 또 다른 그림자가 겹쳤다.

"어이, 이 하사!"

"네, 문 상사님"

"잘 경계해, 적들이 코앞까지 왔다는 정보가 있어"

"네, 잘 알겠습니다."

아군이었다. 그러나 그냥 나갈 수는 없는 일이었다. 암구호도 모르고, 더구나 적들이 코앞에 있다고 하였으니 섣불리 나갔다가는 누군가의 총에 맞을지도 모를 일이었다. 엎드려 있자니 목덜미가 저린다. 다시 기어서 그림자와 불과 10m 남짓한 거리에 있는 가로수 나무를 방패 삼아 앞으로 기어갔다. 보초는 앞만 보고 있는 듯 했다. 보초에게 나지막이 말했다.

"어이, 이 하사, 쏘지 마쇼. 난 낙오병이요."

"누, 누구야, 손들어!"

보초는 자세를 낮추고 총을 겨눴다.

"나는 낙오병이오, 아군이요, 쏘지 마쇼."

"누구야, 손 높이 들어!"

"자, 지금 나가요, 쏘지 마시오."

"나와! 천천히."

"지금 나가요, 참말로 쏘지 마쇼."

손을 높이 들고 앞으로 나갔다.

"멈춰!, 손 더 높이 들어"

"본부로 데려가 주쇼. 난 7사단 1연대 중사요."

"꼼짝 마!"

보초는 총을 겨눈 채, 가까이 오더니 행색을 살피고는 낙오병을 앞에 세워 본부로 데려갔다.

헌병 대위가 '누구냐?, 어느부대 소속이냐'며 따지듯이 물었다.

'요 앞 도로에서 기어 나왔습니다. 아군이랍니다.'

보초는 헌병에게 낙오병을 인계하고는 원래 근무지로 돌아갔다.

헌병 대위는 농부 복장을 한 낙오병을 못 믿겠다는 투로 취조하듯 이것저것 물었다.

"예! 저는 제7사단 제1연대 본부 중대 중삽니다. 서울에서 내려오는 길입니다."

"직속상관과 군번을 대!"

관등성명과 이름을 말하고 군번줄도 확인했다. 대위는 부하에게 불을 가져와 얼굴에 비치게 하고 이것저것 묻더니 고생했다며, 7사단 1연대는 수원 농업학교에 있으니 밝은 날 이동하라고 했다.

부하에게 잠자리를 내주라고 지시하자 헌병들은 낙오병을 막사로 데리고 가더니만 서울 소식이 궁금한지 다시 질문을 이어갔다. 낙오병은 의정부에서의 전투와 탱크와 중화기로 무장한 인민군들을 본 사실대로 이야기해 줬고 헌병들은 어느새 잠이 들었는지 말이 없어져 버렸다.

수원에 병력을 집결하여 반격을 준비하던 국군 모두는 두려운 마음에 잠을 못 이루는데, 이름 모를 부대를 찾아든 낙오병은 오랜만에 마음 졸이지 않고 달콤한 잠에 빠져 들었다.

정말 오랜만에 편한 잠을 자고 따뜻한 아침을 먹은 낙오병은 이름도 모르는 헌병들에게 고맙다는 인사를 건네고 수원 시내로 향했다. 수원 시내에 들어서니 아군들의 우왕좌왕하는 모습이 보였다. 질서도 없어 보였고 무기도 형편없어 보였다.

농부 복장을 한 낙오병에게 아무도 관심을 두지 않고 쳐다보는 사람도 없다.

'이대로 고향으로 돌아가? 자신이 죽었는지, 살았는지 아무도 모른다, 누구 하나 관심도 없다, 나 한 사람 없어진다고 질 전쟁이 이기는 것도 아니다.' 38선으로 전출 간다고 했을 때 눈물을 흘리던 어머니가 보고 싶다.

마음은 고향으로 향했지만, 현실은 수원 농업학교 위치를 물어 찾아가고 있었다. 농업학교 정문에 서있는 보초는 어디서 많이 본모습이었다. 훈련소 동기이고 송정리 보급창에서 같이 근무했던 전남 곡성이 고향인 봉희였다.

"야, 봉희야, 너 봉희맞지?"

한걸음에 달려가 부둥켜안았다.

"어? 오메 너 누구야, 너 복택이 아니야?. 야, 오메 너 살아있었구나."

"그래 살았다, 살았어, 너도 살아있었네?!"

"야, 네가 죽었는지 알았는데, 어떻게 살아있냐?"

"고생 좀 했다. 왜 인마 살아서 섭섭하냐?"

"그래, 섭섭하다. 인마, 하, 하, 하, 너 고생 무지하게 했구나, 몰골이 말이 아니네."

"이제 괜찮아, 여러 번 죽을 뻔했지 여러 번… 근데 부대는 어떻게 도하했냐?"

"응, 우리가 제일 먼저 도하했지. 야, 인사계 편 상사가 너 죽었다고, 가위표 쳐버리던데, 너 무지하게 운 좋구나!"

"자식, 가위표 친다고 산 사람이 죽냐?"

"응, 그건 그렇지. 하여튼 무지하게 반갑네."

두 사람은 너무나 반가워 부둥켜안고 한참을 얘기했다. 봉희와 헤어져 연대본부로 갔다.

사무실에는 편 상사가 책상에 다리를 올려놓고 쉬고 있었다.

"편 상사님, 저 왔습니다."

편 상사는 깜짝 놀라 일어나면서 넘어질 뻔했다.

"아니, 이게 누구야? 임 중사!"

"고생 많으셨죠? 저 지금 막 도착했습니다."

"와, 어떻게 살아왔어? 난 죽은 줄 알았는데. 고생 많이 했나 봐? 얼굴이 다 핼쑥하네."

편 상사는 병사의 명단에서 복택의 이름 위에 표시된 가위표 위에다 다시 동그라미를 진하게 치며 살아온 사람은 처음이라며 신기해했다. 명단에는 반 수 이상이 가위표가 되어 있었다.

"근데, 인사계 님, 저는 지금 총도 없고, 옷도…"

"어허, 임 중사 지금은 전시 중이야. 요령껏 해야지"

편 상사는 건빵 몇 봉지를 건네주며 뜻 모를 웃음을 짓고는 쉬라고 지시했다. 연병장으로 나왔다. 그늘에 앉아 연병장을 둘러봤다. 병사들은 제멋대로였다. 질서도 없고, 자는 사람, 떠드는 사람, 상의를 벗은 사람, 빨래하여 말려 놓은 사람…

건빵을 놓고 일어나 연병장을 한 바퀴 돌았다. 나무에 걸쳐진 상의를 들고 자연스럽게 입으며 걷다가 이번에는 모자를 슬쩍 썼다. 한참을 가다가 나무 아래에 걸쳐진 총을 집었다. 마지막으로 누군가 깨끗하게 빨아서 말려 놓은 하의를 걷어 건빵이 놓인 곳으로 가서 입어봤다. 아직 물기가 축축했지만 견딜만 했다.

그 사이 건빵은 사라지고 없었다. 젠장!

곧이어 병사들에게 집합하라는 명령이 떨어졌다. 멀리서 보니 무기와 군복을 잃어버려 허둥대는 병사는 팬티차림으로 허둥대며 집합하고 있었다. 반 벌거숭이 모습에 웃음을 참으며 연병장으로 나갔다. 연대장은 이것저것 지시하며 연병장을 순시했다. 병사들은 대대 병력 수준밖에 안 되어 보였다.

연대장이 조회대로 올라왔다.

'에 - 제군들 고생이 많았다, 지금부터… 에?' 연대장이 막 연설을 시작하려는 찰나 하늘에서 전투기 소리가 들리더니 북쪽 하늘로부터 전투기 3대가 연병장을 향하여 돌진해 왔다.

'피해라!'

연병장을 향하여 돌진한 3대의 전투기는 연병장에다 총기 사격을 해대더니 다시 하늘로 치솟았다. 병사들은 무지무지하게 빠른 동작으로 사방으로 흩어지며 아우성쳤고 모두가 연병장 가장자리 큰 나무 밑, 담장 밑으로 숨어들었다. 하늘에서는 다시 돌아온 적 전투기 3대가 연병장에 대고 연달아 기관총을 쏘아대더니 하늘로 솟구쳤다. 그 순간 멀리 남쪽 하늘로부터 나타난 전투기 한 대와 공중곡예를 하듯이 서로 총을 쏘아대는 것이다. 영화에서나 보던 1대3의 공중전이 눈앞에서 펼쳐졌다.

"와, 잘한다, 쏴라 쏴!, 옆에서 간다, 조심해!"

적군의 전투기 3대 모두 꼬리에서 연기를 뿜으며 땅으로 곤두박질치고 아군 전투기는 유유히 사라졌다. 병사들은 함성을 지르고 팔짝 팔짝 뛰면서 좋아했다.

전쟁 개시 후, 최초로 아군이 승리하는 장면을 본 복택은 '이제야 제대로 되는군.' 중얼거리며 벅차오르는 자신감에 가슴과 어깨를 폈다.

'이제 반격이 시작되나 보다.' 생각하는데, 뜻밖에 떨어진 명령은 퇴각이었다. 병사들은 각자의 군장을 챙겨 들쳐메고 연병장을 출발하여 수원 시내 도로를 양옆으로 한 줄씩 대오를 형성하며 남쪽으로 내려가기 시작했다. 연대본부는 제일 앞에서 행군을 시작했다. 수원 시내를 지나 외곽도로로 나가는 길목쯤일까. 헌병들이 연대의 행군을 막아섰고 연대는 더 이상 나가지 못하고 주춤거렸다. 연대장이 탄 차량은 앞으로 달려 나갔고 헌병 장교와 연대장 사이에 언쟁이 벌어졌다.

"아니, 전부 후퇴만 하면 누가 적을 막습니까? 돌아가십시오, 더 이상 못 갑니다."

"허, 이 사람, 누구는 좋아서 퇴각하나? 상부 명령이라고. 바리케이드 빨리 치워."

"저는 명령 못 받았습니다. 돌아가십시오." 연대장은 "어 허"만 연발했고, 헌병 장교는 목 비키겠다며 고집을 부렸다. 병사들은 영문도 모른 채 길가 아무 곳에 앉거나, 서서 잠시 소요가 이어졌다.

그때, 뒤에서 누군가가 소리쳤다.

'탱크 다, 탱크!' 대열은 흐트러지고 병사들은 장애물을 넘어 앞으로 뛰고 뒤로 뛰고 옆으로 뛰고… 순식간의 일이었다. 헌병들도 병사들을 제지하지 못했고, 이내 아수라장으로 변해버렸다.

'*탕-, 탕-*'

연대장은 병사의 M1 소총을 빼앗아 허공에 총을 발사했다. 병사들은 움찔거리며 행동을 멈췄다.

"한 발짝이라도 움직이면 쏜다!. 모두 정신 차리고, 대오를 정비해라!"

연대장은 지휘관들에게 담당 부대의 관리를 철저히 할 것을 명령내리고 병사들을 출발시켰다.

참으로 기막힌 일이었다.

대 부대가 '탱크'라는 한마디에 혼란에 빠지고 우왕좌왕하다니, 복택은 우습기도 하고 한편으로는 어이가 없었다. 죽을 고생을 하고 찾아온 부대가 오합지졸보다 못하다니… 조금 전의 공중전에서 생겨났던 자부심이 다시 바닥으로 곤두박질쳤다.

수원을 떠난 연대는 길을 가면서 트럭만 보면 징발하여 병사를 태웠고 오산쯤에 와서는 병사들이 모두 차에 탈 수 있었다. 병사들을 태운 차량은 빠르게 남쪽으로 내려갔다.

연대는 식사 때가 되면 민가의 소, 돼지, 닭 등 가축을 잡고 빈집에 들어가 식량을 찾아다가 아무 데나 솥을 걸쳐 놓고 나무를 잘라 땔감을 만들어 식사를 해결하면서, 남쪽으로 향했다. 장병들이 충분히 먹지 못했지만 혹시라도 먹고 남은 식량이나 빈집에 있던 곡식, 가축 등은 아무 데나 쌓고 불을 붙여 태우면서 남쪽으로 내려갔다. 그대로 두면, 인민군들의 식량이 될 것을 염려했기 때문이었다. 차량이 산길에 들어섰다.

"도대체 어디로 가는 거야?"

"글쎄? 대전에 가나?"

"아니야, 진천이라는데."

연대는 진천 방향으로 가고 있었다. 진천? 생전 처음 들어 보는 지명이었다. 일본에서만 십여 년을 살았던 탓인지, 도대체 어디가 어딘지 답답하기만 했다. 진천으로 가는 길은 험했다. 비포장 좁고 가파른 길을 하늘로 올라가는 것처럼, 차는 산 정상을 향하여 몇 시간째 올라가기만 했다.

'무지하게 높구먼', '높은데 오니까 기분 좋네'

'꼭 계단 올라가는 것 같네' 차는 꼬리를 물고 한참을 오르더니 다 올라왔는지 엔진소리가 작아졌다.

'지금부터 급경사다. 꽉 잡아라!'

누군가 명령을 내렸다. 몸이 앞쪽으로 쏠리더니 푸른 산들이 발아래로 보이기 시작했다. 차 엔진 소리보다는 바퀴 돌아가는 소리가 더 크게 들리더니, 심하게 꺾어진 커브 길을 몇 번이고 돌며 흔들거리면서 이번에는 밑으로만 급격한 하강길로 내려갔다.

우지끈, 쾅-, '아악'

세상이 무너지는 소리와 비명소리가 들리더니, 뒤에 따라오던 차량 한 대가 급커브 길을 버티지 못하고 산 아래로 굴러 버렸다. 지붕이 없는 화물차 적재

함에 타고 있던 수 명의 병사들은 밖으로 튕겨 나와 산자락에 처박혔다. 연대는 멈춰 섰다. 뒤를 따라오던 차량에 탔던 병사들은 차에서 뛰어내려 사고지점으로 달려갔으나 이미 밑으로 굴러 산에 거꾸로 처박힌 차량과 튕겨 나간 병사들은 절벽이 삼켜 버렸다.

연대장과 장교들이 뛰어왔다. 사고 차량에 탔던 병사들은 대부분 죽었고 부상자는 몇 명 되지도 않았다.

"사망자는 묻어라!."

연대장의 힘없는 명령에 병사들은 묘를 만들었다. 20여 명의 병사가 잠들 묘가 여기저기 또는 길게 파였다. 눈물을 흘리는 병사도 많았다. 유명을 달리한 젊은 병사들은 진천 산자락 어딘가에 묻혔고 전우들은 돌과 나무로 묻은 곳을 표시했다.

'너무 늦었다, 출발한다'

연대장은 걱정스러운 얼굴로 다시 출발 신호를 내렸다. 어둠이 깔렸다. 진천에 도착한 부대는 학교 교정으로 들어섰다. 교정에는 많은 탄약과 장비 중화기들이 수북이 쌓여 있고 먼저 온 부대의 병사들은 박격포 등을 적이 오는 방향으로 향하게 배치하고 있었다. 연대 병사들은 각자 수류탄, 탄약 등 개인화기를 필요한 만큼 몸에 지닌 채 이미 포가 설치되어 있는 진지로 포탄을 나르는 작업을 마치고 병사들은 자연 지형을 이용하여 방어형태로 배치됐다. 병사들이 진지에 배치되자마자 탱크 소리가 들렸다.

'탱크다!'

병사의 외침과 동시에 포탄이 진지 위로 떨어졌다. 언제 왔는지 적들은 아군의 코앞에서 탱크와 중화기로 밀어붙이고 있었다. 귀신 곡할 노릇이었다 아군은 앞에도 적, 뒤에도 적일 때가 많았다.

아군은 다시 퇴각하기 시작했다. 사망자와 부상자가 발생했고 그들을 돌볼 틈조차 없이 탱크가 사정없이 밀어붙였다. 아군들은 그들을 버리고 다시 남쪽으로 도망치기 시작했다.

퇴각! 아군은 변변한 전투 한 번 못 치러보고 총 한번 제대로 못 쏴보고 퇴각만 했다. 어딘지도 모르는 곳에 내려 대오를 정비하면 적들은 어느새 코앞에 와 있었고, 다시 몇 명의 사상자를 내고 퇴각하여 정신을 차리려 하면 적들이 달려들었다. 이제 지쳐 버렸다. 전투 자세를 취할 생각도 사라져 앞만 보고 내달렸다. 아무도 이야기하는 사람 없이 오직 '후퇴' 명령만 들려왔고 앞 병사만을 보고 따라갔다.

아군들은 산을 넘고 들을 지나 강을 건너며 퇴각만 했다. 때로는 전열을 정비하고 지형지물을 이용하여 전투 자세를 취하여 봤지만 역부족이었다.

남으로, 동으로, 서쪽으로… 북쪽만 아니면 어느 곳으로나 퇴각하고 있었다. 장비도 부족했지만 아무리 용감한 병사라도 탱크 앞에서는 무기력했다.

다음 날 오전 10시경, 청주에 도착했다.

청주 시내에 진입하니 아무도 없었다. 시민들은 얼마나 급하게 도망갔는지 상점들은 문이 다 열려 있고, 물건들은 진열해 놓은 채였다. 이제 연대병력은 대대 병력의 반도 안 되어 보였고 병사들은 아무렇게나 쓰러져 버렸다. 그러나, 휴식도 잠시 다시 퇴각 명령이 떨어지고 병사들은 지친 몸을 이끌고, 청주를 떠나갔다.

어디까지 가는 것일까?

청주에서 남쪽으로 6km쯤 떨어진 면 소재지에서 연대는 멈춰 섰다. 연대장은 면사무소에 연대본부를 차리라고 명령했고 병사들은 전투 형태로 넓게 배치됐다. 그즈음, 아군들은 퇴각만 반복하고 있어도 민첩성이 몸에 배 그런대로 신속히 움직였고 식량을 구해와 허기를 달랬다. 병사들은 식사한 후에 경비위치에서 잠깐씩 눈을 붙였고 면사무소 안에는 일부 본부 병사들이 쉬고 있었다.

쾅!, 따따다다닥, 따따다다닥.

사무실 긴 의자에 드러누워 잠을 자다가 하늘이 내려앉는 소리에 놀라 깨어나 정신없이 유리창을 뛰어넘었다. 사방에서 불꽃이 튀고 면사무소가 불바다로 변했다. 아군들의 응사는 별로 없었고 포탄과 총소리, 아우성이 귀를 찢었다. 면사무소 안으로 포탄이 떨어졌다. 기어서 면사무소 뒤편에 있는 야산에 올랐다. 어느 틈에 따라왔는지 인민군들은 면 소재지를 포위하고 포탄을 퍼부어 댔다. 하늘로 오른 포탄은 불꽃놀이라도 하는 양, 어두운 밤하늘에 형형색색의 수를 놓고 있었고 사방에서 적들의 함성이 들려왔다. 섬광은 허둥대며 퇴각하는 아군의 모습, 공격하는 인민군의 모습을 간간이 비쳤다.

아군은 여러 곳으로 흩어져 퇴각하고 있었고 적들은 퇴각하는 아군의 앞에서도 공격하고 있었다. 어떤 쪽으로 퇴각하는 부대를 따라가야 할지 잠시 망설이다 총도 없이 피해 온 자신을 발견하고, 면사무소로 기어 내려가 피투성이 상태로 뒹구는 아군 병사 옆에 떨어져 있는 총을 집어 들었다. 그리고 야산에서 봤던 대로 가장 많은 병사들이 퇴각하는 방향으로 냅다 뛰었다. 뒤쪽에서는 낙오된 아군과 인민군이 교전 중인지, 인민군이 일방적으로 어둠 속에나 총을 쏘는 것인지 총소리가 계속 들려왔다.

마라톤 선수처럼 한참을 달려가니 퇴각하는 부대가 나왔다. 어둠 속에서 전우의 얼굴을 살피니 다행스럽게도 아는 얼굴이었다.

병력은 청주에서의 반의반도 안 돼 보였다.

칠흑 같은 밤이었다. 부대에 합류한 지 30분이나 지났을까? 사방에서 섬광이 다시 터졌다. 대열이 흐트러지고 병사들은 납작 엎드렸다. 앞에서도, 뒤에서도, 옆에서도 적의 총알과 포탄이 날아왔다. 부대는 완전히 포위된 것 같았다.

"모두 꼼짝하지 마라!"

대대장의 우렁찬 목소리가 들려왔다. 병사들은 약간 높은 논두렁길 밑에서 죽은 듯 조용해졌다. 병사들이 움직이지 않자 잠시 후 병사들에게 날아오던 포탄은 멈췄고 엉뚱한 곳에다 포탄을 퍼붓고 있었다.

'총과 얼굴, 팔 반짝거리는 모든 것에 흙을 칠해라'

명령이 릴레이식으로 전해졌다.

'지금부터 날이 밝을 때까지, 쉬지 않고 걷는다. 앞사람 허리춤을 붙잡고 일렬로 따라간다, 소리내면 절대 안 된다'

다시 알듯 모를듯한 명령이 앞사람을 통해 전해지고, 장교 몇 명은 발밑으로 기어서 명령을 전달했다. 앞사람이 낮은 포복으로 기어갔다. 모두 뒤를 따라 기었다. 얼마나 기었을까? 뱃가죽이 아팠다. 이번에는 앞의 병사가 높은 포복으로 기더니 한참을 가서는 서서 걸었다. 병사들은 앞사람 뒤통수만 보고 걸었다. 며칠간 잠을 자지 못한 병사들은 앞사람이 가다가 서서 졸면 뒷사람 모두 서서 졸았고, 앞사람이 낭떠러지로 떨어지면 뒷사람도 모두 떨어졌지만, 아무도 입을 열지 않았다. 낭떠러지에서 떨어져서도 다시 일어나 앞사람을 보고 걸었다.

참 희한했다. 평소 같으면 낭떠러지에서 떨어지면 부상을 당했을텐데 아무도 다치지 않았고, 외마디 소리조차 지르지 않았다. 특별히 명령받은 장교들은 앞, 뒤를 오가며 자는 병사들을 깨우기에 바빴다.

이 희한한 행군은 병사들을 긴 꼬리처럼 달고 한없이 걷기만 했다. 어느덧 총소리는 들리지 않는 대신 적막감이 병사들 주위를 감싸며 어렴풋이 풍경이 보이기 시작했다. 눈에 들어온 것은 고요하고 평온한 전형적인 시골이었다.

점촌이라고 했다.

그날 밤, 연대가 밤을 새워 교전하는 사이 대대는 그 틈을 이용하여 연대와 떨어져 나와 포위망을 뚫고 충청도에서 소백산맥의 한 줄기를 넘어 경상도 점촌으로 넘어온 듯했다. 점촌은 상당히 큰 마을이었으며 부촌이었다. 빈집이었던 큰 기와집에 본부를 차린 부대는 창고에서 쌀을 내어다가 밥을 지어 식사를 해결하고 피로에 지친 몸을 잠시나마 뉘었다.

병사들은 고풍스러운 큰 기와집에 매료되어 빈집을 여기저기 구경하고 있었다. 정제되지 않는 투박함을 지닌 흑색 기와를 얹어 지은 집은 추녀 끝으로 이어지는 곳까지 조그만 기와를 붙였고 추녀 끝에 붙은 기와는 연꽃인지 꽃문양이 새겨져 있었다.

기와는 이중인지 삼중인지 오묘한 조화를 이루고 마당의 화단에는 이름 모를 꽃이 피어있었으며 조그만 연못에는 물고기들이 전쟁과는 상관없는 듯 한가로이 헤엄치고 있었다. 복택은 한국의 미를 잔뜩 머금은 집을 이리저리 구경하다 서재를 발견하고는 발을 멈추었다. 서가 한 편에 정갈하게 정돈된 일본 서적이 눈에 띄었기 때문이었다. 서재로 들어가 책의 제목을 읽어 내려가다 메이지대학이라고 써진 앨범에 눈이 멈췄다. 메이지대학이라고 인쇄된 졸업 앨범을 조심스럽게 빼어내 펼치니 익숙한 얼굴이 보인다.

보고 싶은 형이었다. 사각모를 쓴 형은 날카로운 눈빛으로 '죽지마'라고 외치고 있었다. 그 순간 형의 얼굴 위로 부모와 형제들의 얼굴이 겹쳤다. 가슴 깊이 묻어두었던 그리움이 솟구쳤다. 참으로 보고 싶은 얼굴이었다.

'출발 준비! 전 대원 출발 - '
밖에서는 한 병사가 출발 명령을 외치고 있었다.
보고 있던 앨범을 원래 제자리에 돌려놓고 서재를 나오려다 말고 다시 들어가 앨범을 펼쳤다. 보고 싶은 형의 얼굴을 한 번 더 바라보다, 조심스럽게 대검으로 형의 사진을 도려 내 수첩 사이에 끼워 위쪽 호주머니에 넣고 서재를 나왔다. 사진을 도려낸 이유를 메모라도 남겨 놓을 걸 후회하며 서재를 나와 부대원과 합류했다.

전쟁의 한복판에서도 우연이라는 운명의 시간은 멈추지 않고 계속 지나갔다.

대대장은 출발 준비를 끝낸 부대원들이 집합한 자리에서 일부 공석이 된 자리에 새로운 간부들을 임명했다.

'편효성 준위, 2중대 2소대. 선임하사 임복택 중사, 2중대 3소대 선임하사…'
부대는 점촌을 뒤로하고 다시 출발했다. 오후에 점촌을 떠난 부대는 경북 가동과 풍산면을 거쳐 안동에 도착했다.

안동에 들어선 부대는 시내에서 허기를 채우고 낙동강 방면으로 이동했다. 그러나, 부대를 가로막고 선 것은 낙동강이 아니라 끝이 보이지 않는 인민군 대부대였다.

헤아릴 수 없을 정도로 많은 차량과 탱크, 장갑차 등이 낙동강 이남을 향하여 전투준비를 끝낸 듯 인민군들이 한가롭게 오가고 있었다. 인민군들은 낙동강 북쪽 둑 위에, 둑 아래 모래사장에서 남쪽과 동쪽을 향하여 호를 파고 중화기들을 배치했으며 야산에도, 길에도 인민군 천지였다.

족히 수만 명은 될 것 같은 인민군들이 시커멓게 늘어서 남쪽을 바라보고 있었고, 수많은 인공기, 인민군 군기들이 국군의 기를 꺾고 놓겠다는 듯 나풀거리고 있다. 아니, 국군은 이미 기가 질려버렸다.

아군 지휘부는 낙동강 이남에 있다. 북쪽에서는 인민군 대부대가 더 내려올 것이고 우리를 도와줄 지원병도 지원부대도 없을 것이다. 인민군 부대의 후방을 뚫고 남쪽으로 내려가지 않으면 곧 죽음이다, 그러나 남쪽으로 내려간다는 것, 그것도 곧 죽음을 의미했다.

공포심은 병사들의 입을 다물게 하기에 충분했다.

밤이 되었는데도 적의 움직임은 없었다.

'왜 이렇게 조용하지?'

'조용하니까, 기분이 이상하네.'

'자식들, 우리를 못 봤나.'

너무 조용하여 오히려 이상할 정도였다. 병사들은 그 적막이 오히려 불길하게 느껴졌는지 불안이 엄습해 와도 입을 다물어 버렸다. 지금까지와는 다르게 더 이상 물러설 곳도 없고, 갈 곳도 없는 야산에서 이제 죽기 아니면 살기로 싸우는 수밖에 없을 것 같았다. 병사들의 침 삼키는 소리 외에는 아무 소리도 들리지 않았다. 밤이 되어도 잠잠하던 전선은 자정이 넘어서자 먼 곳에서 약하게 소음이 들려왔다. 땅을 스미듯 움직이는 발걸음 소리. 불길한 기운이 서서히 다가오더니 마침내 총성이 찢어지듯 울려 퍼졌다.

'사격!'

지휘관의 외침은 총탄 속에 묻혀버렸다. 하지만 병사들은 주저하지 않고 방아쇠를 당겼다. 불꽃처럼 터지는 총성과 함께, 전장은 순식간에 혼돈 속으로 빨려 들어갔다. 인민군이 낙동강에 배치된 병력을 빼내어 북쪽에서 내려오는 국군 대대를 기습했다. 아군은 수류탄을 던지며 필사적으로 저항했다.

드르륵, 쾅, 드르륵 - -

'이쪽이다, 쏴라… 윽!' 그들은 밤이 새도록 총을 쏘았다. 대대가 보유한 모든 화력을 쏟아부으며, 돌아갈 곳 없는 전장에서 필사적으로 싸웠다. 탄창을 갈아끼는 손이 쉴 틈이 없었고, 죽어 넘어진 전우의 배낭에서 수류탄을 꺼내어 정신없이 던졌다.

날이 밝아지면서 조용해졌다. 고요함은 또 다른 공포였다. 안도의 한숨과 함께 무서움이 찾아 들었다. 넓지 않은 야산에 적과 아군의 시체가 나 뒹굴고 여기저기 무기들이 흩어져 있었다.

'야, 박 하사 다친 데 없냐?'

'야, 박 하사, 박 하사…' 조용히 잠을 자는 듯 고개를 앞으로 떨구고 총을 겨눈 채 굳어 버린 박 하사는 나무토막처럼 흔들릴 뿐이었다.

아! 박 하사!, 창백한 얼굴의 박 하사의 부릅뜬 두 눈을 손으로 감기면서도 눈물조차 나오지 않았다. 다른 병사를 불러 시체를 뒤로 옮겼다. 박 하사뿐만 아니라 병사들 상당수가 시체로 변하여 한쪽에 수북이 쌓여 있었고, 위생병은 부상자를 치료하고 있지만 약품이 부족해 부상이 심한 전우들에게 해줄 것이 별로 없어 보였다.

대대가 인민군 대부대를 공격하기엔 화력이나 병력 면에서 역부족했고 더 이상의 교전은 의미가 없었다. 더 지체하다가는 북쪽에서 내려오는 인민군 대부대로 인하여 샌드위치가 될 것이 뻔했다. 아군은 반드시 낙동강 이남으로 넘어가는 것만이 살길이다. 대대장은 고독한 결단을 내렸다.

'다시 안동 시내로 들어가서 우회하여 낙동강을 넘는다. 낙동강 상류 북쪽, 서쪽 둑은 모두 저놈들이 점령했으니 낙동강쪽 야산으로 올라가 낙동강으로 뛰어든다.'

모든 장병에게 명령이 전달됐다. 개별적인 퇴각 명령이었다. 한명 한명이 개별적으로 적군을 뚫고 낙동강 이남으로 집결하라는 명령이었다.

대대장은 병사들이 몸에 지닐만한 무기 외에 각종 중화기와 무기들을 모으라고 명령했다. 대대장이 타고 온 자동차와 박격포 몇문, 포탄, 로켓포와 곡사포 병사들의 들고 왔던 소총과 실탄 박스 등이 순식간에 언덕을 이뤘다.

'폭파시켜라!' 대대장의 나지막한 명령이 떨어지자 쌓인 무기 위로 휘발유가 뿌려지고 곧 성냥불이 그어졌다.

쾅, 뻐 뻥…뻥 - 무기들은 마치 장작불처럼 타오르더니, 이내 거대한 폭발

음과 함께 산산조각났다. 불꽃이 하늘로 솟구치고 검은 연기가 소용돌이치며 피어올랐다. 이제 그들에게 남은 것은 맨몸뿐, 만약 작전이 실패한다면 더 이상 싸울 무기도 저항할 힘도 남지 않을 것이다.

'1개 소대씩 나간다, 나머지 소대는 엄호해' 명령이 떨어지고 병사들은 야산에다 일제 사격을 한 후 튀어 나갔다. 사방에서 총탄이 날아오고 병사들은 비명을 질러대며 죽거나 부상당했지만 부상자를 구할 생각도 하지 못하고 오로지 앞으로만 뛰었다. 많은 희생자를 내며 부대는 다시 시내로 들어와 주택가 사이사이로 이동하여 야산 앞에까지 도착했지만 더 이상 나아가지 못했다.

주택가와 야산 사이의 30m 정도에는 은폐물이 없어 몸을 숨길 수도 없어 병사들은 골목에서 나가지도 못하고 웅크리고 앉아 버렸다. 야산에는 인민군의 숫자가 계속 늘어나고 있었다. 병사들이 웅크리고 있는 곳에 포탄이라도 떨어지면 몰살될 판이었다.

'도랑으로 들어가라! 빨리'

야산과 주택 사이에 옆으로 길게 뻗은 뚜껑이 없는 도랑 같은 홈을 가리키며 대대장은 명령했다. 병사들은 도랑 홈 속으로 몸을 굴렸다. 도랑 속 흙은 질퍽거렸고 악취가 진동했지만 적의 총알을 피하기에는 안성맞춤이었다. 인민군은 총을 쏴 봐야 소용이 없다는 것을 알았는지 총소리가 멈췄다. 사방에 고요한 적막이 흘렀다.

'*투항하라, 투항하면 목숨만은 살려준다.*'

갑자기 투항을 종용하는 스피커 소리가 들려왔다. 기회였다.

'신호를 하면 야산에다 일제 사격을 하면서 뛴다, 앞에는 낙동강이다, 낙동강에서 뛰어내린다, 무기를 점검하고 대검을 꽂아라. 다른 명령은 없다. 낙동강에 뛰어든다.'

'*준비 -, 탕 -*'

대대장의 명령에 따라 병사들은 도랑을 기어 나와 총을 쏘고 수류탄을 던지며 야산으로 돌진했다. 조그만 야산은 불길이 춤추는 지옥으로 변했다. 야산을 지키던 인민군 부대는 처절한 희생을 치르면서도 아군에게 길을 내줄 생각이 없는 듯 극렬하게 방어했다. 아군 역시 반수 이상이 쓰러졌다. 그중 절반은 산에 도착하고서도 사방에서 날아오는 총탄에 또다시 쓰러졌다.

동기생 봉희가 총을 쏘며 앞장서 달리던 순간, 야산 기슭에서 날아온 총알이 그의 다리를 꿰뚫었다. 그는 비틀거리며 다시 일어서 몇 걸음 더 나아가려 했으나 이내 붉은 피를 하늘에 흩뿌리며 옆으로 쓰러졌다. 봉희를 돌아볼 틈도 없었다. 뒤에 남겨진 전우의 시신을 뒤로하고 전우들은 죽음의 언덕을 향해 뛰었다. 쓰러진 동료들의 몸 위를 내달리며 오직 야산 정상만을 향해 치달았다.

야산에서는 이미 백병전이 벌어지고 있었다. 전우 절반은 또다시 쓰러졌다. 앞서 달리던 편 준위가 먼저 산에 도착하는 듯했으나 등 뒤에서 날아온 총탄이 그의 목을 꿰뚫었다. 그는 나뒹굴 듯 앞으로 쓰러졌고 또 다른 병사가 그의 몸 위로 힘없이 쓰러졌다.

"아! 봉희야, 편 준위!"

사방에서 총탄이 비처럼 쏟아졌다. 이제 이곳은 아군과 적군의 경계조차 사라진 혼돈의 공간. 길을 막는 자와 길을 뚫으려는 자가 뒤엉켜 죽음의 광란이 벌어졌다. 병사들은 남은 힘을 다해 산 정상을 향해 달렸다. 등 뒤에서 날아오는 총탄과 앞을 막아서는 인민군을 넘어뜨리며, 찌르고, 무너뜨리며 베면서 마침내 야산을 밟고 뛰었다.

자신이 총에 맞았는지 다쳤는지 생각할 겨를도 없이 죽지 않았으면 뛸 수 있다는 생각으로 죽어 넘어진 병사를 밀쳐 내고는 기어가다가 다시 뛰었다.

몇 명의 전우가 앞에서 뛰는 모습이 눈에 들어왔다. 앞사람만 보며 젖 먹던 힘까지 다하여 뛰고 또 뛰면서 산 정상에 이르자 총을 등 뒤로 맸다.

앞은 천 길 낭떠러지다. 우물쭈물할 새도 없었다. 먼저 올라온 병사들은 벌써 꽃잎이 되어 흩날렸고, 누군가는 절망의 외침을 삼키며 땅을 힘차게 딛고서 공중으로 몸을 날렸다.

'야 - 아 - 앗'
몸이 공중으로 떠오르는 순간, 자신이 헤엄을 못 친다는 사실에 소스라치게 놀랐으나 몸은 공중으로 오르려는 듯 저절로 손과 발을 허공으로 휘저었다. 발밑에서는 낙동강에서 가장 빠른 급류가 흘렀고 몸은 급류속에 내 맡겨졌다. 그날 낙동강으로 뛰어든 전우들은 꿈속에서나 가끔 만나는 사이가 돼 버렸다.
낙동강 북쪽 둑 위에는 연옥이 남쪽 둑 아래는 평온이 흐르고 있었다.

낙동강은 인민군의 진격을 막는 파랑새인 동시에 아군의 후퇴를 가로막는 커다란 검은 심연이었고, 국군이 목숨 걸고 넘은 두 번째 강이었다.
그날, 낙동강 둑을 넘지 못한 전우들은 끝내 돌아오지 못했다. 그들은 마지막 순간까지 서로를 부축하며 차가운 강물속으로 흘러갔다. 이름도 남기지 못한 채 떠난 영혼들은 이제 밤하늘의 별이 되어 저마다의 이야기를 품은 채 여전히 빛을 내며 한반도를 비추고 있다

오늘도 낙동강은 흐른다, 그날 사라진 전우들은 별빛을 받아 푸른 물결이 되어 흐른다.

[10]
끝없는 전장

●●● 서울을 점령한 인민군은 파죽지세로 남한 땅을 유린하며 수원, 대전, 호남지방을 점령하고는 경상도 왜관, 영천, 안동, 포항 등지로 진로를 바꾸어 한반도를 유린했다.

정부는 대전에서 대구로 이전했고 계속된 패전에 다시 부산으로 옮길 수밖에 없었다. 이즈음, 유엔군은 총사령부에 국군을 포함해 통일화를 꾀하는 한편, 병력을 대폭 증가시켰다. 낙동강 전선을 마지막 방어선으로 지상군 증원부대 확보를 목표로 최대의 국지전을 벌이고 있었다.

손과 발이 따로 놀며 공중에서 승무를 치는 듯했다.
낙동강은 끝없이 깊었다. 낭떠러지에서 떨어지는 시간이 십 년은 될 듯 길게 느껴졌다. 심장이 요동치고 알 수 없는 감각이 온몸을 휘감았다. 소변이 마려운 듯한 묘한 기분이 들었다.

천 길 아래로 몸이 내던져지는 동안 발아래 펼쳐진 낙동강은 쪽빛으로 거세게 흘렀다. 먼저 강물로 뛰어든 병사들 일부는 한순간 깊은 곳으로 사라졌다. 몇 번을 솟구쳐 오르더니 강한 물살을 이기지 못한 채 한참을 떠내려가다 끝내 자취를 감췄다.

몸이 낙동강 바닥으로 깊숙이 가라앉은 기분을 느끼며 본능적으로 숨을 쉬기 위하여 위로 솟구쳤다. 수영을 못했던 복택은 살아 남아야 한다는 생각만으로 몸을 강물에 맡겨 버렸다. 반대편 강가로 가야만 살 수있다. 물속에 담궈진 몸둥이리와 함께 사방에서 날아드는 총알도 함께 물살을 헤치고 있었다. 더 이상 도망칠 수도 없는 운명이었다. 팔을 휘저으며 물살을 가르고 반대편 둑으로 기를 쓰고 나가기 시작했다.

다행히 다친 곳은 없는 듯했다. 하지만 강물은 내던진 몸을 휩쓸고 코와 입으로 파고들어 장기 깊숙한 곳까지 스며들었다. 힘이 빠졌다.

에라 모르겠다. 저항을 포기하고 강물에 모든 것을 맡기자 몸이 가벼워졌다. 시원한 강물에 몸을 맡긴 채 흐르다 보니 누군가 내 가슴을 받쳐 주는 듯한 이상한 기분이 들었다. 오랜만에 피부를 적시는 물이 전신을 어루만지며 말초신경을 자극했다. 한낱 전쟁의 도구에 불과한 병사에게 7월의 낙동강은 청량제 같은 존재였다. 군복 속 군화 속까지 파고든 강물은 몸을 간지럽혔고 한동안 잊고 지낸 생명의 감각을 되찾게 했다.

얼마나 떠내려왔을까. 총성이 들리지 않았다. 주변은 고요했다. 조심스럽게 발을 내리니 수면 아래로 땅이 닿았다. 안도의 한숨과 함께 강변으로 걸어 나가려다 모래 위로 쓰러졌다. 마치 깊은 잠에 빠지는 듯했다. 얼굴에 내려앉은 햇살이 따가웠다. 몸을 일으키려 하니 등 뒤가 거북했다. 손을 더듬어 만져 보니… 그것은 여전히 몸을 떠나지 않은 총이었다.

총은 이미 녹슬어 붉게 변해 있었다. 그러나 대검은 사라지고 없었다. 발이 무거웠다. 도저히 걸을 수 없을 정도였다. 군화를 벗어 보니 모래가 한 가마니쯤 쏟아졌다. 발바닥은 강물에 불어 벌집처럼 부풀어 있었다.

모래 위에 주저앉아 천천히 총을 점검했다. 개머리판을 열어 기름 묻은 솜을 꺼내 주요 부분을 닦았다. 빈 총을 들어 올려 조용히 방아쇠를 당겨 보았다. 아무 이상이 없는 듯했다. 곧 총알을 장전하고 다시 한번 방아쇠를 당겼다.

탕--

침묵을 깨는 소리였다. 전쟁은 아직 끝나지 않았다.

비로소 살아있다는 안도감과 홀로 남겨졌다는 두려움이 한숨과 웃음 속에 뒤섞였다. 그것은 점차 묘한 감정으로 변하더니, 마침내 울음이 되어 터져 나왔다. 그리고 다시, 웃음으로 바뀌었다.

"야! 이 개새끼들아!"

허탈한 웃음이 터졌다.

"하, 하, 하… 흐흑… 하, 하, 하… 엉, 엉…!"

웃음인지 울음인지 모를 감정이 가슴 깊은 곳에서 끓어 올랐다. 목이 터지게 외쳐보았다.

"엄니, 난 살았어! 엉, 엉--"

그렇게 소리쳐도 가슴 한구석이 텅 비어 있었다.

"아, 봉희야… 야, 편 준위…"

전우의 이름을 한 명씩 부르니 그리움과 슬픔이 파도가 되어 밀려왔다.

호주머니가 묵직했다. 손을 넣어 소지품을 꺼내기 시작했다. 바지 주머니에서 나온 것은 건빵. 그러나 이미 바스러져 밀가루처럼 부스러지고 말았다. 쓰레기처럼 흩어진 건빵 조각을 내려다보며 윗주머니로 손을 올렸다. 젖은 수첩이 만져졌다. 물을 빼려고 있는 힘껏 털어냈다. 순간, 한 장의 종잇조각이 툭 빠져나가 물속으로 떨어졌다.

"뭐지…?"

허겁지겁 종이를 붙잡으려 했다. 그것은 점촌 기와집에서 오려 넣었던 형의 사진이었다. 사진은 빠르게 물살을 타고 흘러갔다. 손을 뻗었지만 동작이 굼뜨며 사진은 점점 강 한가운데로 떠내려갔다.

'안 돼!'

필사적으로 손을 내밀었지만, 물살이 몸을 때리며 저항했다. 강물은 사진을 점점 깊숙한 곳으로 밀어 넣었다. 그리고 마침내, 사진은 사라졌다. 강이 형을 삼켜버렸다.

"형, 잘 가."

사진이 떠내려가는 것을 멍하니 바라보았다. 형이 낙동강에 대신 빠진 것만 같았다.

힘겹게 강을 넘었건만 아군도 적군도 군인의 모습은 어디에도 보이지 않았다. 적막한 들녘은 전쟁과는 무관한 풍경이었다. 벼들은 알알이 익어가며 고개를 숙이고 있었다. 논두렁을 따라 무작정 걸었다. 한참을 걸은 끝에 마침내 한 농가를 발견했다.

농부에게 다가가 간절한 마음으로 말했다.

"저, 밥 좀 얻어먹을 수 있을까요?"

"아이고, 들어 오시죠. 와 이리 젖었는교?"

"예, 지금 낙동강을 건너서요."

농부 부부는 도저히 믿을 수 없다는 듯 눈을 동그랗게 뜨고는 입을 다물지 못했다.

"아이고, 고생 무지하게 하셨네요. 낙동강을 북쪽에서 넘어왔단 말인교? 거 참."

"천천히 드시소, 누가 쫓아오는교?"

부인이 내주는 밥을 두 그릇이나 먹으며, 농부에게 북쪽 상황을 이것저것 물어봤다. 곧 유엔군이 온다는 것이었다.

"예, 유엔군이요?"

"그럼요. 맥아더 장군인지 맥아더 원수가 미국 군대를 데리고 온다고 하든가, 왔다고 하든가 그랬다 아닙니까."

남자는 자신이 미군인 양 자랑스럽게 말을 늘어놓는다.

"그런데 여보, 원수와 웬수는 다른 것이죠?"

부인이 남자에게 물었다.

"무슨 말이오?'

"아니, 인민군이 웬수인데, 사람들은 맥아더 장군 그분한테 원수라고 하니까, 뭔가 이상해서…"

"허, 이 사람 무식하긴, 맥아더 장군이 웬수를 갚으러 왔으니 원수라고 붙여 주는 거라. 그렇게 무식해서야 쯧, 쯧."

"아하, 나도 그렇게는 생각했는데…."

농부 부부의 말을 들으니 자기도 모르게 힘이 솟구쳤다. 맥아더 하면 해방 직후 일본에 진주했던 미군 사령관 아니었던가?

국군부대는 의성에 있다고 했다. 마을로부터 10리 조금 못 가면 의성이라고 하면서, 밤이면 인민군 추종자들이 나오기도 하지만 지금은 낮이라 괜찮을 거라며 길을 가르쳐 줬다.

의성이 가까워지니 아군들이 보이기 시작했다. 아군들은 아직도 질서가 없어 보였다. 낙동강 이북에서 본 인민군 대부대들이 밀고 들어온다면 승산이 없어 보였다. 부대를 찾았다. 그러나 연대만 있고 대대는 없었다. 연대장은 참모들과 회의하고 있었고 부관이 맞았다. 낙동강을 넘어 막 돌아온 병사의 설명을 들은 부관은 회의 중인 연대장에게 먼저 보고 했다. 연대장은 들어오라고 했다.

'2대대 2중대 3소대 중사 - 부대에 복귀하였기 이에 신고합니다! 지금 낙동강 북쪽으로부터 귀대하였습니다.'

연대장은 혼자만 살아왔다는 설명을 듣고 믿을 수 없다는 듯 자세히 질문했다.

"어떻게 된 것 인지 잘 모르겠고 인민군들과 교전하면서 낙동강으로 전부 떨어졌는데 나중에 보니까 혼자만 나온 것 같습니닷" 하니 연대장과 참모들은 망연자실한 표정이었다. 그렇지 않아도 많은 병사를 잃고 의기소침해 있었던 지휘관들은 2대대가 전멸한 것 같다는 보고를 들었으니 더욱 침통해했다.

패전만 거듭했던 연대는 초기 교전으로 반수 이상이 전사했거나, 포로로 내주는 치욕을 당했고 계속 퇴각을 거듭하면서 또 반수 이상을 잃어버렸기 때문에 지금은 최초 인원의 1/4도 안되어 보였다. 낙동강 이북에서 외톨이가 되었던 대대의 많은 병사들은 낙동강 고비를 넘지 못하고 전사했거나 포로가 되었으며 낙동강으로 뛰어든 병사들도 끝내 물에서 나오지 못했다.

의성의 조그만 학교에 주둔한 연대는 새로운 소총과 탄약을 지급하고 있었다. 복택은 총을 교환하고는 플라타너스 그늘에 누웠다. 온몸에 힘이 빠지고 나른했다.

'엎드려 총!, 개머리판을 더욱 밀착시켜'

'하나, 둘, 셋, 발사 -', 틱, 틱, - -

운동장 한편에서는 사격훈련을 하는지 총알은 발사되지 않는 빈총 쏘는 연습만 했다. 신병들이었다. 2~300명? 아니면 4~500명 정도의 신병들은 오직 사격 훈련만 해댔다. 총알을 직접 발사하는 것이 아니라, 총알은 장전하지 않고 노리쇠 뭉치를 잡아당긴 후 조준을 하고 방아쇠를 당기는 연습만 하고 있었다.

신병들은 제멋대로이고, 질서도 없어 보였고 심지어 나이도 어렸다. 이즈음부터는 징집병이 투입되면서 계급도 이등병, 상등병, 병장 계급이 새로 생겨났다.

수도사단은 새로 편성되었다. 그리고 1연대 2대대, 2중대 3소대 선임하사로 배속됐다. 소대장은 자신보다 4~5살쯤 어려 보였다. 새로 편성된 부대에는 신병들이 반수 이상을 차지했다.

부대는 다시 남하했고 군위에 도착했다. 위에서 잠시 휴식을 취한 부대는 다시 남하를 시작했고 밤이 되자, 어느 산기슭에 멈춰 퇴각을 멈추고 진지를 구축했다.
'선임하사, 적의 기습이 있을지 모르니, 경계를 철저히 시키십시오' 소대장은 부드럽게 명령했다. 모든 병사가 그보다 어리기도 하고 특히 전투 경험이 없던 소대장은 무엇이든지 상의해 오고 있었다. 병사들에게 개인화기를 점검하도록 지시한 다음 수류탄을 3개씩 나누어 주라고 명령하고는 나머지 수류탄은 배낭에 담아 옆에 두고 경계에 들어갔다. 당시 수류탄은 개인에게 3~4개씩을 지급하고도 남아돌 정도로 많은 양이 지급되고 있었다. 조용하던 천지가 밤이 되면서 술렁거리기 시작했다. 다른 진지에서는 한판 붙었는지 포성과 총소리가 들려오더니 포탄이 빨랫줄처럼 긴 꼬리의 섬광을 남기고 다른 부대가 있는 진지로 날아갔다.
'졸지 마라, 각 분대장은 이탈자가 생기지 않도록 철저히 경계하라'
복택은 불안한 마음에 수류탄 들어 안전핀을 뽑고는 진지 아래쪽으로 던졌다. 꼭 적들이 있어서라기보다는 불안한 마음과 의정부에서 후퇴할 때 아군 진지 앞까지 기어 와서 총을 쏘아 댔던 인민군이 생각이 나서 수류탄을 몇 개 계속 던졌다. 마음이 편해졌다. 이쪽에도 던져 보았다.

뻥 - -
수류탄을 던질 때마다 병사들은 졸음을 쫓으며 마음을 가다듬는 것 같았다. 여기도 던져 보고 저기도 던져 보며 병사들이 나태해져 간다고 생각될 때마다 수류탄을 던지며 밤을 지새웠다.

뺑-, *쾅- -*, *쾅*다행스럽게도 소대가 속한 진지에서는 아무 일도 일어나지 않고 날이 밝아 왔다. 포성이 멈추고 조용해졌다. 아침에 물을 긷기 위해 병사 몇 명을 인솔하고 산을 내려갔다. 산 아래로 중간쯤 내려오니 앞에 가던 병사가 물통을 내려놓고 이내 총을 겨누고는 몸을 바싹 숙였다. 모든 병사는 신속하게 물통을 내려놓고는 총을 겨누며 선두 병사가 하는 자세를 따라 했다.

'으… 으-윽' 어찌 된 일인지 진지 아래쪽에는 인민군 10여 구의 시체와 5~6명의 부상병이 함께 나뒹굴고 있었고, 중화기와 개인화기들이 즐비했다. 아마도 어젯밤 진지를 기습하러 왔던 적들은 무심코 던진 수류탄에 속절없이 당한 모양이었다. 대부분 사망했고 부상이 심한 5~6명도 살 가망이 없어 보였다.

"부상병들은 사살해!"

가망 없는 적군들을 사살하라는 명령을 내리고는 부상병 한 명의 머리를 조준하고 직접 방아쇠를 당겼다.

탕- -

총소리는 아침 공기를 가르며 멀리 메아리쳐 갔다. 전쟁 개시 이래 최초로 가까운 곳에서 적을 직접 사살해 보는 기분이란 딱히 좋다고 할 수도 없지만 그렇다고 나쁘지도 않은 묘한 기분이었다. 가슴에 총을 맞은 인민군이 꼬꾸라지자 또 한 명의 부상병의 머리를 겨냥하여 총알을 발사했다.

탕- -

쓰러진 인민군 이마 한가운데에서 검붉은 피가 총구를 향하여 분수처럼 솟구치더니 부상병의 머리통이 반쯤 없어져 버렸다. 이번에는 처음 때 보다 느끼는 감각이 짜릿하면서 웃음까지 나왔다. 사람을 직접 죽이는 기분도 괜찮다 느끼며 이상한 쾌감 같은 것이 솟구쳐 올랐다.

소대장과 소대원들은 저마다 한마디씩 했다.

"역시, 귀신이야, 귀신", "'역전의 용사는 달라"

인민군들은 3.8선에서 낙동강까지는 파죽지세로 내려왔으나 아군이 전열을 정비하고 대응하자 대규모로 공격하지 못하고 주춤한 상태로 국지전을 계속하고 있었다. 제공권을 빼앗긴 적들은 주간에는 움직이지 못하고 주로 밤을 이용한 기습작전을 전개하며 아군을 괴롭혀 왔다. 다시 밤이 되자 적들은 대대가 방어하던 진지에 대부대를 투입하여 사방에서 공격해 왔다. 포탄이 진지 위로 수도 없이 쏟아지고 총탄이 기다란 포물선을 그리며 사방에서 날아왔다. 다른 소대가 있던 진지도 마찬가지였다. 아래로부터 올라오는 적들을 향하여 총을 쏘며 수류탄을 던져 봤지만 새까맣게 몰려오는 적을 보니 더럭 겁이 났다.

"소대장님, 이러다 다 죽겠소, 일단 진지를 내줍시다. 그다음에 밑에서 때를 기다립시다"

소대장은 즉각 동의했다.

'후퇴, 각각 분대별로 밑에서 매복한다' 소대는 질서 있게 최대한 빨리 산 아래로 내려갔다. 신속히 매복하고 소대가 있던 진지를 보니 적의 포탄이 날아와 진지 위에 떨어지며 불기둥이 솟는다. 불기둥 위로도 계속 포탄이 날아들고 있다. 다른 진지도 마찬가지로 적이 포탄이 계속 날아들었다.

소대원들을 산기슭과 논길 아래에 신속히 매복시킨 소대장은 함부로 사격하지 말 것을 지시했다. 대원들 전원 산 아래 벼들이 자란 논길 아래에 매복했다. 새벽이 가까워지니 아군 진지를 공격하고 산을 내려가 퇴각하는 적들이 눈에 띄었다. 산 아래를 내려온 적들은 아군이 매복하고 있는 방향으로 오고 있었다.

'사격 신호를 기다려라, 몸 더 숙여 -' 소대원들에게 다 자란 벼 속으로 더욱 몸을 숨기도록 하고 사격 신호를 기다리라고 명령했다. 이윽고 적들이 논 앞에까지 이르렀다.

불과 20m 남겨두고 '탕, 탕 - - -'

사격 신호가 떨어지자, 소대원들은 일제히 사격을 개시하며 수류탄을 수도 없이 던졌다. 적들은 불과 2~30m 앞에서 꼬꾸라지면서 아군의 총탄 세례와 수류탄 사례를 피하지 못하고 우왕좌왕했다.

'사격중지, 사격중지'

사격중지 명령에 따라 소대원들은 겨눠 총자세로 앞으로 나아갔다. 쓰러져 있는 시체와 부상자 10여 명 적들의 살려달라는 아우성 속에 인민군의 피비린내가 향긋한 냄새로 변하여 새벽공기를 타고 사방으로 퍼져 나가고, 복택은 화약 냄새와 피비린내를 은근히 즐기며, 아직 죽지 않은 인민군들에게 방아쇠를 당기고 싶은 유혹을 꾹 참아내며 부하들에게 전과를 파악하라고 지시했다. 12구의 시체와 11명의 중상자, 2명의 경상자로 이들은 20대 이하 이거나 40대 이상인 것 같았다.

'와, 와!'

소대원의 함성으로 새벽 공격을 마감하고는 전사한 적들이 무기를 챙기고 부상자와 경상자들을 앞세우고 진지 쪽으로 접근해 갔다. 소대장은 빼앗긴 진지를 폭격해 달라고 무전을 해댔다. 조금 지나니 전투기가 날아와 산 정상에 폭격을 해댔다. 아직 산 정상을 내려오지 못한 적들은 우왕좌왕하며 사방에서 공격당하고 있었다.

소대는 빼앗긴 진지로 복귀하고 무너진 진지의 복구작업에 들어갔다. 매복했던 병사들과 합류한 소대장은 벌려진 입을 다물지 못하고 웃기만 했다. 소대원들도, 모두 의기양양하며 허풍을 섞어 가며 무용담을 자랑했다. 오랜만에 승리 소식을 들은 중대장도 소대원들을 침이 마르도록 칭찬하면서도 경계를 철저히 하라고 하고는 돌아갔다.

그즈음, 국군은 모든 병사가 어느 정도 자신감을 회복하고 능숙함을 갖추게 되었고 전쟁에 대한 공포를 어느 정도 이겨내고 있었다. 또한 제공권을 장악한 공군의 도움으로 쉽사리 적에게 당하지 않고 있었다.

부대는 영천으로 철수하였다가 다시 열차로 경주로 이동하여 잠깐 휴식을 취했다. 신병을 보충하고는 차량을 이용하여 안강(安康)으로 이동했다. 형산강이 안강 부근에서는 북쪽에서 흐르는 기계천과 합류하여 포항 부근의 동해로 흘러가고, 포항과 경주, 대구를 삼각으로 잇는 모양을 한 안강은 보기에도 전략 요충지였다.

가을이 성큼 다가와 널따란 안강평야 부근의 과수원에는 사과들이 붉은빛을 띠고, 들녘은 황금물결이 춤을 추었다. 여전히 적들은 끈질기게 공격해 왔다. 낮에 10km를 전진하면 밤에는 10km를 내주고 후퇴해야 했고, 이때쯤 민간인들이 보급품을 수송하고 학도병을 부대에 배치했다. 유엔의 도움으로 아군들은 우수한 장비를 갖추게 되었고 비록 훈련병 수준이지만 병사들도 많이 보충됐다. 하루도 싸우지 않는 날이 없었고, 적의 공격을 받지 않으면 오히려 불안한 시기였다. 부대가 있던 방어선이 무너지면 부산까지 위협을 받게 되므로, 아군들은 더 이상 물러설 곳이 없었기 때문에 필사적으로 안강을 방어했다.

"저, 선임하사님, 수색조 1개 분대를 차출해서 중대장님께 보고 하라는데요"
작전회의를 마치고 나온 어린 소대장은 어렵게 중대장의 명령을 전달했다. 군위에서의 매복작전 성공 이후 소대장은 부대 최선임인 선임하사를 어렵게 여겼고 그만큼 깍듯이 대접하고 있었다.
우선 눈에 들어오는 병사를 위주로 8명의 이름을 불렀다. 그러나 모두 경험 많고 용감한 병사로 8명을 차출했다.

"박 하사, 김 일등병, 최 하사, 심 하사, 김 상등병, 조 일등병, 정 하사…백 일등병 이상 8명 군장 갖추고 집합"

'뭔 좋을 일이 있다요? 선임하사님", "맛있는 거 줍니까?' 8명의 병사들은 농담을 하면서도 긴장을 늦추지 않고 따라왔다. 중대장에게 신고했다. 중대장은 지휘관인 선임하사만 위장막이 쳐진 임시막사로 들어오라고 하더니 지도를 펼쳐 놓고는 적들이 진지를 구축한 안강 북쪽지역에 대하여 작전 설명을 했다.

"선임하사, 이쪽 지역에 진지를 구축한 적들의 규모와 중화기의 배치 상태를 파악하라, 적진지를 폭격하려 해도 어디가 진지인지 어디가 위장막인지 알 수가 없어 폭격을 못하고 있다. 선임하사는 지금부터 적진을 수색하여 보고하라, 무슨 말인지 알겠나?"

중대장은 공군과의 합동 작전을 염두에 둔 듯한 뉘앙스를 풍기며 작전을 하달하며 작전지도를 눈에 넣으라고 했다. 중대장은 밖으로 나와 9명의 대원들과 일일이 악수를 나누고 '꼭 살아 돌아오라'고 신신당부했다.

9명의 병사는 부대를 떠났다. 대규모 공격을 준비하는 아군의 작전 성공 여부가 9명의 수색작전 성공 여부에 달렸고 9명의 목숨은 지휘관에게 달렸다. 당시 아군은 전투기를 동원한 합동작전을 펼치고 있었으나 위장막을 두른 인민군들은 아무리 전투기가 공격을 해도 움직이지 않아 적들의 규모와 배치 상태를 파악하기 힘들어 직접 눈으로 적군의 위치를 확인하라는 작전이었다.

칠흑같은 밤이었다.
'징하게 캄캄하네잉', '당연한거 아닌교', '밤이니까 컴컴하제'
화순이 고향인 박 하사와 김천이 고향인 김 일등병은 긴장이 안 되는지 농담을 지껄였지만 이내 곧 조용해졌다. 한 줄기 빛도 없고 사방이 고요했다. 적진 깊숙이 들어 왔다고 생각되면서부터는 열여덟 개의 눈동자만 반짝거렸고 아무것도 보이지 않았다. 병사들을 일렬로 전진시켰다.

뻥, 뻐 - 벙, 뻥….

머리 위에서 폭탄이 터졌다. 9명은 땅바닥에 배를 깔고 꼼짝없이 엎드렸다. 방금 지나왔던, 불과 50m 후방에 포탄이 떨어졌다. 한발이 아니고 집중하여 20분가량 계속해서 포탄이 떨어지고, 포탄의 섬광 속으로 주변이 초토화되는 장면을 9명 모두는 두려운 눈으로 보고 있었다.

대원들은 나가지도 못하고 물러서지도 않고, 엎드린 자리에서 폭격이 끝날 때까지 숨을 죽였다. 아마도 적들은 어둠 속에서 움직이는 수색대를 발견하고 집중 폭격을 해대는 것 같았다. 대원들 모두는 흥건히 젖어 내리는 땀으로 목욕하고 있었다.

폭격이 멈추고도 한참을 움직이지 못하다가 대원들을 이끌고 앞에 보이는 소나무가 우거진 조그만 야산으로 기어들어 날이 밝기를 기다렸다. 어둠이 물러가는 것을 눈으로 확인하는 순간, 아뿔사! 대원들이 숨어 있는 불과 50m도 안 되는 전방에 적들의 위장막 한 개가 보이는 듯하더니, 그 뒤로 위장막 수십 개가 눈에 들어왔다. 아니, 사방이 전부 적의 위장막이었다.

대원들을 이끌고 적의 중심부 한가운데로 들어와 버린 것이다. 날이 완전히 밝자, 적들의 동태가 확연히 나타나면서 아홉의 대원들은 적의 중심부 한가운데 조그만 야산에 엎드려 있다는 것을 알게 됐다. 허술하게 위장하고 엎드려 있던 대원들은 조금도 움직일 수가 없었다. 대원들은 시체처럼 엎드려 두려운지 눈을 감아 버렸다.

너무도 가까운 곳에서 적의 움직임이, 동작 하나하나가 다 보였다. 적들은 아침 식사를 준비하는지 부산을 떨었고 기습을 나갔던 적들은 진지로 복귀하고 있었다. 식사가 끝났는지 오전 10시 경이 되면서 다시 조용해졌다. 적들은 9명의 수색대를 꿈에도 생각 못하고 있었다. 정오경, 아군 진지 쪽만 응시하고 있던 적들의 움직임이 갑자기 빨라지기 시작했다. 하늘로부터 굉음이 들리더니 아군 전투기가 나타나 적 기지를 폭격해 댔다.

적군 위장막 옆으로 폭탄이 떨어졌다. 포탄은 대원들이 엎드려 있던 야산에도 떨어졌다. 그러나 아군기의 공격에도 적군 진지는 피해가 경미했다. 엉뚱한 곳에 포탄을 퍼붓고 있었던 탓이다.

대원들이 엎드려 있는 곳 앞에도 폭탄이 떨어진 틈을 이용하여 대원들에게 '오늘 밤까지 여기에서 대기한다'는 명령을 내리고 적 진지 배치 상태와 탈출 코스를 살폈다. 적들은 전투기 폭격에 아랑곳하지 않고 진지에서 꼼짝도 하지 않았다. 오히려 적은 진지 속으로 모습을 완전히 감춰 버렸다.

이윽고, 폭격이 멈추고 전투기 소리는 멀어져 갔다. 대원들은 건빵을 씹으며 차라리 눈을 감고 잠깐씩 눈을 붙이며 밤이 오기를 기다렸다.

밤이 되었다. '가자!' 대원들을 이끌고 낮에 봐 뒀던 코스를 따라 이동해 갔다. 너무 어두웠지만 어두운 것이 대원들에게는 다행스러운 일이었다. 중간중간에 이탈한 대원들이 없는지 소리로 확인하며 아군 진지 쪽으로 나아갔다.

'잠깐 -'

뒤쪽 소대원의 다급한 숨소리는 대원들의 전진을 멈추게 했다. 대원들이 지나온 산허리 쪽에서 다수의 그림자가 대원들이 엎드린 방향으로 논두렁을 타고 접근해 오고 있었다. 몸을 돌려 논바닥에 배를 깔고는 그림자를 주시했다.

피아를 분간할 수는 없었지만 엎드려 쳐다본 방향으로 하늘 공간에 비친 그림자의 형태는 적군이었다. 적들은 이미 점령한 진지였으므로, 30여 명의 그림자는 긴장을 풀고 발소리를 내면서 떠들며 접근해 왔다.

불과 50m, 40m, 30m, 아직 공격할 때가 아니었다. 적의 숫자는 9명의 비하여 너무 많지만, 숨죽이며 그들이 접근하기를 기다렸다. 20m, 15m, 지휘관이 먼저 방아쇠를 당기자 9명의 병사의 총구가 동시에 불을 품었다.

탕, 탕, 탕… 쾅, 콰쾅…

아군의 공격에 적들은 응사해 왔고 다수의 따발총이 불을 뿜었다. 아군이 먼저 던진 수류탄의 섬광에 비친 따발총 쪽으로 다시 수류탄을 집어던지고는 탄창을 수없이 갈아 끼우며 사격을 해댔다. 대원들도 사격을 하면서 수류탄을 던지고 있었다. 불과 2~3분 만에 적은 조용해졌다.

그러나, 대원들은 움직일 수가 없었다. 아직 적진이 분명하고, 어디에서 적들이 나타날지 모를 일이었다.

'이상 없는지 번호 해봐', '1번 이상 없음, 2번 이상 무,…… 8번 이상 무'

9명의 대원들은 손가락 하나 다치지 않았다. 대원들은 손바닥과 등줄기에 흥건히 젖은 땀을 훔치며 2시간 정도를 같은 장소에 엎드려 있다, 다시 남쪽으로 기었다. 멀리 아군 진지에서는 포탄이 터지는 섬광이 현란한 조명처럼 여기저기 터지고 있었다.

전쟁은 참으로 재미있는 게임이다. 그 게임에서 나만 죽지만 않는다면 아름다운 예술이어라.

아군 지역에 도착한 대원들은 다시 은폐물을 찾아 휴식을 취하도록 했다. 아무리 아군 지역일지라도 암호를 모르니 그대로 나갔다가는 아군의 총알에 당할 것이 분명하므로 날이 밝기를 기다릴 수밖에 없는 일이었다. 날이 밝자 대원들은 몸을 일으켜 논두렁을 걸어 부대로 복귀했다.

"오늘 겁나게 자야제!"

최 하사는 여전히 투박한 사투리로 농담을 해댔다.

"보소, 최 하사님, 아까 오줌 안 쌌나?, 아마도 불알이 다 젖었을 거라"

김 일등병도 신이 나는지 농담을 주고받으며 시시덕거렸다. 자신감 차 있는 농담에 대원들은 낄낄거리며 부대로 복귀했다. 모두 피곤한 얼굴이었지만 임무를 완수하였다는 성취감에 몸과 마음이 가뿐하였고 개선장군이 된 기분이 들었다.

"수고했다, 다 수고했어, 당한 줄 알고 얼마나 걱정했다고."

대대장과 중대장은 대원들의 손을 일일이 잡으며 벌어진 입을 다물 줄 몰랐다. 수색작전에서 본 내용을 지도로 가리키며 중대 지휘관들에게 설명했다. 대장은 9명의 대원이 수집해 온 정보는 대단히 중요한 정보라며 좋아했고, 곧바로 상부에 보고했다. 더구나 이번 수색작전에서 적진 깊숙이까지 들어가 인민군 30여 명을 사살하는 전과를 올린 9명의 대원들에게 대대의 자랑이라면서 쉬라고 명령했다.

"그런데 선임하사, 선임하사가 소대장을 좀 맡아!"

"예?"

"응, 어젯밤 소대장이 전사했어. 선임하사가 임시로 소대장을 맡아. 별도의 명이 있을 때까지."

아까부터 소대장의 모습이 보이지 않아 의아했었는데, 중대장은 소대장이 전사한 사실을 알려주며 소대를 맡으라고 했다.

소대로 돌아가니, 소대원 6명 정도가 보이지 않았고, 대원들은 모두 시무룩했다. 어젯밤 9명의 대원들이 바라보던 폭탄의 섬광 속에 소대장과 6명의 소대원들이 희생됐다고 생각하니 마음이 착잡해져 왔다.

전쟁은 계속되고 있었으므로 진지 안에 배치된 소대원들을 격려하며 다시 전쟁을 준비하여야 했다. 대원들이 돌아온 날 밤에도 적들은 공격을 시작했고 소대원들은 죽을힘을 다하여 진지를 사수하고 있었다. 날이 밝자, 다시 적들은 물러가고 잠시 휴식을 취하고 있는데 점심때쯤 중대 인사담당 상사가 소위 한 명을 데리고 진지로 들어섰다.

"선임하사, 새로 부임한 소대장이야, 인사해!"

"김재우입니다. 잘 부탁합니다, 선임하사님"

"어서 오십시오, 잘해 봅시다."

대대장이 소대장을 맡으라고 한 지, 하루 만에 신임 소대장이 부임해 왔다. 전사한 소대장보다 더 어려 보이는 김 소위는 잔뜩 겁먹은 얼굴로 어렵게 인사를 했다. 소대장과 함께 진지를 돌며 소대원들을 일일이 소개해 줬고 소대장은 대원들에게 연신 머리를 조아렸다.

"정현만 하삽니다. 저 새끼들한테 신고식 할라 먼 소대장님 고생 좀 해야 쓰겠는데요."

정 하사의 농담에 소대장은 더 겁을 먹었는지 말이 없어져 버렸다.

"어휴, 또 송장 치우게 생겼네."

"얼마나 갈지?"

뒤쪽에 웅성거리는 대원들에게 눈짓으로 주의를 주고, 소대원들에게 산허리를 따라 'ㄴ' 자로 진지를 구축하도록 지시하고 나서 소대장과 함께 참호 속으로 들어갔다. 주먹밥과 간수메라는 일본말로 불리는 소고기 장조림을 부식으로 저녁을 먹으며, 소대장에게 적의 동태와 대처 방법 등을 설명해 주었다. 손이 곱고 여리게 생긴 소대장은 떨고 있는지 밥을 제대로 삼키지 못하고, 대원들을 향하여 '잘 부탁합니다'만 연발했다.

전북 부안이 고향이라는 김 소위는 대학교를 졸업하고 바로 부대에 배치되었다고 하면서 문학도가 꿈이라고 했다. 전쟁이 끝나면 소설을 쓸 것이라며 윗주머니에서 커다란 수첩과 만년필을 내보였다.

"저놈들 공격을 막아야, 나중에 소설을 쓸 것 아니겠소!, 저녁 든든히 먹어두쇼, 오늘밤에도 저놈들이 기어 올 테니"

웃음 섞였지만 심각한 농담에 소대장은 주먹밥을 입에 갖다 대면서도 여전히 밥을 삼키지 못하는 것 같았다. 다시 어둠이 밀려왔다. 고요함이 흘렀다. 그 고요함은 포탄이 어디서부터 날아들지 모르는 긴장감으로 바뀌어 갈 무렵 어김없이 포탄이 날아들었다.

쾅, 쾅, 쾅…뻥! 바로 머리 위에서, 폭탄이 비 오듯 떨어졌다. 소대원들의 비명이 여기저기서 들리고, 곧 커다란 폭발음 속에 묻혀버렸다.
 "움직이지 마라, 참호 속에 대가리를 박아라!"
 미친 듯이 소대원들에게 소리를 질러 대고는 참호 속에 몸을 바싹 엎드려 붙이고는 꼼짝도 하지 않고 있었다. 반 시간쯤 뒤 폭격이 멈추더니 갑자기 세상이 조용해지며 소대원들의 신음하는 소리가 들렸다. 곧 적들이 밀려올 것이라는 동물적인 본능을 느끼며 소대장을 찾았다. 진지를 돌아가며 소대장을 불렀으나 소대장은 대답이 없고 '온다!, 온다! 와'라는 병사의 외침이 들려왔다. 벌써 적들은 진지 위로 올라오고 있었다.

 누구의 명령도 필요 없이 소대원들은 사격을 개시했고 적들은 함성을 지르며 진지로 올라왔다. 백병전이 벌어졌다.
 '밀리지 마라!'를 수없이 외쳐 대며 적의 가슴에, 머리에, 등짝에다 대검을 수없이 찔렀다.
 중과부적(衆寡不敵)이었다. 소대원들은 밀리고 있었고 적들은 새까맣게 진지로 몰려왔다. 누구랄 것도 없이 소대원들을 제2의 대기장소로 내려보내고, 되각한 상소에서 소대원들을 수습하니 소대장과 10여 명의 병사들이 보이지 않았다. 큰 희생이 아니라고 생각하고 전열을 정비하고 분대별로 공격 위치를 정하고는 날이 밝기를 기다렸다.
 '자, 가자! 1분대는 오른쪽, 2분대는 왼쪽, 3, 5분대는 중앙이다. 소리내지 마라' 잔뜩 긴장하고 올라간 진지는 벌써 적들이 철수하고 비어 있었다. 적과 아군의 시체만 즐비했고 부상병의 신음만 들려왔다. 다시 진지에 무혈 입성한 소대원들에게 아군의 시체와 부상병들을 수습하라고 지시하고는 소대장을 찾았다.
 '선임하사님요, 여기 있습니다. 소대장 여기 있습니다!'

병사의 외침에 달려가 보니 소대장은 싸늘한 시체가 되어 있었다. 소대장에게 담요를 덮었다. 김 소위는 윗옷 주머니에 부서진 만년필이 반쯤 고개를 내밀고 있는 채로 담요를 말없이 받아들였다. 소대원 7명과 함께 김 소위는 총 한 방 쏘아보지 못하고 부임 첫날 전사했다.

중대장은 소대장도 없이 진지를 사수했다고 하다고 칭찬했다. 소대장을 지키지 못한 죄책감 때문에 왠지 창피하게 느껴졌지만 아무 말 할 수 없었다. 중대장은 3소대 소대장을 맡으라고 하면서 인사계 김 상사를 통해 8명 병사를 내줬다.
'11명 죽었는데, 8명만 보충해 주면, 손해보는 장사로군! 그래도 보충해 주니 다행이네!' 투덜거리는 소리는 군화 소리에 묻혀버렸고 뒤따라오던 8명의 신병은 전쟁의 의미가 무엇 아는지, 모르는지 입을 굳게 다문 채 말없이 따라왔다.

안강평야의 사과는 전쟁과는 상관없이 소녀의 수줍은 볼처럼 붉게 물들어 가고 있다.

*

전쟁은 타락한 정치가와 사상가들을 위한 게임이다. 타락한 정치가와 사상가들의 하수인이 된 군인들은 전장에서 직접 피를 흘리며 전투를 벌이며 '나만 죽지만 않는다면'이라는 전제가 붙기는 하지만, 전쟁이라는 게임을 즐기고, 보다 잔인하고 예술적인 방법으로 죽이며 실행한다.
병사들도 이미 악마가 된 정치가와 사상가를 거부하지 못하고 그들과 똑같이 타락하고 썩은 냄새를 풍기는 악마의 도구가 되어 간다.

인천에 상륙한 유엔군은 26일 서울로 진입하였고 서울을 빼앗긴 지 3개월 만인 28일 다시 수복했다. 10월 1일에는 전쟁 개전 후 처음 38선을 넘었다.

부대는 안강 이북을 재탈환하였으나 계속되는 적의 공격에 기진맥진하고 있었다. 보급이 제대로 이루어지지 않아서 땀에 절어 다 해진 옷을 갈아입을 엄두도 내지 못한 채 전투를 계속하고 있었다. 적은 최후의 발악을 하는지 공세를 늦추지 않았다. 적의 공세가 거세질수록 국군들은 적의 시체를 엄폐물 삼아 앞으로 나아갔다. 하루 종일 밥 한 숟갈 못 먹으며 싸우는 날이 허다했고 쏟아지는 잠을 참으며 죽지 않기 위하여 총, 칼을 휘둘러야 했다.

안강의 가을이 깊어 가고 있었다. 복택은 안강에서 임시 소대장 임무를 맡아 소대원들을 이끌며 계속 전진했다. 이제 후퇴는 없다. 아무도 적을 두려워하지 않았으며 적을 기다리지 않고 적의 진지를 하나하나씩 탈환해 갔다.

대대는 인민군 대부대 진지를 공격하기 시작했다. 적들은 조직적으로 퇴각은 하지 않는 듯하였으나 사기가 많이 떨어진 것 같았다. 쫓기는 적들을 뒤쫓으며 전쟁의 두려움을 살인의 쾌락에 감추고는 한 명이라도 더 사살하기 위하여 무자비하게 전쟁을 지휘하고 있었다.

전투기의 적 진지 폭격이 끝나자마자 소대원들에게 공격 명령이 내려졌다. 탄창을 몇 번을 갈아 끼고 수류탄 몇 개를 던졌는지도 모르겠다. 적의 시체가 산 아래로 나뒹굴며 소대원들을 향하여 쏟아지던 따발총 사격이 멈추었다.

적의 진지에는 반대편으로 기어 올라간 소대원들의 모습이 보이면, 이내 적들은 백병전으로 달려들었다.

'야 - 아', '와 - 아'

함성과 함께 소대원들은 몸을 일으켜 적 진지로 올라섰다. 폭격에 당했는지 위장막을 두른 적들의 중화기들은 이미 박살이 나 있었고, 많은 적의 시체와 부상병들이 발아래에 구르고 있었다. 백병전이 벌어졌다. 대검을 무자비하게 휘둘렀다. 피가 튀었다. 우왕좌왕하는 적들은 악마처럼 달려드는 국군들에게 가을날의 낙엽처럼 쓰러져 갔다.

도망가는 장교 복장의 적군이 눈에 들어왔다. 탄창을 새로 갈아 끼우고는 서서 쏴 자세로 인민군 장교의 뒤통수를 겨냥했다. 조준선에 적군 장교의 뒤통수가 걸렸다.

'탕-' 소리가 하늘을 가르며 귓가에 울려 퍼졌다. 그러나 어찌 된 일인지 적군 장교는 커다란 바위 뒤로 몸을 날려 숨어 버렸다. 복택은 분명히 적군 장교를 향해 총을 쏘았는데 자신의 총을 손에서 떨어뜨리며 주저앉았다. 손과 얼굴에서는 뜨거운 액체가 동시에 흘러내렸다. 손과 발에 총상을 입고 주저앉은 자리에서 떨어진 총을 집으려 해도 손을 뻗을 수가 없고 온몸에 힘이 빠지는 것 같았지만 아프다는 생각은 들지 않았다.

약간 떨어진 곳에서 사격하던 정 하사가 아군에게 총을 쏜 적군 장교를 쏘고 달려가 대검을 수차례나 꽂는 모습이 보였다.

주위로 전우들이 몰려들어 두렵고 걱정스러운 눈으로 임시 소대장을 쳐다본다.

"모여있지 말고 흩어 졌!"

소대원들에게 지시를 내리고는 진지를 만들려고 퍼낸 흙더미 위에 걸터앉았다. 오른손에서는 피가 계속 흘렀다.

"정 하사, 소대는 정 하사가 지휘해서 전진하고 병사 1명만 붙여 다오, 도저히 걸어갈 수가 없다."

정 하사는 가까이에 있는 이등병을 불렀다.

"선임하사님, 아니 소대장님 괜찮소? 오메, 피가 많이 나는데요!"

"응, 견딜만해!. 빨리 가!, 다른 소대와 너무 떨어지지 말고"

"정말 괜찮겠어요? 발에서도 피가 나는데"

정 하사는 걱정하며 부상자가 된 선임하사의 부축을 위해 이등병을 붙였다.

"고맙다. 모두들! 몸조심하고, 살아서 만나자"

소대원들과 작별 인사했다. 군화 속이 끈끈하게 젖어 오고 뼈가 부서지는 듯한 고통을 참으며 병사의 부축을 받아 산을 내려갔다. 도무지 양손을 움직일 수가 없어 군화도 벗어 볼 수가 없다. 군화 속에서는 계속 뜨거운 피가 흐르는지 끈적거리기 시작하더니 군화가 빨갛게 물들었다.

'선임하사님 괜찮은가요? 얼마나 다치셨소?' 산등성이까지 멀어졌던 소대원들이 걱정되는지 되돌아와 소리를 질러댔다. 고개를 돌려 산등성이를 쳐다봤다. 심 하사를 비롯한 몇몇 병사들이 손을 흔들기도 하고 일부는 총을 상하로 흔들었다. 손을 움직일 수가 없어 부축하고 있는 병사에게 대신 손을 흔들도록 명령했다. 부축하던 병사가 대신 손을 흔들자, 산등성이에 있던 소대원들은 더욱 세차게 손을 흔들어 댔다.

"선임하사님, 잘 가요!" 그들은 소리를 질러댔다.

'그래, 모두 몸조심해라. 죽지 말고 살아라' 마음속으로 외치며, 흐르는 눈물을 닦지 못했다. 부상의 고통으로 인한 눈물이 아니라, 전우들을 놓고 떠나야 하는 아픔, 그리고 게임처럼 즐기던 전쟁에 대한 두려움이 순식간에 사라져 버리는 데서 오는 안도의 눈물이기도 했다. 아! 이대로 나의 전쟁은 끝난 것인가?

시원함과 섭섭함이 교차하며 영영 불구가 될지도 모른다는 두려움이 마음 한구석에 고개를 들었지만 입을 굳게 다물고 앞만 보고 걸었다. 하산해 도로에 이르니 위생병이 보였고 그제서야 손과 발, 마음으로부터 고통이 전해졌다. 위생병은 군화를 벗기더니 치료를 시작했다. 양쪽 발목 위 상처에서는 피가 계속 흐르고 있었다.

'출발, 출발!' 녹색 포장지에 하얀 십자가 표시를 한 트럭은 부상병들을 태우고 울퉁불퉁한 산길을 빠르게 달려갔다. 포성은 북쪽에서 아련히 들려왔다. 안강 주변의 산하는 어느새 가을옷으로 갈아입을 채비를 마쳤다.

경주 야전병원으로 후송되었다.

야전병원에서는 부상병들을 깨끗한 군복으로 갈아입혔다. 군의관, 간호원 등 병원 사람들은 다른 나라 사람 같았다. 모두 깨끗한 얼굴에 주름 잡힌 군복을 입은 병원 사람들은 야전병원이라고 상상 못 할 만큼 별천지였고 부상병들만 완전 거지꼴이었다.

손과 다리에 세 발의 총알 제거 수술을 받고는 부산 제3육군 병원으로 재후송되기 위하여 수십 명의 부상 병과 함께 화물차를 개조한 열차를 탔다. 열차는 약 냄새와 피 냄새가 뒤범벅되어 역겨운 냄새로 진동하였으며 부상병들의 신음은 마음을 무겁게 했다. 오전 11시경, 부산역에 도착한 부상병 모두는 아직 도착하지 않은 버스를 기다리기 위하여, 역사와 가장 가까운 플랫폼에까지 나와 대기하고 있었다.…

바닥에 누운 사람, 의자 위에 앉은 사람, 부축을 받으며 서 있는 사람부상병들은 붕대를 감고, 목발을 짚고, 깁스를 하고. 부상병들은 고통을 참으며 버스를 기다렸다.

부산은 별천지였다. 전쟁과는 상관없는 다른 나라, 다른 도시였다. 사람들은 최신 유행하는 옷을 입고 멋진 선글라스를 끼고, 한껏 멋을 낸 젊은이들과 특히, 짧은 치마에 짙은 화장을 한 여자들은 전쟁과 상관없는 먼 나라 사람들이었다. 그들은, 죽음에서 기어 나온 부상병들이 안중에도 없는 듯 위로 한마디 없이 희희낙락거리며 기차를 기다리고 있었다.

아니, 오히려 부상병들을 더러운 병자 취급을 하며 부상병들에게서 멀리 돌아다니는 것 같은 행동을 했다. 부상병들의 얼굴이 서서히 변해 갔다.

'이럴 수가 있는가? 자신들을 지켜주기 위하여 전쟁터에서 목숨을 내놓고 싸워왔고, 지금도 전장에서는 젊은이들이 죽어가고 있는데 너희들은 전쟁과는 상관이 없다고? 저들은 놀고, 먹고, 마시며 방관자로 세상을 즐기는 것 같다' 누가 먼저랄 것도 없이 손발을 움직일 수 있는 부상병들은 역에 있던 여자들에게 접근하더니 야한 옷을 찢고 머리채를 잡아당기며 난동을 부리기 시작했다.

'이, 개 같은 년놈들! 목숨 걸고 죽어라 싸우고 있는데, 이게 뭐야?', '이 쌍년은! 화장에 연애질이나 하고 있어? 개 같은 년!'

사람들은 비명을 지르며 도망을 갔고 도망가는 사람들에게 부상병들은 목발로 내리치며 구타하고 욕설을 퍼부었다. 잠시 후 경찰이 출동하였으나 이번에는 부상병들은 경찰봉을 뺏어 사람들을 구타하기 시작했다. 그러자 헌병들이 나섰다. 헌병들은 부상병들과 사람들의 사이를 가로막아 분리벽을 만들었다. 소란은 잠잠해졌고 곧 부상병들의 울음소리가 들려왔다.

'아이고, 저런 년놈들을 위해서 우리가 싸웠다니, 아이고', '저 쌍년들 인민군들 있는 데로 다 보내야 하는데',

'저 개 같은 년들 다 잡아다가 찢어서 김일성이한테 갖다줘야 해!' 헌병들은 부상병을 버스에 강제로 실으려고 애를 먹고 있었고, 부상병들은 버스에 오르면서도 고래고래 소리를 질러댔다.

'이 전쟁은 져야 해!. 인민군들이 밀고 내려와야 정신 차릴 거야!'

경주 야전병원에서 치료를 마친 부상병들은 대부분 부산 토성국민학교를 개조하여 만든 제3육군병원으로 후송되었다. 병원에 있던 환자들은 거의 상사 계급장을 붙이고 있었다.

'웬, 상사가 이렇게 많아?' 자신보다 높은 상사들이 많은 것이 의아하게 생각됐으나 검열이 나오고서야 많은 부상병은 이등병, 일등병이라는 사실을 알 수 있었다. 검열을 시작하니 그들은 원래의 계급인 이등병과 일등병으로 군복을 갈아입고 군기가 바짝 들은 상태로 돌아갔다.

검열을 마친 후, 부상병을 관리하는 실장 직책이 복택에게 주어졌다. 그만큼 병원에서도 최고참이었다. 그때쯤 총상에 대한 수술은 성공적으로 끝나 회복기에 접어들었지만 깊은 잠을 잘 수 없었다. 이제 전쟁은 끝났다는 안도감에 잠이 잘 올 것 같았으나, 어찌 된 일인지 심신은 피로한데 잠은 오지 않았고, 밤마다 수많은 헛것에 쫓기는 악몽을 꾸었다.

낮에는 그럭저럭 안정되었으나 다시 밤이 되어 눈을 감으면 자신이 죽인 인민군들이 얼굴에 붉은 피를 뒤집어쓰고는 달려들었다. 어떤 때에는 죽은 동료의 환영에 잠을 설칠 때도 많았다. 자신에게 달려드는 피를 뒤집어쓴 인민군들을 격퇴하기 위하여 또다시 대검을 휘두르며 찔러봤으나 그럴수록 인민군들은 자신을 에워싸고 온 사지를 찢어 버리는 것도 모자라 정신까지 빼앗아 가 버렸고 악몽에서 깨어나 눈을 떠 보면 몸은 땀으로 흥건히 젖어 있었다.

"임 중사, 또 악몽이야?"
꿈이었다는 것에 안도의 한숨을 내쉬는데 옆 침대에 누워있던 박용만 대위가 말을 걸었다.
오른쪽 무릎 밑을 절단한 박 대위는 어렵게 몸을 일으키더니 아무 말 없이 손을 뻗쳐 무언가를 받으라는 시늉을 했다. 땀을 닦으며 오른손을 내밀었다.
박 대위가 내민 것은 십자가 묵주였다. 십자가 묵주를 품에 안고 제발 악몽을 꾸지 않게 해달라고 마음속으로 기도하며 잠이 들면 약간 마음이 안정을 되찾는 듯했다. 그러나 다음날에도, 또 다음날에도 예전보다 더 심한 악몽에서 깨지 못해 박 대위가 흔들어 깨우고서야 정신이 돌아왔다. 십자가 묵주를 박 대위의 침대에 던져 버렸다.
"에이, 이것 때문에 진짜로 죽을 뻔했네. 어떻게 된 게 이제는 인민군들이 떼로 달려드는군. 휴~"

"무엇을 바라지 말고 죄를 반성하고 감사의 기도를 드려봐요"

박 대위는 이해하지 못할 말을 하고는 다시 십자가 묵주를 침대에 살짝 걸쳐 놓고 수건과 비누를 챙겨 세면장으로 나갔다.

다시 밤을 맞았다. 이제는 침대에 눕기조차 두려워지며 잠을 자지 않기 위하여 두 눈을 부릅뜨고 앉아 있었다. '무엇을 바란다고 이루어지지 않아. 먼저 자신이 지은 죄를 반성하고, 살아 있다는 사실만으로도 감사해야 하는 거야' 박 대위는 담요를 끌어당겨 눈을 감으며 또 알 듯, 모를듯한 말을 했다. 자리에 누워 손을 뻗어 머리 위에 있는 십자가 묵주를 가슴께로 가져와 담요를 덮고는 눈을 감았다.

'죄를 반성하라고…?' 누군지도 모르는 신을 향하여 마음속으로 말을 해봤다. 아무리 전쟁이었지만 적을 무자비하게 사살하고, 죽이는 일에 가끔 재미를 느꼈던 자신의 용서를 빌고는 사후 세계가 있다면 자신이 죽인 적들이 좋은 곳으로 가게 해달라고 빌었다. 그리고 아직 자신이 살아 있음을 감사했다.

'신에게 하는 것인지, 자기 자신에게 하는 것인지 알지 못하였으나, 적을 죽였던 때 쾌감을 느꼈던 것에 대해 반성과 용서를 바라고 있었으며 또한 살아 있음에 감사하고 있었다.

그동안 국군과 유엔군은 원산과 평양을 점령하고 압록강까지 진격하였으며, 11월에는 두만강 일대까지 진격하였다는 소식이 들려오면서, 사람들은 곧 통일이 될 것이라고 흥분했다. 그러나 10월 24일 한국군 6사단은 청천강 상류를 잇는 운산에서 중공군으로 보이는 적군에 의하여 포위되었고, 이를 구출하기 위한 미군 제1 기병 사단마저 포위되었다고 하더니 중공군이 전쟁에 참전하였다고 했다.

12월 1일 역부족을 느낀 유엔군은 다시 남쪽으로 철수를 시작하였으며, 12월 중순, 유엔군 12만 명과 약 10만 명의 피난민은 흥남에서 해상으로 철수하고야 만다.

12월 26일 인민군이 다시 38선을 넘자, 미국은 휴전을 생각하는 듯했고, 다음 해인 1951년 1월 4일 서울을 재철수하기에 이른다.

유엔군이 38선을 재돌파한 것은 1.4후퇴 석 달 후 였다.
1951년 3월 24일 서울을 재수복했고, 전쟁은 소강상태를 이루고 있었다.

[11] 중간에 서 있는 사람들

● ● ● 전쟁이 시작된 지 한 달도 안 되었는데 국군은 패전만 거듭하고 인민군 세상이 되자 산으로 숨어든 사람들은 낮에도 밤에도 내려와 곧 그들의 세상이 되었다.

인민군 진주 전에는 마을 사람 중 동조한 사람은 한두 명 정도였지만 인민군이 점령하게 되자 산에서 내려온 좌익세력과 마을의 좌익인사들이 붉은 완장을 차고 설치기 시작했다. 면사무소, 지서 등을 비롯한 관공서를 장악했다.

인민군 진주 후, 산에 숨었던 좌익 세력들은 마을의 이장격이나 다름없는 인민위원장, 위원들이 합심하여 마을회관이나 큰집을 점령하고 우익인사 색출하여 처형에 나섰다. 이러한 상황은 월산 부락, 신기리, 월평리 등, 다른 마을, 다른 면에서도 마찬가지였다. 좌익세력은 각 마을입구, 풀치재, 우슬재, 마을 뒷산 등에서 많은 우익인사와 죄 없는 주민들을 처형했다.

월출산 아랫마을 인민위원장이던 석출은 우익인사들도 같은 동네사람이므로 인정상 직접 처단하지는 못하고 마을회관에 가두었다. 가능한한 마을회관 창고에 가둬진 우익인사는 실권을 쥐고 있던 치안대가 처리하도록 하려는 속셈이었다.

창고에 잡아 가둔 사람들은 당시 면사무소를 다니던 공무원가족, 경찰가족, 많은 토지와 정미소 등 사업체를 가지고 있던 부자들이 대상이었다.

석필은 마을 사람들이 자신에게 꼼짝 못 하자 권력의 희열을 느꼈다. 마을 이장이라는 감투가 뭐라고 사람들이 꼼짝하지 못하고 순종하다니… 사람도 죽일 수 있는 힘을 가진 권력이 무섭기도 했다. 그러나 그것은 평소 소신인 평등한 사회를 만들기 위한 진통이라 생각했다.

마을 인민위원회가 주도하여 잡아 온 마을 우익인사들을 잡아다 가둬 놓은 마을회관 창고에는 승택의 친구인 형일이네 삼 형제 등 10여 명이 갇혀 있었다. 당시 창고에 갇힌 사람들은 모진 심문에 중상을 입고 죽기도 했고 반항하면 몽둥이로 사정없이 구타하거나 대나무를 깎아 만든 죽창으로 사정없이 찔러, 죽이거나 중상을 입혀 불구를 만들기도 했다.

또한 창고에 가두어진 사람들은 음식을 주지 않아서 굶어 죽는 사람도 생겼고 너러는 구타당하고 뼈가 부러져 어그러져 나오기도 하였다. 예전에 경찰에 잡혀가서 구타당했던 사람이 복수할 마음을 먹고 구타했던 사람을 지목하여 폭행을 가하는 악순환이 품앗이처럼 발생하곤 했다.

어느날 형일 3형제 등 10여 명의 주민들은 인민군 활동에 대한 협조가 미약하다는 죄목으로 붙들려와 창고에 갇혔고 인민위원회의 처분을 기다리고 있었다.

승택은 친구인 형일이 잡혀서 마을 인민위원회 창고에 가둬졌다는 소식을 듣고 한밤중에 마을회관으로 숨어들었다. 창고를 지키던 보초가 잠시 자리를 비운 사이 자물쇠를 부수고 창고를 열었다. 창고에 갇힌 사람들은 새끼줄에 손을 뒤로 묶여 있었지만 승택은 그 줄을 풀어주고 탈출을 도왔다.

승택은 형일 3형제에게 속삭였다.

"빨리 숨어부러이, 아니면 멀리 피난 가 부러. 얼릉 가"

형일 3형제를 비롯한 갇힌 사람들은 승택에게 고맙다는 말을 남기고 집으로 또는 다른 곳으로 피신했고 완도 쪽으로 피난을 떠났고 겨우 목숨을 건졌다.

인민군 승리로 마무리될 것 같은 전쟁이 긴 여름이 끝나고 가을이 옴과 동시에 인천상륙작전의 성공으로 국군이 다시 진주하기 직전인 10월, 공산군 지도부는 철수하면서 무엇을 해야 할지 우선순위를 판단해야 했다.

좌익활동을 했던 사람들이나 우익활동을 한 사람들 모두 점령군이 바뀌면 자신들의 활동은 밀고로 들통나고 잡히면 죽는다는 사실을 전쟁 전부터 보아온 학습효과로 알고 있었다.

강진군 공산세력은 철수 직전, 우익인사 90여 명의 처형을 결정하고 철수 준비에 나섰다.

일택과 철혁은 방관자가 아닌 신분으로 인간성 없는 인간이 되어 사람들이 처형되는 것을 목격했다. 그 순간에는 사람을 살릴 생각도, 사람이 사람을 처형하는 일을 피할 지혜도 발휘하지 못했다. 그저 당의 명령을 따른다는 간부와 공산 골수분자들이 미쳐 날뛰는데도 제어할 생각도 못했고 어떠한 힘도 쓰지 못했다.

마을의 인민위원회 활동을 했던 석출을 비롯한 위원회 사람들에게도 철수 지시와 함께 우익인사 처형지시가 내려왔다. 자신들의 생각에도 산으로 숨기 전, 밀고가 예상되는 사람들을 처리하여야만 자신들이 안전할 것이라고 어리석은 판단을 하고 그동안 머릿속에 있던 우익인사들을 잡아들이기 시작했다.

체포를 예상하고 안전한 곳으로 숨어 나오지 않는 사람은 자녀나 부인 등 가족을 인질로 삼아 협박하여 잡아들였다. 그중에는 전쟁 전후 산사람들에게 밥을 내어주고 옷가지 등 필수품을 제공했던 사람도 다수 포함되어 있었다. 그들은 자신들이 좌익에 반감을 갖지 않았고 산사람에게 밥 등을 제공했던 전력도 있어 '설마 잡아갈까' 반신반의하며 피하지 않기도 했다.

공무원의 가족 등을 잡아들인 마을 인민위원회는 석출의 지휘에 따라 마을회관 옆 월남사지터에서 인민재판 형식을 빌려 처형을 결정하고 손을 묶은 채 아랫마을 개고개로 끌고가 총, 죽창 등으로 처리했다.

이 씨네 일가친척 5명은 이날 좌익세력에게 희생되었다. 또 다른 친척 5명은 불과 한 달 후, 국군이 강진지역을 수복하고 나서 경찰에 의해 목숨을 잃었다. 좌, 우익에게 각각 똑같이 희생된 일가친척의 시신은 월출산 아래 같은 선산에 나란히 묻혀 있다. 그중에는 시신을 찾지 못한 친척도 몇 명인가 있다.

마을 인민위원회 위원 등 좌익세력은 마을에 남아 있게 되면 뒷감당을 할 수 없다는 판단하에 대략 20여 명이 합세해 월출산으로 숨어 들었다. 당시 여기저기서 월출산으로 숨어든 인원은 200여 명이 넘었고 인원은 점점 불어만 갔다.

월출산에 숨어든 마을사람들은 군대 경험이 없었고 무기도 변변치 않아 불안에 떨면서도 '방관자'를 고수했다. 애당초 파르치산(*비정규군 활동이라는 프랑스어/발음이 비슷하여 빨치산으로 변형된 단어가 됨, 이후 '빨치산'으로 표기) 활동할 마음이 없었던 마을사람들은 낮에는 산에 숨고 밤에는 집으로 내려가는 생활을 염두에 두고 움직였다.

일택은 길고 긴 하루 끝에 구정봉에 올라 마을을 내려봤다. 집이 보인다. 부모님에게 인사를 하는 둥 마는 둥 올라온 것이 영 마음에 걸려 곧 집으로 내려가 인사를 해야겠다고 마음을 먹고 큰바위 한켠을 자리삼아 누웠다. 하늘에는 깊은 가을밤의 별이 수없이 떠 있다.

별이 이렇게나 많고 맑았던가? 고향 마을에 별들이 이렇게 맑았던가!!! 까맣게 잊고 있었던 고향하늘은 별들이 말로 표현할 수 없을 만큼 많았고, 무척이나 밝게 빛나고 있었다.

공산당 활동을 한 사람, 우익인사 체포와 살해에 협조한 사람, 방화자, 인민군 점령 시 부역한 사람에 대한 경찰의 대대적인 체포 작전이 시작되기 직전까지 마을은 너무 조용해서 불안할 지경이었다. 더구나 월출산 아랫마을은 젊은이들 거의 전부가 월출산으로 숨어 들어가 피했기 때문에 마을은 더욱 조용했다.

국군이 남도를 수복한 지 3일이 되었다. 종박이 강진경찰서에 자수 형식을 취하면서 경찰서장 면담을 신청했다,

'제가, 인민군 점령 기간에 피하지 않고 전부 다 봤는데. 누가 공산당인지, 무엇을 했는지 전부 다 봐 서요. 공산당 잔당들을 전부 색출할 수 있는데요. 경찰만 시켜 주시면 강진군 공산당 세력을 뽑아다 드릴게요. 전부 다 봤다니까요! 참말입니다.' 경찰서장을 비롯한 간부들에게 인민군 지주 시절 자신의 과오를 인정하면서도 인민군 점령 기간의 강진군의 부역자, 밀정, 공산당 등을 전부 색출해 낼 것이라고 큰소리쳤다. 강진경찰서 조 서장은 종박이 기특하다며, '애국인사가 여기 있었군. 수고 좀 해주게나.'라며 의용 경찰 임명을 허가했다.

그렇게 종박은 의용 경찰이 되었다. 그는 집에서 키우던 말에 안장을 얹어 마을을 돌아다니며 공산당 진주 시절 부역자를 잡아들이기 시작했다. 허리에는 긴 칼도 찼다. 종박이 지명한 사람은 일단 경찰차로 옮겨졌다. 차에 태워진 사람들은 일단 경찰서 또는 지서로 호송된 후에 문초나 조사를 통한 사실 확인이 우선이었지만 점점 부역자를 잡아 진위를 확인하는 일보다는 곧장 '즉결 처분'으로 이어졌다.

영풍리와 월산부락 등에서는 부역자 명목으로 잡아들인 사람들을 세워놓고 마을사람들과 가족 앞에서 권총으로 한 명씩 조준사격을 하여 죽이거나, 가끔 부역했다고 보기에 애매한 사람들, 누구인지도 모르는 사람들에게 밥을 해 줬거나 옷가지 등을 내줬다는 이유로 처형될 위기에 몰리기도 했다. 또한 이러한 사람들이 억울하다고 항의라도 할라치면 위세를 부리며 말을 듣지 않는다고 처단하기 일쑤였다.

월출산 아랫마을에도 인민군이 막 후퇴한 10월 중순, 종박을 앞세운 경찰들이 들이닥쳤다. 경찰은 반공교육을 실시한다는 명분으로 마을사람 전부를 마을 어귀로 불러 모았다. 반공교육을 실시하라는 정부의 지시를 어길 수 없다며 교육하는 척 시늉하고 마을사람 일부를 트럭에 태우더니 조사할 것이 있다는 핑계로 성전지서로 끌고 갔다.

그중에는 승택, 하봉, 승현, 영학, 일권 등 나이 먹은 사람 대부분이었다. 그들은 젊은 자녀들이 좌익이었거나 본인들이 부역자 노릇하던 사람들도 있었지만, 평소 종박과 껄끄러운 관계를 유지했던 사람들이 다수였다. 마을사람들을 끌고 가는 과정에서 폭행이 일어나 끌려가는 사람들은 포승줄로 손이 뒤로 묶여 트럭에 실렸다.

손이 뒤로 묶인 10여 명을 태운 트럭이 출발하자마자 마을사람들은 '내 가족을 내려놓으라'며 소리치고 울면서 트럭을 따라갔다. 그러나 흙먼지를 날리며 빠르게 달리는 트럭을 따라잡을 수는 없었다. 마을사람들은 성전지서를 향해 걷고 또 걸었다.

형일은 자신을 구해 준 적이 있는 승택이 경찰 트럭에 실려 갔다는 소식을 듣고 자전거를 몰아 성전지서로 향했다. 형일은 자신은 인민군 점령시절 피난을 떠났었고 공산당을 하지 않았으며, 승택도 산 사람들에게 할 수 없이 밥을 제공한 적은 있다지만 자신이 보기에는 공산당은 아니었다. 지서장에게 얘기하면 승택 한 명 정도는 풀어줄 것으로 믿으며 지서에 들어섰다. 그러나 그 시간까지도 성전지서에 트럭은 도착하지 않았다.

다시 트럭을 찾기 위해 자전거를 타고 왔던 길을 거슬러 올라간 형일은 돌아오는 길목 중간에서 경찰 트럭을 만났다. 형일은 트럭을 세웠다. 차광막으로 가려진 트럭 짐칸에서 남자들의 신음이 들려왔다. 트럭 앞에는 종박이 말을 타고 길잡이를 하고 있었다. 형일은 안면 있던 종박을 아는 척하며 월남 마을사람들과 승택이 타고 있는지를 물었다. 종박의 입에서는 '없다, 여기는 월하리 사람들만 있다'라는 답변이 돌아왔다. 그의 말을 믿고 형일은 자전거 방향을 돌려 마을로 향하였다. 그가 고향마을에 다달았을 즈음 지나온 도로 뒤쪽 야산 부근에서 여러 발의 총소리가 들려왔다.

형일은 총소리가 난 곳으로 자전거를 급히 돌리고서 페달을 최대한 빨리 밟았다. 총소리가 들려온 성전국민학교 뒷산에 이르러서는 자전거를 길에다 팽개치고 야산까지 단숨에 올라갔다. 형일이 도착했을 때, 아랫마을 사람까지 모두 30여 구의 사체가 뒹굴고 있었다. 경찰과 종박은 아직 철수하지 않고 숨이 붙어 있는 사람이 있는지 확인하며 숨이 덜 끊어진 사람은 그 자리에서 확인사살했다.

시신들은 모두 손이 뒤로 묶여 있었고 죽은 사람들에게서 나온 흥건한 피가 조그만 냇가를 이루며 흘러내리고 있었다. 피가 계속해서 흘러 흙바닥을 적시고 있었다. 잠시 후 연락을 받고 온 윗마을, 아랫마을 사람들은 울며불며 통곡했다.

얼마간 시간이 지나자 죽음이 된 자식, 남편, 가족의 시신을 바지게(*소쿠리를 얹은 형태의 지게)에 싣고 마을로 옮겨 갔다.

경찰들은 시신을 수습하는 가족들에게 달라붙어 시신에서 소지품 등 아무 것도 떼어내지 말고 묻으라고 명령했다. 석호는 사촌형 석출의 시신을 업고 성전초등학교 뒷산에서 고향 마을로 한참을 올라오다 시신이 너무 무거워 도저히 갈 수 없다고 호소했다. 그러자 경찰은 마을 입구 범바위 골 부근에 묻으라고 명령했다.

죽어 있던 시체에는 두 손이 뒤로 묶여 있었지만 풀어주지 못했다. 허리띠, 신발 등 표식이 될 만한, 또는 죽음의 징표가 될 만한 어떠한 것도 가져가지 못하게 위협을 당한 가족들은 아무것도 떼어내지 못하고 그대로 묻을 수밖에 없었다.

범바위 골은 순식간에 공동묘지가 만들어졌고 마을은 공포에 휩싸였다. 승택, 승현 등의 시신도 가족이나 친척에게 업힌 채로 동네 입구까지 옮겨져 야산에 묻혔다.

이날 묻혀진 사람들은 전쟁이 끝난 후에야 가묘를 파내고, 묶인 손을 풀어 주었고, 신발을 벗겨주었으며, 허리띠를 제거하는 등, 시신을 가볍게 수습할 수 있었으며, 제대로된 반듯한 묘를 만들어 주었다.

현재에도 10월 어느 날이 되면 그 마을에서는 약 스무 집이나 같은 날, 같은 제사를 지내 오고 있다. 한 유복자는 아버지의 얼굴도 모른 채 70년이 넘도록 아버지의 제사를 지내며 눈물을 흘리고 있다.

성전지서에는 종박을 비롯한 경찰의 무자비한 행태에 항의하는 용감한 사람들도 있었다. 사람들을 조사도 없이 처형하는 근거를 따지는 사람들에게 경찰은 무자비하게 폭력을 행사했다. 현욱은 사촌 형인 승현이 경찰에 잡혀가는 도중에 처형되었다는 사실을 알고 승현의 시신을 수습하여 가묘 매장을 하고 그 길로 지서로 달려가서 조사 없이 처형한 데에 대해 거칠게 항의하다 구타를 당하고 오른쪽 다리가 부러졌다. 어디에 하소연 할 데도 없는 시절이었다. 약 5개월 후, 현욱은 다시 지서로 가서 항의하다 이번에는 팔이 부러졌다. 여전히 전쟁이 던 시절, 좌익에 의한 폭력으로 장애를 가지게 된 사람도 많았고 우익에 의하여 평생의 한을 지닌채 살아가는 된 사람도 부지기수였다. 이런 일은 전쟁 중인 나라에서는 그저 일상이었다.

사람들은 공산당 진주 시절에는 좌익활동을 하였다가 수복 후 에는 경찰이 되어 사람들을 무자비하게 처단하는 종박에 대한 불만이 쌓여 갔지만, 두려움에 아무도 말을 할 수 없었다. 국군이 각 지역을 수복한 후에도 정부는 공산당 입당자, 우익살해자, 방화자 등에 대한 처벌 지침을 하달하면서 반공교육을 실시하라고 명했지만, 현장에서는 교육보다는 처단이 먼저였다. 어떠한 인간성도 동포애도 찾아보기 힘들었으며, 오직 동지가 아니면 전부 적으로 간주할 뿐이었다. 대상자가 민간인이든, 연장자이든, 남자든, 여자든 가리지 않았다.
(비록 전쟁 중이라 하더라도 민간인에 대한 처벌은 적법한 절차를 거쳐 조사하고 처벌 수위를 정했어야 하므로 비무장, 비저항 민간인을 조사 없이 처단한 것은 명백하게 인도주의를 위반한 것이며, 1949. 8. 12자 '전시 중인 민간인 보호에 관한 제네바 협약'을 위반한 것이다. <진실화해에 관한 결정서, 2024>)

월출산으로 숨어든 사람들의 산속 도피 생활은 녹록한 것이 아니었다. 먹는 것부터 시작하여 우선 경찰의 공격으로부터 몸을 숨기는 일도 만만하지 않았다. 일택은 아랫 동생이 국군으로 입대하여 희생된 국군 가족이므로 연로한 노인인 아버지를 경찰이 설마 해코지하겠냐고, 막연한 생각을 위안으로 삼고 있었다.

산으로 숨은 마을사람을 잡기 위하여 꼭두새벽부터 경찰이 진입 작전을 펼쳐 마을을 쑥대밭으로 만들었어도 마을의 산사람들은 경찰의 포위망을 교묘히 뚫고 아지트로 진입하는 일이 허다했다.

결국 경찰은 마을 주민을 잡는 작전은 결국 포기한거나 다름이 없었다.

월출산으로 들어온 지 일주일, 인삼골 골짜기 동굴에 숨어 있던 교사 출신 몇 명은 경찰의 공격이 시작되자, 성저골, 모세골 등으로 거처를 옮겨 다니고 향로봉, 구정봉, 장군봉 사이를 오가며 경찰의 공격을 피해 아지트에서 움직이지 않는 전략으로 버티기에 들어가며 더욱 산속 깊이 숨어들었다.

가을이 깊어 가고 있었다. 그 어느 밤, 산을 내려간 일택은 집에 들렀다가 아버지가 경찰에게 잡혀가 처단되었음을 듣고 큰아들 대신에 돌아가셨음에 한탄하며 소리도 내지 못하고 울음을 삼켰다. 송 씨는 큰아들이 살아 있음에 감사하며 눈물을 흘렸다. 그러나 크게 소리내 울 수도 없었다.

월출산에서 사계절을 지냈다. 월출산 겨울의 눈은 낮이 되면 금방 녹아버려 응달에만 눈이 남아 있었다. 강진만에서 올라오는 훈풍은 월출산을 따뜻하게 만들고 그로 인하여 꽃들을 만발 했고, 눈이 내리더라도 눈은 산사람들보다 이들을 쫓는 군인이나 경찰들을 더 힘들게 했다. 경찰의 추격이 거세지면서 일택의 동료들은 하나, 둘 시체로 변해버린 와중에 용케도 경찰의 추격을 피하고 있었다. 마을사람들은 어렸을 적부터 월출산을 구석구석 알고 있던 덕에 경찰이 추격해 오면 자신만이 알고 있는 동굴이나 바위틈으로 숨어들어 며칠씩 꼼짝달싹 안하며 움직이지 않은 덕분이었고, 본가나 친척 집에서 식량을 조달하면서 겨우겨우 버티고 있었다. 산에 숨은 공산 잔당들은 경찰의 소탕작전으로 많이 희생되었지만 마을사람들의 숫자는 크게 줄어들지 않았다.

1950년 12월 국군은 신의주까지 진격하며 전쟁은 통일되어 곧 끝날 것만 같더니 압록강을 목전에 두고 중공군이 참전해 국군이 다시 밀리기 시작하자 남쪽의 공산 잔당들은 북에서 내려오는 인민군 정규군과 합류하기 위하여 북쪽으로 이동하려고 거칠게 저항하며 전선 확대를 꾀하기 시작했다.

그러나, 전선 확대는 현지 사정을 고려하지 않는 무리한 대책이었다. 토착 좌익세력들은 가족들이 전부 남쪽에 있으므로 애초부터 북으로 올라갈 생각도 없었고 자신들이 그렇게 크게 죄를 지었다는 생각도 하지 않았다. 소나기는 피하고 본다는 생각으로 산으로 들어온 사람들이었기에 특별하게 빨치산 투쟁부대와 섞이려 하지도 않았다.

토착 좌익세력과 별도로 행동했던 공산 잔당들은 북의 지령을 받아 북쪽으로 이동하러 출발했다. 그러나 그들은 곧 국군과 경찰의 포위망을 뚫지도 못하고 6일 동안 200여 명이 사살되었다.

역사를 가르치던 철혁도 북쪽으로 이동하려다 사살되어 불귀(不歸)의 객이 되었다. 당시 공산 잔당 세력은 남쪽에서는 월출산을 중심으로 만월산, 백아산, 장흥유치, 불갑산, 영광 일대와 전라북도 고창 일대 그리고 지리산으로 전선을 길게 형성하며 때로는 연합하고, 때로는 단독으로 저항했다. 빨치산 투쟁만 보면 지리산이 큰집이라면 월출산은 작은집쯤 되었다. 월출산에는 그만큼 많은 숫자의 공산 잔당세력이 숨어들어 있었다.

봄이 되자 미군과 국군의 서울 재수복 소식과 인민군이 밀리고 있다는 정보가 들어오면서 산으로 숨어든 사람들의 사기가 한풀 꺾이고 경찰의 공세가 다시 거세졌지만 마을의 산사람들은 그들만의 아지트에서 견뎌 내고 있었다.

변변한 무기도 없이 경찰에 저항할 수 없는 일이지만 자수한다고 살려줄 것 같지 않아서 그저 살아야겠다는 생각으로 칡더골과 뱀골 등 동굴과 바위틈에 은신처를 만들고 죽창 몇 자루를 준비하여 동면하는 곰처럼 숨죽이며 전쟁 후 두 번째 겨울을 났다.

일택도 김일성 대학을 가고 싶다는 생각 따위는 버린 지 오래고 조그만 조직에서도 특권층을 만드는 공산당 세력에 회의감이 들어 후회막급하면서도 사회주의에 대한 소신은 버리지 못한 것인지 갈피를 잡지 못하는 자신에 대하여 한숨이 저절로 나왔다.

"동생이 살아서 성전지서 차석으로 왔다고 하드만이. 벌써 1년가량 됐다 하더랑께"

석필은 믿을 수 없는 말을 했다. 다른 산 사람들도 같은 말을 했다. 더구나 성전지서 경찰이 되다니….

봄을 나고 여름을 나고 전쟁이 시작된 지 두 번째 해도 9월이 됐다. 전쟁은 휴전이라는 생소한 단어가 전파를 타고 나오고 숨어 지내는 것도 지겹던 차였다. 경찰과 군대가 합동 작전으로 소탕 작전을 펼치더니 월출산에 불을 질러 초토화하기 시작했지만, 월출산을 태우는 작전은 원래가 바위가 많은 산이어서 별 효과를 내기 힘들었다. 그러나 마을과 가까운 곳에는 나무들이 모두 타버려 산아래 지역에는 숨기가 어려워졌고 아지트들도 손쉽게 노출되기 시작했다. 이제 더 이상 버티기 힘들 것 같다. 물리적으로 힘든 것도 있지만 정신적으로도 지쳐버렸다. 그렇다고 당장 포기하고 산을 내려갈 마음도 없다. 청춘을 바쳐 공부한 사회주의가 실현되지 못한 현실이 안타까울 뿐이었다. 인민군 진주 시절 우익인사 처형 등에 관여된 일 때문에 섣불리 내려갈 수도 없었다. 조금 더 버티면 좋은 날이 올 것이라는 확신은 사상가라면 누구라도 갖는 덕목이어야 한다.

그나저나 그동안 어머니는 몇 번 뵀지만 이번에 산을 내려가면 동생을 만나겠다고 생각했다. 아지트에 누워 잠을 청해 봤지만, 잠은 오지 않고 몸 마디마디가 쑤셔 왔다.

[12]
진짜 귀향

●●● 복택이 6개월간의 병원 입원 후 신체검사를 마치고, 수양소인 제839부대로 이송 명령을 받은 것은 1951년 1월이었다. 수양소는 치료를 끝내고 불구가 된 사람들을 수용하는 곳이었다.

수양소는 자유스러운 분위기였다. 그곳도 군대 임에는 틀림없으나 전부 상이군인들이어서 하루종일 책을 보거나 운동을 하는 등 비교적 자유스러운 생활을 할 수 있었다.

51년 10월 상이군인을 전역 시킨다는 방침이 들려오더니 신체검사가 실시되었다. 그동안 부상 부위는 보기에는 흉 했으나 완치되었고, 생활하기에 도 불편이 없었다.

하지만, 다시 전쟁터로는 나가고 싶지 않았다. 곧이어 상이군인들에게 전역 명령이 떨어졌다. 1월 말 경 제1 상이군인으로써 훈장을 두 개와 한 개의 상이

기장을 받고 3년동안 정들은 군복을 벗었다.

부산 앞바다의 갈매기는 헤어짐을 아는지 애처롭게 울어 댔다. 부산역과 부산항에는 제대를 한 상이군인들이 고향으로 가기 위하여 북적거리고 있었다. 계급장을 그대로 붙인 군인 복장을 한 9명의 상이군인들은 경찰서나 지서를 찾아가 경찰 도움을 받았고, 사람들은 상이군인을 따뜻하게 맞아하고 편의를 제공해 줬다.

9명의 호남출신 상이군인들은 부산항에서 출발한 상선을 얻어 타고 여수항에 도착했다. 여수 여관에서 하루를 묵고 목포로 가는 배편을 수소문하니, 여관주인이 여수항에 정박한 해군함정이 목포로 갈 모양이다는 귀뜸을 해 줬다. 해군 함장을 면회 신청하고 목포로 데려다줄 것을 부탁했다. 소령인 함장은 상이군인임을 감안하여 태워 주겠다고 하면서 '중간에 절대로 내릴 수 없다. 도중에 식사 제공은 할 수 없다. 함장의 지시에 절대 따른다.'는 세 가지 조건을 수락한다면 탑승을 허가하겠다고 했다.

9명 모두 동의를 하고 해군 군함에 올랐다. 3시간 정도 가니 큰 섬들이 보이기 시작했고 누군가 완도라고 했다.

함상과의 약속을 깨고 강진은 완도가 더 가까우니 완도에 내려 달라고 사정을 했다. 처음에는 완강하게 안 된다고 하던 함장은 부하 장교를 부르더니 비스듬이 오는 화물선에게 연락해 보라고 했다. 화물선이 완도로 간다는 것을 확인한 함장은 화물선에 연락을 하더니, 바다 가운데서 화물선과 군함을 접선시키고 줄을 연결시켜 화물선으로 옮겨타도록 도와줬다.

군함과 화물선이 바다 한가운데서 멈추지 않고 비슷한 속도로 가면서, 사람을 건너가게 하는 접선쇼가 펼쳐지며 다시 못할 경험을 했다. 화물선으로 옮겨 탄 9명의 상이군인들은 함장과 해군에게 거수경례로 고마움을 표시하고 완도로 향했다.

완도 경찰서를 찾아 여관을 안내를 받아 하룻밤을 묵은 9명 일행은 완도에서 헤어지기로 하고 각자 갈 길을 재촉했다.

완도항에서 고금도를 관통하여 강진 마량으로 가는 배편을 찾아 수소문하니 다들 강진으로 가는 배편은 없을 거라고 한다. 어부들은 이미 바다로 나갔는지 부두에는 배가 몇 척 없었고 강진으로 출항할 배도 없었다. 다행스럽게 부두에 있던 늙은 어부 한 사람이 장흥에서 유학을 하고 있는 아들 때문에 다음날 장흥으로 간다고 하며 다음날 오라고 했다.

갈 곳이 없다고 대답 했더니 노인은 집으로 데리고 갔다. 노인은 중학교에 다니는 아들과 19살 된 딸과 함께 산다고 했다. 집에 들어서니 처녀는 눈이 휘둥그레지며 아버지와 불청객을 번갈아 봤다. 처녀는 군복을 입은 낯선 청년에게 대야에 씻으라고 물을 부어 주며 물었다.

"아저씨는 군인 이다요?"

"아닙니다, 시방 제대하고 고향으로 돌아가는 길 이요"

"와, 지금도 전쟁 중인디, 제대 시켜주나요?"

처녀는 호감을 가진 눈빛으로 이것 저것 물어왔지만, 그냥 웃어 주었다.

전쟁 중이라서 젊은이들은 모두 전쟁터로 나가 젊은 사람이 귀했고 젊은이들 중에서도 군대를 제대한 사람은 최고 인기가 있던 시절이었다. 노인은 저녁을 먹으며 여러 가지를 물었다. 그리고는 노인은 자신이 가난한 것 같아도 농사도 15두락 쯤 짓고 해초 밭도 가지고 있다고 하며 재산자랑을 하는 듯 했다.

다음날 노인은 자신의 해초 밭이라며 바다 가운데 해초밭을 돌아 강진 마량항까지 배를 태워줬다. 10월 바닷바람은 싱그러웠고 노인의 선창에 딸은 화답하듯 노래를 구성지게 불러댔다.

고금도를 돌아 불어오는 저 바람아~~ 어기 엇차~
우리 님~ 어딨는지 말좀해 줘, 어기 엇차~
보길도를 돌아 흘러오는 저~파도야, 어기 엇차~
우리 님을 어디에 숨겼느냐 어기엇차~
약산도에 숨겼느냐, 신지도에 숨겼느냐 어기엇차~
우리 님~ 보고싶어 이내 가슴 다~탄다, 어기 엇차~
어기엇차, 어기엇차 ~

고향에 갔다가 완도에 오면 꼭 들리라고 몇 번이고 당부하던 노인은 복택을 마량항 어디엔가 내려 주고는 배를 장흥 쪽으로 몰았다. 처녀는 서로가 안 보일 때까지 한없이 손을 흔들어 댔고 장흥중학교 다닌다는 아들도 손을 흔들어 보였다.

마량항 부근에서 강진읍에 사는 친구를 우연히 만나 반갑게 해후 한 후, 식당에서 점심을 먹고 고향마을 사정을 대충들은 다음에 친구 자전거 뒤에 타고 강진읍에 도착했다.

상날이었다. 사람들은 많지 않았으나, 장터는 생기가 넘쳐흘렀고 사람들 틈에 끼어 해산물들을 구경하는 재미에 장터를 빠져나오지 못하고 서성거리고 있었다.

"오메메, 뭔 일이다냐!, 이것이 뭔 일이다냐, 금당댁 둘째 아들 아니여?"
갑자기 소리 소리를 질러대는 아낙은 고향마을사람이었다.
"오메메, 죽었다고 소문 난 사람이 이렇게 시커멓게 살아 돌아와 부렀네, 요것이 뭔일 이다냐,"
아낙은 거의 통곡하듯이 소리를 질러댔다.
"아짐(*아주머니), 안녕하셨어요?. 다들 무고 하지라우?"

아낙은 체면 불구하고, 거의 악을 쓰고 있는 것 같았다.

오메 금당댁은 좋것네!. 죽은 아들이 살아 돌아와 부럿응께, 금당 댁은 좋것네. - 아낙은 그의 손을 놓을 줄 모르고 눈물까지 흘리고 있었다. 마치 자신의 아들이 살아 돌아 온 것처럼 -, 아낙은 곧 진정되었다.

'오늘, 강진군 청년들은 군대를 가는데 누구 아들은 전쟁 끝나고 살아와 부렀네 잉'

강진군에서 입대하는 청년들이 현재 중앙국민학교에 모여 있다고 했다.

가족들의 안부를 물었다.

"글쎄, 그것이 모다(모두) 잘 있다고 할 수는 없지만, 거시기 뭐냐, 잘 있제이, 아부지가 거시기 하기는 했지만"

아낙은 말끝을 흐렸다. 그러나 딱히 가족에게 문제가 있다고 하는 것도 아니어서 먼저 동네에 돌아가면 가족들에게 소식을 전해 달라고 하고는 시장을 나와 입대 청년들이 모여 있다는 학교로 향 했다. 교정에 들어서서 입대하는 젊은이들이 있는 곳으로 갔다. 젊은이들은 면 단위별로 열을 맞추어 앉아서 앞에선 군인의 지시에 귀를 쫑긋 세우고 있었다.「성전면」이라고 써진 곳에는 나이 어린 당숙과 4촌 동생이 잇었다, 그 두 사람을 불렀다. 두 사람은 깜짝 놀라며 튀어 나왔다

"종인이 당숙, 우택아!"

"오메, 복택이 조카 아니여?!"

"아이고 형님"

두 사람은 놀란 눈을 뜨며 일어섰다. 인솔 군인에게 신분을 밝히고 두 사람 면회 허락을 얻어 교정 느티나무 아래로 갔다.

"조카, 아부지는 돌아 가셨네, 일택이 조카는 석필이 형님하고 산으로 들어간지 오래되야 부렀어, 가끔 집에 온 것 같네마는"

아버지의 죽음과 형의 소식을 들었다.

"형, 사람들은 종박이가 석출이 당숙을 죽였다고 했당께라, 아, 종박이가 지가 지은 죄가 있응께 앞장서서 입막음할 라고 당숙을 죽였당께라"

아버지를 누가 죽였는가를 들었다.

"근데, 조카 조심 해야 혀, 지금은 종박이가 의용경찰이랑께 악랄한 놈이여, 전쟁이 일어낭께 제일 먼저 공산당 했던 놈이, 수복댕께 경찰서로 달려가서 지가 빨갱이들 다 잡아드리것다고 서장한테 사정해 가꼬, 의용경찰이 됐당께 잘못 건드리면 큰 코 다쳐"

세 사람이 이야기하는 사이 군대에 가는 친척들을 환송 온 집안 어른과도 인사를 나누었다. 군대에 입대하는 나이 어린 당숙과 4촌 동생에게 작별인사를 하며 군대요령을 말해 줬다

"군대는 요령이다 – 이, 요령껏 하면 죽는 일은 없응께 눈치껏 잘 하고 갔다 와 – 이"

편상사가 해줬던 얘기를 작별인사로 대신 한 후 학교를 나왔다. 이대로 고향 마을로 갔다가는 죽은 목숨일 수 있다. 상이군인으로 전역을 했다고는 하지만 아무 방비 없이 대책 없이 고향에 갔다가는 어떻게 될지 모른다.

강신 경찰서를 찾았다. 경찰서장을 면담하고는 '공산잔당의 섬멸을 위하여 경찰이 되고 싶다'며 '가능하다면 성전면 지서(*파출소)에 근무하고 싶다'고 했다.

"아, 우리야 역전의 용사께서 근무해주면 좋지라, 언제부터나 근무가 가능하까? 성전지서에 연락해 놓을텐게 언제든지 가서 근무하게나!"

"넷, 오늘부터 곧바로 근무하겠습니닷"

조서장은 쾌히 승낙을 하며 역시 역전의 용사라서 패기가 있어 보여 좋다고 하면서 사찰업무가 좋겠다며 오히려 고맙다고 했다.

경찰이 되었다. 경찰서를 나와 고향길로 향했다. 읍에 도착하였던 10월 마지막 날은 아직 겨울이 오려면 한참이나 멀었음에도 불구하고 저녁때가 되자 눈이 내릴 듯 하늘이 어두워져 갔다. 차가운 바람을 맞으며 좁고 험한 비포장 도로를 한참을 걸으니 바람이 세지며 눈보라가 쳤다. 외가 마을인 금당리 앞을 지나면서는 눈보라가 더욱 거세지고 날이 어두워지면서 앞이 안 보일 지경이었다. '얼마나 좋은 동네인지 명당도 아니고 은당도 아니고, 금당 이랑께' 언젠가 어머니가 했던 말이 생각나서 웃음이 나왔다.

차갑고 심한 눈보라 쳐 왔다. 좁은 도로에 담요 같은 것을 둘러쓴 조그만 여인과 사내아이가 앞쪽에서 달려왔다. 어머니와 동생임을 단박에 알아차렸다.

"아이고, 둘째야!, 니가 진짜로 살아 부렀냐?, 아이고 둘째야"

앞에 오던 일행도 군인을 보고 앞으로 달려왔다.

"엄니, 엄니, 나 여라우, 나 둘째 여라우 - "

"형"

세 사람은 100m 달리기 선수처럼 눈보라를 가르며 앞으로 달려와 부둥켜안고 떨어질 줄 몰랐다. 세 사람의 재회에 앙상한 가지의 가로수들도 바람 소리를 내며 울어 줬다.

일행은 면 소재지 한 가계로 들어가 몸을 녹이고 다시 한번 재회의 기쁨을 나눴다. 어머니와 넷째 동생은 한없이 울고만 있었고 가계주인은 죽은 사람이 살아 왔다고 신기해하면서도 자기일 처럼 좋아했다.

"엄니, 집에 가 계시쇼 - 잉, 난 여기서 볼일이 좀 있응께"

"왜? 집에 안 가고 또 어디 간단 말이냐?"

"여기서, 볼일이 좀 있어라우"

강진에서 주워들은 이야기에 의하면 아직 고향마을은 치안이 불안한 상태였고 지서에 들려 경찰로써 근무도 알아봐야 했다. 동생에게 어머니를 모시고 돌아가라고 하고서는 지서로 향 했다. 송씨는 못내 아쉬운 듯하면서도 아들을 봤다는 기쁨 만으로도 만족하는지 고향마을로 돌아갔다.

지서는 주변에 대나무를 길게 잘라 땅에다 심어 방책선을 쌓았으며 보초가 총을 메고 지키고 있었고, 지서 마굿 간에는 경찰이 이용하는 말 2마리가 매어져 있었다.

"아!, 서장님한테서 연락 왔었지라우, 잘해 봅시다 잉"

지서장 김경사는 반갑게 맞아주며 당장에 근무해도 좋다고 허락하면서 사찰 임무에 대한 요령을 알려줬지만 지서장의 얼굴에서 별로 탐닥치 않아 하는 표정도 읽을 수 있었다. 서장의 지시에 의하여 사찰담당이면서 지서 차석이라는 막중한 업무를 잘 알지 못하는 신입에게 할 수 없이 맡기게 되어 언짢은 모양이라고 생각했다. 사찰 임무란 주민들에 대한 사찰도 있었지만 경찰 자체비리를 감시하고 감독하는 일이 주 업무였다. 당시 일부 경찰들은 주민들에게 원성을 받고 있었기 때문에 사찰임무는 막중했다.

군복 상의 중사 계급장 위에 경찰 견장을 별도로 붙인 다음 총을 지급받고서 근무에 들어갔다. 지서장은 산속에 들어간 빨갱이들의 동태와 주변 마을의 상황 이라며 자세히 설명해 줬다. 지서에는 10여 명의 의용 경찰들이 있었으나 내부분 군대를 가지 않는 사람들로 새로 온 사찰 담당 경찰이 전선에서 돌아온 상이군인이라는 이야기를 들은 탓인지 지서장을 비롯한 의용 경찰까지 모두 긴장하면서 새로운 차석을 맞이했고 지서장은 신뢰의 눈빛을 보냈다.

지서장은 경찰들을 불러 인사를 나누도록 했다. 경찰 중에는 종박도 있었다. 평소에도 알고 지냈던 두 사람은 눈빛으로 인사를 했지만 서로 내색하지 않고 무덤덤하게 악수만 했다.

종박은 손을 떨고 있었다.

지서에 근무한지 삼일 만에 집에 갔다. 어머니와 나이 어린 동생들은 눈물로 그를 맞아 줬다. 그동안 동생들은 많이 성숙해 있었다. 어머니는 형이 입산한 다음 형수가 어린 조카를 데리고 친정으로 가버렸다는 말을 속상하듯 하고는 경찰이 되어 나타난 둘째아들을 대견해하면서도 왠지 불안해하는 눈빛을 봤다.

아버지 일에 대하여는 백부에게서 들었다. 한 백번쯤 한숨을 내쉬며 백부는 지나간 일들을 얘기해 줬다. 형과 숙부는 산속으로 들어 갔다고 했다. 기가 막혔다.

자신은 인민군들을 막기 위하여 죽음의 고비를 숱하게 넘어왔는데 형과 숙부는 공산당이 되어 자신의 적이 되었다니 -

아버지와 친척 어르신 몇 분은 경찰의 손에 죽임을 당했다. 그리고 아직도 전쟁은 보이지 않는 곳에서 진행되고 있다. 전쟁중 얼어들은 모든 사건 하나하나가 충격이었다. 더구나 아버지가 경찰의 손에 죽임을 당 했다는 사실은 믿을 수가 없었다. 또한 형이 빨갱이가 되었다고 했지만 자세한 이야기를 듣지 못했다. 형이 산속으로 들어가 죽었을 것이라고 생각했다. 현실에서 일어난 일이라고 믿어지지 않았다.

막걸리 한 병과 어머니가 마련한 몇 가지 음식들을 앞에 놓고 아버지 묘 앞에 꿇었다. 어머니와 동생들은 한 없이 울고만 있다.

'둘째야! 네가 살아왔구나, 왜 이제 왔느냐?' 아버지는 아들에게 뭔가를 이야기하는 것 같았다. 아버지에게 막걸리를 그릇에 부어 올렸다. 일본에서 돌아오는 수송선에서 아버지가 자신에게 막걸리를 부어 주었는데 지금은 반대로 됐다. 그때는 아버지에게 받은 막걸리를 자신은 단숨에 들이켰는데 아들이 따른 막걸리를 받은 아버지는 말이 없다.

아! 아버지!
세찬 바람부는 언덕 위,
거친 파도이는 바다 위

오직 자식 위해 살아오신 아버지
눈물은 마음속에 깊숙하게 숨기고
사랑은 가슴속에 먹먹하게 담고서
오직 자식 위해 살아온 아버지
아! 지금은 하늘의 별이 된 아버지!
그 별빛을 받은 내 가슴도
그대가 남긴 먹먹한 사랑을 담습니다
아버지! 사랑합니다

  남은 막걸리를 나란히 있는 4기의 묘에도 붓고는 산을 나왔다. 모두 아버지와 한날한시에 죽임을 당한 마을사람들 묘라고 했다 형이 원망스러웠다 아버지는 죽을 고생을 하며 첫째 아들을 도쿄에 유학까지 보냈었는데 - ,
  세상일들은 관심도 없고 책만 보던 첫째 아들 때문에 아버지가 대신 죽은 것인가?. 그리고 이제 자신은 형을 잡아야 하는 처지가 됐다. 복택은 입술을 깨물었다. 함박눈이 내리고 있었다.

  세절을 이기는 장사가 없듯이 깊어 가는 1월의 바람도 제법 따스해졌다. 경찰의 대규모 소탕 작전을 펼쳐지면서 입산한 사람들의 시체가 매일 산에서 실려 내려오고, 일부 사람들은 생포되거나 자수하기 시작하고 있었다.

  "둘째야! 느그 형 잽히면 죽것지?" 오랜만에 집에 왔으나 잠을 못이루고 뒤척이는데 어머니는 뜬금없이 물었다.
  "네?"
  "아니, 그랑께, 느그 성 말야 산에서 내려와 경찰들한테 잽히면 죽것지?,
  "잽히면, 그라 것지라우, 자수하면 몰라도"

송 씨는 '자수'라는 말에 귀가 번쩍 트였다.

"참말로, 살 수 있으까?. 자수하면 말이여"

"자수한 사람 죽일랍디여?. 뭔 죽을죄 진 것도 아닌데"

진심이었다. 형이 사람들을 직접 죽였거나 죽일 사람을 선택한 것도 아닐 것이기에 자수하면 살 수 있을 것이라 판단했다.

"참말로 살 수 있것제?."

어머니의 중얼거리는 소리는 코를 고는 소리에 묻혔다.

일요일에는 집에 들어갔지만 나머지 날은 지서에서 숙식을 해결하고 있었다. 경찰이 된지 1년쯤 된 2월 어느 날 옆 마을에 출장을 다녀오고 있었다. 산기슭을 깎아 만든 논길에서 오버 깃을 세운채 고개를 숙이며 자전거 페달을 밟았다. 산기슭으로부터 이상한 신음소리가 들려왔다. 자전거를 세우고 신음소리가 그는 곳으로 갔다. 산에는 젊은 청년이 양 팔과 양 발목이 잘린 채 많은 피를 흘리며 죽어가고 있었다. 황급히 청년에게 다가가 무슨일인지 누구에게 당했는지를 물었다.

"의용 경찰들이, 그라고…. 임종박 이오."

청년은 다 죽은 시체가 되어 있었다. 하지만 마지막 기력을 다하여 자신에게 위해를 가한 사람의 이름을 대고 죽어 가고 있었다. 청년은 자신이 이름이 윤일곤이라고 하면서 종박은 같은 마을사람으로 종박의 얼굴을 안다며 그와 몇 명 의용 경찰들이 린치를 가했다고 했다. 청년은 다 죽어가면서도 종박의 이름만은 똑 바로 말했다.

당시 총 6만 명 정도였던 경찰 중에는 무고한 사람들을 고문하거나 때로는 즉결처형하는 학살을 저지르기도 하여 주민들에게 원성을 사기도 하던 시절이었다.

제1공화국정부는 전쟁 중임에도 부역행위특별처리법, 사형금지법 등을 제정하고 공포했지만 역부족이었다. 경찰은 경찰대로 공산당은 공산당대로 반대편 사람들을 즉결처분하는 일이 다반사였다. 서로 간에 민족애도, 인간애도 없는 잔인한 행동만이 살아남을 수 있는 유일한 방법인 것처럼 서로가 서로를 죽이고 있었다.

다시 자전거를 일으켜 세우고는 경찰일행이 내려 갔다는 마을 쪽으로 향하였다. 마을 주막 한편에는 종박이 타고 다니는 하얀말이 메어져 있었다. 종박을 비롯한 의용 경찰들은 막걸리를 마시고 있었다.

"당신들 뭐 하는 사람들이여?. 아무리 죄가 있는 사람 이라도 그렇지, 즉결처분하라고 배웠어?. 당신들이 빨갱이들이여?. 민주 경찰이 돼 갔꼬, 하는 짓은 빨갱이 같은 짓을 하고 있어!"

복택이 고래 고래 소리를 지르자, 종박과 의용 경찰들은 아무 말도 못하고, 두려운 눈을 내리깔고 땅바닥만 쳐다 봤다.

"당신들은 혼 좀 나야 해!. 법을 어긴 사람은 법으로 심판을 받아야 돼!. 종박이 너, 너는 빨갱이 시절에는 빨갱이 한테 붙어서 양민들을 학살해 놓고, 지금은 경찰한테 붙어서 하는 짓거리는 빨갱이한테 배운 짓거리를 계속해?!. 나이 어린 의용 경찰들 꼬셔 가지고, 죄 없는 사람을 즉결처분해?!. 너 같은 놈은 혼 좀 나야해!. 니가 뭐야? 대통령이나 돼?"

종박은 얼굴이 백지장 처럼 하얗게 변하여 안절부절 못했다.

지서로 돌아와 지서장에게 전말을 보고하고 상부에 상보하도록 종용하였다. 잠시 후, 지서에는 죽은 청년의 형이 찾아와 죄 없는 사람을 그렇게 즉결처분하는 법이 어디 있냐며 지서장에게 대 들었다.

"윤형! 여기서 떠들어 봐야 해결 안 됩니다. 지서장님이 무슨 힘이 있습니까?. 종박이가 한 짓이니 도경에 신고하고 항의하쇼 빨리, 그래야 해결된 당께라"

청년의 형을 달래자 그는 알았다고 하면서 도경에 신고하겠다면 지서를 나갔다. 청년의 형이 나가자 마자 지서장은 피해자 가족들이 도경에 항의하기 전에 빨리 보고를 하여야 한다며 강진경찰서에 보고 할 보고서를 작성하라고 채근했다.

종박은 도경의 수배자가 되었다. 주인 잃은 하얀 말은 슬픈 눈을 하고 고개를 흔들어 댔다.

새 봄이 왔다.
"조카, 작천 선산에 가야 쓰것는디, 같이 가세, 나 좀 데려다 줘라이?"
지서로 갑자기 찾아온 백부는 성전면에서 10리(* 약 4 킬로 미터) 쯤 떨어진 옆 마을의 작천면 산골 마을에 있는 선산에 가자고 했다. 그동안 작천이라는 산골 마을에 문중 절도공파 선산이 있다는 이야기는 들었지만 한 번도 가본 적은 없었다. 근무 중이라 선뜻 나서지 못하고 있는데, 지서장이 '산골마을에 연로한 백부를 혼자 가시라고 하면 안된다' 며 모시고 다녀 오라고 허락 했다.

지서장의 허락으로 백부를 자전거 뒷자리에 오르게 하고는 선산으로 향했다. 자전거 뒷자리에 오른 백부는 아무 말이 없었다. 얼마쯤 가니 백부는 한 마을로 가자고 했다.

백부는 자전거를 세우게 하더니 큰 대문이 달린 집으로 들어가며, 따라 들어오라고 명령했다.
"아이고, 임진사 어서 오시게"
"허어, 이 사람 형님이 오시면 가마를 내서 맞아야제"
"하,하,하, 아이고 형님 가마 보냈는데 못 만나셨나?"
주인인 듯한 노인은 백부와 서로 존대 겸 하대를 하면서, 서로의 손을 맞잡고 호탕하게 웃었다.
"어서 오시오, 이 누추한 곳에 귀한 손님을 맞다니."

주인 노인은 백부와 서로 인사를 끝내고 사랑채로 안내했다.

"그래, 오시느라 수고 했소, 이 먼 곳까정, 젊은이 경찰업무에 피곤하시제?. 아주 공평하고 담대하게 일을 처리한다고, 평판이 자자 하더군"

기골이 장대한 노인은 신상을 알고 있는 듯 악수를 청했다.

"인사 올려라, 이분은 나와는 같이 동문수학한 동무니라"

"박 강재 올시다. 백부와는 평생을 같은 길을 가고 있소. 참으로 훌륭한 분을 백부로 두셨소, 그랴"

꿇은자세로 머리를 숙여 인사를 올리고 나자 노인의 아들이 방으로 들어왔다. 이번에는 노인의 아들이 백부에게 엎드려 절을 했다.

서로 인사를 나눴다.

"박 영민 입니다." 열삼 쯤 많아 보이는 노인의 아들 역시 기골이 장대했다.

"그라면, 서로 봐야 안 쓰것소?"

노인의 알듯 모를 듯 한 말에 백부를 쳐다봤다.

백부는 말없이 웃고 있었다. 그제야 눈치를 챘다. 맞선을 보기 위 함이었다. 그동안 백부는 몇 번이나 색시감을 보러 가자고 했었는데, 그때마다 아직 준비가 안 되었다며 이런저런 핑계를 대어 회피해 온 터였다. 복택이 맞선보기를 이 핑게 저 핑게 되며 피하자 백부는 선산을 보러 가자는 색다른 이유로 색시 집으로 끌고 온 것이다.

"저희 집은 아직 맞선을 보고 혼사를 한 전례가 없습니다. 백부님께 일임하겠습니다"

한참 만에 어렵게 이야기를 했다. 노인은 파안대소를 하며 '역시 양반집안이다'고 칭찬을 하며, 아들과 같이 건넌방으로 가서 점심을 먹고 가라고 했다. 사랑채로 물러 나와 건넌방에서 노인의 아들과 점심을 먹고 노인과 백부에게 인사를 하고 그 집을 나서자, 영민이집 밖에까지 쫓아 나오며 다시 물었다.

"임 형, 대답을 하고 가야 할 것 아니요?. 여기까지 와서 그냥 가는 법이 어딧소?"

색시의 오빠인 영민은 당장에 대답을 하라고 채근을 했다.

"저는 백부님께 일임했습니다. 백부님이 하시는 대로 따르겠습니다. 그리 아시고 들어 가시지요"

짧은 대답에 영민은 잘 가라고 인사를 했다. 머리가 복잡해 왔다. 아무 기반도 없고 모아논 재산도 없으며, 더구나 지금은 전쟁은 중이다

자신은 장남 아닌 장남이 되었고 가장 아닌 가장이 되었으며 아직 네명의 동생들은 어리고 그들의 학업도 지원해 주지 못하고 있는데 결혼은 무슨 결혼이란 말인가?

일본에 두고 온 후사코가 떠 올랐다. 벌써 세월이 7년이나 흘러 버렸지만, 어쨌든 짧은 기간이나마 한 여자와 결혼생활을 하였던 사람이 아닌가?. 자신이 결혼할 자격이나 있는지 의구심이 들며 머리가 복잡해져 왔지만 한편으로는 색시감이 궁금해졌다.

결혼식 날짜가 잡히었다. 어머니와 동생들은 신혼 생활을 할 방에 새 종이를 바르고 새 식구를 맞을 준비를 했다.

7월 마지막날 백부를 따라 예전에 갔던 색시 집으로 출발했다.

색시 집에 들어서자. 동네사람들은 신랑이 혼자 왔다고 수근 거리는 것 같았다. 곧이어 사대관모를 쓰고 마당에 마련된 대례장으로 나와 잘 차려진 상을 가운데 놓고 신부와 절을 했다. 색시는 긴소매를 올려 얼굴을 반쯤 가렸지만 얼굴은 오빠를 닮았다. 처음 본 신부는 골격이 제법 크고 큰 눈을 가진 듯 했다. 많은 마을사람들은 떠들고 마시며 부자집 막내딸과의 결혼을 축하해 주었다. 밤이 되자 사람들은 안방에 신랑을 불러 앉히고는 색시를 데려 오라며 거꾸로 메 달았다.

'이 처녀 도둑아, 어디서 온 놈인데 우리 동네 처녀를 훔쳐가' 사람들은 웃음

소리와 술기운이 섞인 장난기 어린 고함을 질러댔다.

발바닥에는 몽둥이가 내리쳐 졌다. 이프다고 비명을 지르며 살려 달라고 애원을 했다.

'신부한테 살려 달라고 빌어야제, 시방 누구한테 비는거여?' 사람들은 신부에게 가서 살려 달라고 빌라고 하면서 신랑의 발바닥을 더욱 세차게 때렸다. 신랑을 때리는 사람들 중에는 오빠도 있고 삼촌도 그 무리속에 있었다. 야속했지만 어쩔 도리가 없는 일이었고, 신랑 매달기 풍습은 결혼식의 한 통과 의례였다

'아이고, 신부님 나 좀 살려 주쇼 - 잉, 아이고 신부님 나 좀 살려줘!' 신랑은 신부에게 살려 달라고 소리를 지르자 신부가 방을 나와 사람들을 말리자, 사람들은 신부가 애원했으니 됐다며 신랑을 금방 풀어 줬다.

사람들은 신랑과 신부를 함께 신방으로 밀어 넣었다. 신랑과 신부는 단둘이 되자 신랑은 겉옷을 벗고는 신부가 정성 들여 만든 금색 수가 놓아진 이불로 혼자 들어갔다.

자리에 누운 신랑은 한숨을 쉬었다. 잠시 후 자리에서 일어난 신랑은 앞에 차려진 상에 있는 술을 따라 신부에게 내밀고는 또 한잔을 따라 들었다.

"나와 살면은 고생이 많을텐데 곱게 큰 당신이 견딜 수 있을랑가 몰것소., 잘 살아 봅시다."

신랑은 잔을 들며 신부를 바라보았다. 신부는 아무 말 없이 잔을 들었다. 희미한 호롱불 아래 신부의 눈동자가 촉촉하게 빛났다. 신부가 아름다웠다.

신방 문앞 병풍을 들어 문 쪽을 가리고 신부의 족두리와 겉옷을 벗겼다. 그녀를 이불 속으로 끌어당겼다. 신부의 몸은 떨리고 있었고, 그녀를 조심스럽게 감싸 안았다. 따뜻했다. 신부는 아무 말 없이 가슴에 기댔다. 부부가 되었다.

신부 채민을 가마에 태우고 신랑은 자전거를 타고, 집으로 돌아왔다. 어머니는 아들보다는 새 며느리를 더 반가워하는 것 같으면서도 뭔가 불안해하고 있는 것 같았다. 새신랑과 새신부는 다시 사대관모를 쓰고 족두리를 튼 다음 신랑집 여러 친척들에게 절을 했다. 일가 친척들은 밤과 대추를 신랑과 신부의 치마폭에 던져주며 "아들, 딸 한죽만 낳아 잘 살아라"고 소리쳤다.

전쟁 중에도 결혼은 하며 아이들은 태어나서 커 간다. 아니 전쟁 중에 아이들을 더 많이 낳는 다는 것이 인류의 역사의 통계이다

결혼한지 두달쯤 된 9월 초 새벽이었다.
"야, 둘째야 안방으로 좀 건너 오그라"
"뭔 일 있소? 엄니, 이 새벽이 뭔 일이다요"
"글쎄, 좀 건너오그라, 빨리"
어머니의 채근에 일어나기 싫어하면서도 안방으로 건너 갔다. 어머니는 불도 켜지 않고 어두움 속에 앉아 있었다. 컴컴한 방한쪽 구석에 시커먼 물체는 눈을 껌벅거렸다. 몸이 굳어버린 듯 했다 한버터면 소리를 지를 뻔 했다. 형이라는 것을 한눈에 알 수 있었다. '형~ '
'둘째야'
형제는 부둥켜안고서 한참을 울었다.
"불 좀 켜쇼, 엄니"
방안은 호롱 불로 인하여 환해졌다. 방문은 두꺼운 이불로 가려 불 빛이 새 나가는 것을 막았다. 일본에 거주하던 시절 이골나게 해 본 등화관제였다. 형은 몰골이 말이 아니었다. 옷은 거지 같았고 시커먼 얼굴은 광대뼈가 튀어나와 시체와 같은 모습을 하고 있는 형과 동생은 서로를 다시 안았다.
"형, 뭐하러 빨갱이를 해가꼬, 이 고생을 해!"

이제 돌이킬 수 없는 일이었고, 원망도 불필요 말이었다. 형은 아무 말도 못하고, 울기만 했다.

"형, 자수해!"

"자수 안해, 난 잘못한 것 없다?"

자신 없는 투였다.

"무슨 말을 하는 거야 전쟁은 공산당이 지고 있어, 이제는 자수해야 한당께"

"아니야, 인민들이 평등하고 잘 살려면 사회주의 세상이 되야 해, 지금은 어렵지만 다시 내려 올거야"

"형, 우선 좀 씻고 밥 먹고 다시 얘기해!"

새색시에게 목욕물을 데우게 하고 밥을 짓게 했다. 목욕물을 데우려 부엌으로 들어선 채민은 안방에서 우는 세 사람을 발견하고는 가슴이 철렁 내려앉았다. 거지 중에서도 상거지를 남편과 시어머니는 붙들고 울고 있고 시커먼 거지도 고개를 떨어 뜨리고 있었다. 형에 대하여 한마디도 듣지 못 했던 채민은 의아한 눈으로 바라 보았다. 형은 제수씨가 데워준 물로 목욕을 했고 어머니는 아들의 등을 밀어 주면서 한없이 울고 있었다. 경찰이었던 동생은 동아줄을 몰래 준비하여 품속에 넣고 형이 목욕과 밥을 먹기를 기다려 다시 설득을 시작했다

소리 없는 논쟁한 지 한시간쯤 지났을까?!, 형은 힘없이 말했다.

"사실 공산당은 할 것이 못 된다. 나는 공산당이 아니고 사회주의 사상가다, 공평한 세상을 꿈꿨는데 갈수록 조직 안에서 간부들의 특권의식과 특정인에 대한 독선이 조직을 망치고 인민들에 대한 인심도 잃었다. 다시는 공산당 같은 것은 안할 거다,"

"자수하면 살려는 줄까?"

어머니와 형이 동시에 한 말이었다.

"자수한 사람 죽이기야 할라고."

"내가 사람을 죽인 것도 아니고, 그저 사회주의사상 교육하고 무지한 사람들 깨우치려 한 죄밖에 없는디, 죽이지는 않것지~이?" 자기 합리화한 말이었다. 동생은 '설마 자수한 사람을 죽이지는 않을거야' 하며 자신 있게 말했다.

'부역행위자특별처리법이 공포되었고, 사형금지법도 시행되고 있을 때 였다. 형이 무슨 죄를 지었는지 듣지 못했던 동생은 막연히 자수하면 살 수 있을 것이다고 단정 했다. 더구나 자신은 경찰이지 않는가!! 전쟁 중인 나라이지만 법에는 눈물이 있겠지.

하얀 옷을 입은 큰아들을 바라보며 어머니는 하염없이 눈물을 흘렸다. 형제가 집을 떠나는 그 순간까지 그녀의 흐느낌은 멈추지 않았다. 이별의 슬픔이 바람처럼 흘러가던 그날, 성전지서의 의용경찰 두 명이 소총을 둘러메고 자전거를 타고 왔다. 그들은 자수자를 경찰서까지 안전히 호송하는 임무를 맡았다. 복택 또한 경찰 복장을 갖춰 입고 허리에 권총을 찬 채 형을 자전거에 태우고 성전지서로 향했다.

소식을 들은 숙모와 마을 사람들은 집 앞에 모여 불안한 눈빛으로 산속에 몸을 숨긴 가족들의 안부를 물었다.

"숙부는… 아직 무사하실 겁니다."

일택은 숙모와 산속에서 살아가는 이들의 가족들에게 산사람들의 소식을 전했다.

성전지서에 도착하자, 강진경찰서에서 보낸 트럭이 이미 대기 중이었다. 강진경찰서 소속 2명의 경찰관이 자수자를 인수하더니 곧장 트럭에 태워 경찰서로 향했다.

이미 경찰서에는 취조를 준비하고 있었다. 강진경찰서에 도착하는 순간, '자수한 자'는 없고 '체포된 자'만이 취조실로 내동댕이 쳐 졌다.

그곳에서는 무자비한 폭행을 동반한 심문이 기다리고 있었다.

"인민군 철수 당시, 강진군의 우익 인사들을 처형하는 데 가담했느냐?"
"산속에서 빨치산과 같이 활동했는데, 그들의 행적과 배치도를 대라?"
거듭된 질문과 의심 속에서 그는 어떤 배신도 하지 않았다.
그는 산속에 숨은 자들과 함께 행동하지 않았기에 그들의 위치를 모른다고 했다.
경찰은 분노했고 저항의 신호로 간주했다. 구타는 더욱 거세졌고 체포된 자는 자신이 이곳에서 살아나갈 수 없음을 직감했고, 살아 나갈 수 없으니 두려울 것도 없다는 듯 한 맺힌 소리를 질러댔다.
경찰관은 공산군 철수시 강진에서 처형된 우익인사 한 사람 한 사람 이름을 대며 누가 죽였는지 누가 주도했는지를 캐 물었다.
"그래, 그 놈도 내가 죽였고, 저 놈도 내가 죽였다! 그래 그놈, 이놈 다 내가 죽였다. 그런 놈들은 죽어 마땅하다!"
몽둥이가 휘둘러질 때마다 그의 절규가 공기 속을 갈랐다.
"그래, 내가 다 죽였다! 죽을 만 한 놈들이었으니 죽인 거다. 일제 강점기엔 일본 놈들 편에 서서 인민들을 수탈하던 친일파들이, 해방 후에도 권력에 기생해 가난한 사람들을 짓밟으며 잘 살고 있다. 그런 자들을 처단한 게 무슨 죄란 말이냐?"
그 순간, 몽둥이가 거침없이 그의 몸을 내리쳤다.
"전향할 생각은 없느냐?"
경찰관은 비웃으며 말했고 일택의 눈빛은 흔들림 없었다.
"나는 공산주의자가 아니다. 사회주의 사상가다. 그리고 내 사상을 바꿀 생각은 없다."
그의 입에서는 나오는 절규가 경찰서에 울려 퍼졌다.

그제야 동생은 형이 우익 인사들의 처형에 깊이 관여했다는 사실을 알게 되었다. 또한, 형이 군과 면 선전부장을 지냈다는 사실도 처음으로 알게 되었다.

그는 서장실로 달려가 무릎을 꿇고 애원했다.

"서장님, 형은 스스로 자수했습니다. 제발 목숨만은 살려주십시오."

그러나 서장은 깊은 한숨을 내쉬며 고개를 저었다.

"임 경사… 지금은 전쟁 중이네. 자네 형은 거물급 공산주의자로 수 많은 우익인사 처형에 관련된 주요 인물이야. 사상범을 살리겠다는 기대는 헛된 희망일지도 몰라."

그 순간, 어쩌면 형을 자수시킨 것이 잘못된 선택이었을지도 모른다는 깊은 후회에 휩싸였다. 하지만 이미 모든 것은 늦어버린 후였다.

서장은 사상범이므로 광주로 압송할 것이라 했다. 압송지는 도경인지 형무소인지 알리지 않았으나 오직 광주라는 말만이 확실했다. 모호한 서장의 말 속에서 재판에 넘겨질 것이라는 뜻으로 짐작했다.

자수한 지 사흘째 되던 늦은 오후, 일택은 쇠사슬과 포승줄에 묶인 채 반쯤 죽음에 이른 몸으로 트럭에 실려졌다. 그의 곁에는 소총을 멘 경찰관 두 명이 호위하듯 동승했다. 그는 눈이 가려지고 손은 뒤로 결박된 채 마치 짐짝처럼 트럭의 짐칸에 내팽개쳐졌다.

강진경찰서를 떠난 트럭은 병영, 옴천을 지나 영암으로 향하는 월출산 자락의 어느 고갯길에서 멈춰 섰다. 트럭 바닥에 쓰러진 채 숨이 끊어진 듯이 두 손이 묶이고 눈이 가려진 그는 차가운 바람에 떨며 가쁜 숨을 몰아쉬었다. 곧이어 트럭이 기울며 그를 길바닥으로 내던졌다.

일택은 직감했다. 이제, 여기서 자신의 삶이 끝난다는 것을…. 다만 고통 없이 속히 끝나기를 바라며 이를 악물었다.

"멀리 갈 것 없지 여기가 딱 좋겠구먼."

그 말이 끝나기가 무섭게 뜨거운 감각이 몸을 관통했다. 스물아홉 젊은 육신은 깊은 구덩이 속으로 던져졌고 그렇게 처단되었다. 목구멍 깊숙이 차오르는 절규를 삼켰으나 입은 막혀 신음조차 내지 못했다.

1952년 9월, 전쟁이 끝나기 불과 열 달 전이었다. 일택이 자수한 지 사흘 만이었다.

자수자가 도경과 형무소 어디에도 도착하지 않았다는 사실을 파악하는데 꼬박 일주일이 걸렸다. 그의 행방을 아는 이는 아무도 없었다. 아니, 알고 있었으나 누구도 말하지 않았다.

복택은 분노와 절망에 사표를 내 던지고 경찰서장에게 간절히 애원했다.

'부디, 형의 시신이 묻힌 곳이라도 알려주십시오.'

그러나 서장은 냉랭한 얼굴로 모른다는 말만 반복했다. 일택을 태운 트럭에 탔던 경찰관들도 입을 굳게 다문 채 침묵했다. 자수시킨사람이 같은 경찰관이고, 자진하여 경찰서에 들어온 사람이었기에, 최소한 처단된 위치라도 말해달라고 하였으나, 모두가 입술은 굳게 닫았다. 그에게 돌아오는 대답은 단 하나 '우리는 모른다' 였다.

사흘 후, 이승만 대통령이 특별 담화를 발표했다.

"자수하는 공산당을 죽이지 말라."

그렇게 형은 희생되었다. 동생은 자신의 손으로 형에게 자수를 권유했던 그 날 이후, 차가운 돌덩이를 안고 평생을 살았다.

먼 세월이 흘러 마지막 숨을 몰아쉬는 순간까지도 그는 그 돌덩이를 가슴에서 내려놓지 못했다. 아니, 내려놓을 수 없었다.

전쟁이 휴전이라는 이름으로 끝이 났다.

산에 숨었던 사람들은 집으로 돌아왔다. 일부 사람들이 죽었지만 많은 사람들이 2년 가까이 산속으로 숨었다 살아남아 집으로 돌아왔다. 석필도 집으로 돌아와 요양을 하고 있었다. 산속에서 생활하는 동안 허리 병이 도져 어떤 때에는 꼼짝을 못 할 정도로 아파서 누워만 있어야 했다. 조카들은 아픈 숙부를 위하여 구렁이를 잡아 왔다.

"숙부님 허리에는 구렁이를 푹 고아 자시면 낫는다는디요" 석필은 조카 들에게 웃게 보이며 징그러워 못 먹는다며 사양을 했지만 사실은 산에 숨어 있을 때 굶어 죽지 않기 위해 뱀, 구렁이 두꺼비 등 먹을 만한 것은 다 먹어 봤기에 뱀 그림자만 봐도 구역길이 낫기 때문이었다.

석필이 산에서 내려온 지 한달여가 지난 후, 집으로 체포하러 온 경찰관 2명에게 묶이어 지서로 압송됐다. 가족과 많은 마을사람들이 그가 집에서 경찰관 2명에게 끌려 가는 것을 지켜봤지만, 경찰관들은 가족을 비롯하여 마을사람 누구도 따라오지 못하게 했다. 그리고, 석필은 돌아오지 못했다.

석필이 묻힌 곳은 아직도 모르고 있다. 마을사람들 중에는 그와 마찬가지로 산에서 돌아온 후 가족과 마을사람들이 보는 앞에서 경찰에 끌려갔다 돌아오지 않는 사람은 다섯사람이나 됐다.

가족들은 믿는다. 석필이 묻힌 곳은 그리 깊지 않는 월출산 아래쪽 숲 어귀나 바람이 머무는 산자락 어디쯤 일 것이라고….

수십년 시간이 흐른뒤, 기다림이 절망으로 변해갈 즈음 석필의 부인이 세상을 떠났다. 남겨진 자들은 나무를 깎아 사람의 형상을 만들었다. 나무형상에 석필이 살아있다면 그러했을 얼굴을 그려 넣어 월출산의 낮은 곳 그들이 믿는 자리 가까운 곳에 부인과 합장했다.

그것이 그들이 할 수 있는 마지막 배웅이었다.

[13]
남쪽에서 뜨는 달

●●● 나카죠는 하야시가 말없이 떠난 이유를 도무지 알 수 없었다. 도대체 왜? 후사코와 결혼과 일본에 남겠다는 맹세를 했던 하야시가 흔적도 없이 사라져 버린 것이다. 남겨진 자들에게 단 한 마디조차 남기지 않은 채….

그가 가족을 따라 한국으로 돌아갔을 것이라 짐작할 수밖에 없었지만 어찌하여 이토록 매정하게 떠나버릴 수 있단 말인가. 아무리 머리를 싸매도 그 답을 찾을 길이 없었다.

그를 찾기 위한 단서는 오직 후사코가 숨을 거두며 남긴 한 마디뿐이었다.

남쪽 끝, 큰 산 밑에 달이 뜨는 동네인지, 남쪽에서 뜨는 달 마을이라고 했는지 애매했지만. 여하간 그곳이 어디인지 아는 사람은 아무도 없었다.

"남쪽 끝의 큰 산이라면 아마도 월출산이 아닐까." 누군가 그렇게 말했지만, 확신할 수 없었다.

'남쪽 끝에서 달이 뜨는 마을? 큰 산 아래 달 마을?'
도대체 어디란 말인가!

그 사이, 한국은 미군정 체제 아래 혼란의 소용돌이에 휘말려 있었다. 신문의 지면에는 하루도 빠짐없이 데모와 소요 소식이 넘쳐났고, 전쟁이 발발할지 모른다는 불안감은 그 아래 짙게 자리했다.

나카죠는 하야시에 대한 아주 희미한 단서라도 붙잡고자 몇 차례 편지를 띄웠다. 그러나 일부는 반송되어 되돌아왔고 일부는 도달했는지 사라져 버렸는지 알 수 없었다.

그렇지만 나카죠는 하야시를 포기할 수 없었다.

뾰족한 수는 떠오르지 않았지만 끝을 보지 않고는 못 배기는 자신의 성격탓에 친구의 고향마을을 반드시 찾아낼 기세로 끈질기게 수년을 찾아 헤맸지만, 남은 것은 윤곽없는 이상야릇한 감정만 남았고 어느새 그 감정마져도 흐릿해져 갔다.

시간은 무심히 흘러 그 사이 한반도는 남과 북으로 나뉘어졌다. 남북한 각각의 정부가 수립되었고 결국 전쟁이 터졌다. 곧 끝날 거라 믿었던 전쟁은 어느새 3년째 이어지고 있었다.

그사이 후사코가 낳은 딸은 일곱 살이 되었다.

처음엔 약했던 아이였지만 이제는 제법 씩씩하게 자라났다. 그녀의 얼굴에는 후사코보다는 하야시의 눈매가 더 짙게 배어 있었다.

말괄량이 기질이 다분해 할머니의 속을 태웠지만 무엇보다 여사의 가슴을 아프게 했던 건 따로 있었다.

그 아이는 아직 호적에 오르지 못했다는 것.

하야시라는 성을 쓸 수도 없었고 재혼한 큰딸의 호적에라도 올리려 했던 순간, 큰딸 부부에게 첫아기가 생기는 바람에 그마저도 불가능해졌다.

말 한마디 꺼내는 것조차 쉽지 않은 현실 속에서 여사는 묵묵히 속만 삭혀야 했다.

"그 녀석 많이 컸네요"

여사의 집에 오랜만에 나카죠가 들어섰다. 손에는 커다란 과자 상자와 대나무를 가늘게 잘라 만든 둥근 과일 바구니를 들었다.

"어서 와요, 나카죠 상!, 오랜만이에요"

"그동안 잘 계셨어요? 날씨가 제법 쌀쌀해졌군요"

"오랜만에 오셨네요."

"예, 쌀을 좀 사려고요."

나고야에서 제법 큰 도매상을 하는 나카죠는 기후현, 후쿠이현에 쌀과 과일을 사러 왔다고 했다. 나카죠는 나고야에서도 알아주는 장사꾼이 되어 있었고 보기에도 제법 그럴듯해 보였다. 여사는 기후시로 이사를 와서 제법 큰 식당을 하고 있었다.

"식당은 잘 되시나요?"

"이럭저럭요. 요즘은 꽤 손님이 많아서 나도 나가 봐야 하는데 저 녀석 때문에…, 종업원을 두 명이나 썼어요. 이익금은 종업원들 월급으로 다 나가는 것 같아요"

"하, 하, 그렇게 잘 된다니 다행입니다"

"그나저나, 나카죠 상은 결혼 안 해요?, 제법 나이가 됐잖아요?"

"이제 스물일곱입니다. 좋은 사람 있으면 소개해 주십시오. 워낙 주변머리가 없다 보니… 하, 하."

"무슨 말씀이세요. 나카죠 상처럼 잘 생기고 건강한 사람이 아직 사귀는 여자가 없단 말이에요?"

"아, 네, 여자야 많지만 마음에 드는 사람이 없고, 또 돈도 좀 더 모아야…"

"무슨 말이에요? 돈은 그만하면 됐지요. 얼마나 더 벌려고. 혹시… 좋은 사람 숨겨 놓고 그러는 거 아니에요?"

"에이, 무슨 말씀을 하. 하, 은희(恩姬) 짱, 이리 와 봐, 응?, 이리 와 봐, 이 녀석아. 하, 하, 하"

나카죠는 아직도 결혼할 마음이 없다고 하면서 대문 밖에서 뛰어다니는 꼬마 아이를 부르며 같이 대문 밖으로 사라졌다가 한참 만에 은희의 손을 잡고 돌아왔다.

"이 녀석, 제법 묵직한데요"

"벌써 일곱 살이나 됐는 걸요. 내년에는 학교에 가야 하는데…"

"벌써 그렇게 됐어요?, 야, 이 녀석 좋겠다. 공부 잘해야 해!"

"그나저나 학교에 가려면 호적을 만들어야 하는데…"

여사의 한탄 섞인 한숨을 들으며 나카죠는 일어섰다.

"여사님, 저 가보겠습니다"

"아니, 벌써 가요?, 점심 같이 드시고 가시지…"

"점심 약속이 있습니다. 상인들과요, 다음에 같이 먹겠습니다. 안녕히 계십시오"

"그래요? 다음에는 꼭 같이 점심 드셔야 해요"

"네.그렇게 하겠습니다. 헤이, 은희 짱, 잘 있어. 아저씨 또 올게"

"아저씨, 안녕!… 안녕"

나카죠나 여사는 하야시 이야기를 한마디도 꺼내지 않았다. 말없이 한국으로 떠난 그가 7년이라는 세월이 흐른 지금까지 후사코를 잊지 못했을 리 없었다. 하지만 전쟁의 소용돌이 속에 있는 한국에서 도저히 그의 생사를 알 길이 없었기에 여사는 더 이상 아무 말도 할 수 없었다.

나카죠는 작은 아이의 손을 잡고 여사와 함께 동네 큰길까지 나왔다. 그는 여사에게 거듭 머리를 숙이며 작별인사를 인사했다. 애틋함과 쓸쓸함이 뒤섞인 오묘한 표정으로 나카죠는 품에 안긴 꼬마를 한 번 더 힘껏 끌어안았다.

'그 녀석, 하야시의 눈매를 닮았어.'

혼잣말처럼 흘러나온 그의 목소리는 바람 속으로 사라져갔다.

나카죠가 다나카 여사에게 은희를 입양하겠다는 뜻을 전한 것은 그가 기후현을 다녀간 그 다음 해였다. 하야시가 남기고 간 딸아이의 앞날이 걱정되기도 했고 무엇보다 연로해진 여사의 건강 문제도 있었다. 심사숙고 끝에 그는 결심을 내렸다. 하야시의 핏줄을 이어받은 아이의 아버지가 되는 것이 가장 옳은 길이라고 확신했다.

은희의 입양을 하겠다는 나카죠의 말에 여사는 아무 말 없이 그저 눈물만 흘렸다. 그리고 몇 번이고 고개를 숙이며 감사 인사를 건넸다.

그렇게 은희는 나카죠의 가족이 되었다. 나고야로 이주한 그녀는 다나카 여사가 그토록 바라던 소학교에 입학했고 나카죠도 그 사이 신붓감을 만나 가정을 꾸렸다. 두 사람 사이에서 아들과 딸이 잇따라 태어났지만, 나카죠 부부는 결코 은희를 차별하지 않았다. 방학이 되면 아이들을 데리고 기후현의 여사 집을 찾으며 자연스럽게 왕래를 이어갔다.

은희가 중학교에 입학하던 해, 나카죠는 그녀에게 한국어 교육을 받도록 했다. 자신이 하야시와 둘도 없는 친구가 된 것이 운명이었듯, 하야시의 딸인 은희를 양녀로 입양한 것도 운명이라 여겼고. 확신은 없었지만 그 아이가 한국어를 해야 할 순간이 올 것 같은 운명을 직감했다.

시간이 흘러 은희가 고등학생이 되던 해, 다나카 여사가 위독하 다는 연락을 받았다. 나카죠는 곧바로 학교로 달려가 은희의 조퇴 허락을 받고 함께 기후현으로 향했다.

여사의 몸은 쇠약해져도 아직 의식은 살아있었다. 가볍게 한숨을 쉰 그녀는 나카죠를 바라보며 희미하게 미소 지었다.
"은희의 생부에 대해서는 나카죠가 생각한 대로 하세요"
여사는 나카죠에게 조용히 속삭였다. 여사는 손녀딸에게 행복하게 잘 살라는 유언을 남기고 조용히 눈을 감았다.
화장을 마친 그녀의 유해는 기후현 기소강 부근의 공동묘지에 잠들어 있던 남편의 봉안탑 안에 모셔졌다. 그 옆에는 후사코가 안치된 작은 비석이 자리하고 있었다.
새벽이슬이 작은 비석을 적시고 있었다. 마치 오랜 기다림 끝에 다시 만난 가족의 이야기를 알기라도 하는 듯 고요히 스며드는 이슬방울들이 그 작은 비석 위를 타고 흘러내렸다.

나카죠 에이치는 큰딸 은희의 대학원 졸업식에 참석하기 위하여 도쿄행 기차에 몸을 실었다.
세월은 달리는 기차처럼 너무나 빠르게 흘러버렸고 그새 너무나 많은 것이 변해버렸다. 한국과의 국교가 정상화되기 1년 전쯤 개통된 신칸센은 반나절 걸리던 나고야 - 도쿄 구간을 두 시간 남짓하게 좁혀 버렸고 빨라진 시간의 흐름만큼 변화는 더 빠른 속도로 다가왔다. 나카죠가 평생 피 땀흘려 일구어 놓은 사업도 물류 수송의 고속화로 인하여 보다 빠르게 움직이지 않으면 안 되었다. 농부들이 조합을 결성하여 자신들이 수확한 농산물을 직접 대도시로 내다 팔기 시작하면서 사업은 어느 시점부터 답보 상태에 빠져 고전을 면치 못했다.

나카죠는 고속으로 달리는 신칸센 안에서 업종 전환, 혹은 보다 체계화된 사업체계로 재편을 위한 구상, 그러다 생각은 꼬리에 꼬리를 물고 이어져 은희에게까지 미쳤다. 큰딸 은희는 같은 해 태어난 친구들보다 한해 늦게 학교에 입학하였고 그 덕분일까, 늘 상위권을 놓친 적이 없었다.

그러는 사이 기차가 도쿄에 도착했다. 나카죠는 북적이는 역사를 빠져나와 택시를 잡아탔다. 예순 살이 다 되어 보이는 택시 운전사는 친절한 말투와 표정으로 손님의 목적지를 묻더니 이내 '하이'를 크게 외치며 와세다 대학으로 차를 몰았다.

봄을 맞은 교정은 많은 사람들로 북적거렸고 캠퍼스 화단 정중앙에 설치된 설립자 오쿠마 시게노부 동상 뒤로 피어나기 직전의 꽃봉오리를 가득 머금은 국화가 사람들을 반기고 있었다.

나카죠는 백합이 흐드러지게 피어있는 꽃다발을 사서 손에 들고는 교정에 들어섰다. 똑같은 복장을 한 졸업생 사이에서 이내 딸을 발견하고는 손을 흔들며 졸업식장에 입장했다. 은희는 나카죠를 바라보며 학부모들이 모여 있는 앞쪽으로 가라고 손짓했다. 그는 딸이 손짓한 곳으로 사람들을 헤집고 들어가 빈 좌석에 착석했다.

"어머, 나카죠 상 오랜만이네요. 어서 오세요"

은희의 큰이모가 되는 후사코의 언니가 먼저 아는 체 했다.

"아 여사님, 안녕하셨어요? 지금 오는 길입니다. 그간 별일 없으셨는지요?"

오랜만의 재회라 나카죠도 꽤나 반가웠다.

"여전해요. 나카죠 상께서 많이 도와주셔서…."

그녀와 이야기하는 동안 졸업식이 끝나 은희(恩姬)가 멀리서부터 뛰어오는 게 보인다.

"아버지, 이모!"

"축하한다, 은희!"

이모는 큰 꽃다발과 함께 손에 들고 있던 작은 선물 상자를 은희에게 건넸다.

"축하해, 희 짱"

나카죠는 은희를 '희 짱'이라는 애칭으로 불렀다.

"감사해요, 이모! 아빠, 이건 이모 꺼고, 이건 아빠 거예요"

둘둘 말아진 졸업장을 나카죠에게 준 은희는 쓰고 있던 커다란 석사모를 벗어 이모의 머리에 얹어 주고, 은희는 이내 두 사람이 준비한 큼직한 꽃다발 두 개와 이모가 준비한 선물상자를 품에 안았다.

교정을 나온 세 사람은 택시를 타고 시내로 향했다. 나카죠는 오늘 저녁은 은희의 졸업을 축하하기 위해 미리 시내의 호텔 레스토랑을 예약해 둔 상태였다.
"오늘은 제가 사는 겁니다. 우리 큰딸이 석사님이 되셨으니."
나카죠의 웃음은 진심이었다.
"하여튼, 저는 먹기만 하면 되는 거죠? 이봐요, 여기!"
은희가 웃으며 주문하자 나머지 둘은 따라 웃었다.
"희 짱, 앞으로 어떻게 할 계획이지? 역시 박사 코스를 밟아야겠지?"
"아니에요. 아빠, 엊그제 다이하쓰로부터 합격 통보를 받았어요, 도쿄에 있거나, 본사로 갈지, 혹은 연구소로 갈지 아직 확실하지 않아요. 일단 연구소로 지원하고 공부를 병행하고 싶어요"
"응? 그래. 축하한다. 연구소로 오면 좋겠다, 연구소가 집에서 더 기깝고 내 사업도 도울 겸"
"예? 아빠 사업이요? 하, 하, 하. 그럼 부사장쯤 되겠네"
"그럼, 부사장이지. 아니, 회장쯤으로 하자. 하, 하, 하"
"큰일났네. 호, 호, 아빠하고 딸의 자리싸움이라니. 참 축하할 일이군요, 호, 호, 호… 자 건배!"
세 사람은 잔을 부딪치며 졸업 파티 저녁을 신나게 즐겼다.
세 사람의 옆자리에도 은희의 동창생 가족이 모여 있는지 은희는 자주 옆좌석을 오갔다. 그러다 몇 잔이나 와인을 마셨는지 얼굴이 마치 홍시처럼 빨갛게 된 남자 동창생을 갑자기 이쪽 좌석으로 데리고 왔다.
"아빠, 인사받으세요. 같은 학부 동창인 이와나미 군이에요."

"이와나미 상, 이쪽은 우리 아빠 그리고 이쪽은 이모님"

"안녕하십니까? 은희 상에게서 말씀 많이 들었습니다. 이와나미 지로우입니다. 잘 부탁드립니다"

"아빠! 이와나미 상은 장학생이었어. 이 친구 때문에 내가 장학생이 못 됐지만, 그렇지?"

"웃기지 마, 말도 안되는 소리를… 하, 하,"

자리에 앉은 두 젊은이는 낄낄거리며 시답잖은 농담을 주고받았다. 은희가 동급생보다 한두 살 많다 보니 동급생들은 은희를 형이라 부르는 모양이었다. 발랄한 젊은이를 보면서 기분이 좋아진 나카죠는 자신도 덩달아 젊어지고 있는 느낌을 받았다.

"아빠, 이와나미 상은 이번에 일본제철에 특별채용되어 한국으로 갈 것 같아요. 포항이라는 곳에 생긴 제철회사에 기술지원을 나갈 것 같다나?"

"아직 확정된 것은 아닙니다. 면접 때 희망 사항을 이야기하라고 해서요"

나카죠는 한국으로 간다는 말에 갑자기 가슴이 쿵쾅대기 시작했다.

"포항제철이라고 했나? 포항은 반도 남쪽 끝 아닌가?"

"아, 예. 반도 남쪽 끝 포항이라는 곳에 있습니다. 어마어마하게 커요, 1기 사업 규모만 103톤이었다네요. 하여튼 한국은 의욕이 대단합니다, 또 지금까지 성공적으로 운영되고 있기도 하고요"

나카죠는 지로우가 하는 말 중 '남쪽 끝'이라는 단어만 뇌리에 박혔다. 졸업파티가 끝나고, 세 사람은 예약된 룸으로 올라가 여장을 풀었다. 이모와 딸이 함께 투숙한 맞은편 방에 들어가자마자 나카죠는 약한 술 탓인지 쓰러지듯 잠들어 버렸다.

은희는 신입사원 교육수료식이 일찍 끝난 덕분에 점심시간이 막 지난 시간에 나고야 본가에 들어섰다. 나카죠 여사는 은희를 반갑게 맞이했고 열 살 터울의 어린 동생들은 은희의 목에 매달려 떨어지려 하지 않았다.

"아니, 우산을 사서 쓰지 않고…. 아이구, 비를 다 맞았네"

"괜찮아요. 이까짓 비쯤이야 뭐, 잘 계셨죠? 어머니."

"그래도 그렇지 우산이 몇 푼이나 한다고. 감기 들겠다. 좀 씻어. 아니, 목욕해야겠다"

나카죠 여사는 새 옷과 새 수건을 목욕탕 앞으로 내주었다. 샤워를 마친 은희는 도쿄로 전화를 걸었다.

'여보세요, 일본제철이죠? 이와나미 지로우 상 좀 부탁합니다. 글쎄요… 정확한 부서는 잘 모르겠어요. 이번 3월에 입사한 신입사원인데요' 전화를 받은 상대는 어느 부서에 근무하느냐고 물어왔다. 은희는 정확한 부서를 몰라 신입사원이라고만 대답했다. 상대는 부서를 모르면 찾기 힘들다고 답했다.

'아! 그러면, 한국으로 지원했다고 하던데요. 포항제철인가에 지원해서 한국으로 간다고 한 이와나미 지로우 상이예요?, 아… 네' 잠시 기다려 보라는 상대의 말에 수화기를 한참 들고 있던 중이었다. 그때 나카죠가 우산의 물기를 털고 현관으로 들어섰다. 은희는 수화기를 든 채로 아빠와 인사했다.

"응. 희 짱, 언제 왔니? 교육은 마쳤어?."

나카죠는 딸이 수화기를 들고 있는 것을 보고는 더 이상 말을 붙이지 못하고 소파에 푹 기대듯 앉았다. 통화를 하는 은희의 목소리가 들려 온다.

"여보세요, 여보세요. 응?, 지로우 상, 나 은희. 응. 오늘 교육 끝냈어… 연구소로 지원했어…나고야에 있어…넌 언제 떠나?

응 이번 주?…야, 얼굴이라도 봐야 할 텐데…나도…삼일 휴간데, 볼까? 그래? 직통전화 번호는 몇 번이야…한국 전화번호는? 그래, 한국 도착하면 전화번호 다시 알려줘…알았어… 우리집 전화는 알지? 나고야 말야…연구소 전화는 아직 몰라, 집으로 해줘…그래 다시 전화할게. 안녕…잘 가… 오케이"

"다녀오셨어요? 아빠, 교육 끝났어요"

은희는 전화를 끊고 맞은편 소파에 살짝 걸터앉더니 아빠에게 인사한다.

"그래, 고생했다. 우리 희 짱, 연구소로 지원했어? 잘했다. 집에서 다녀도 되겠구나. 근데 비 맞았니? 머리에 물이 뭐야?"

"아녜요, 아빠. 금방 샤워해서"

"근데 네 친구말야, 그 뭐라고 했더라. 한국에 간다는 그…."

"네. 지로우요? 금방 통화했어요. 이번 주에 들어간대요"

"그래. 지로우 군. 한국에 가면 한 가지 알아볼 것이 있는데"

"뭔데요 아빠? 다시 전화하죠. 뭔데요?"

그러나 두 사람의 대화는 거기에서 끝났다. 나카죠 여사가 차를 가지고 거실로 들어왔기도 했지만 나카죠는 살짝 '아차' 싶었다. 좀 더 신중하였어야 한다는 생각도 들었다.

다음 날부터 은희는 연구소로 출근하기 시작하였다. 2개월쯤 뒤 한국으로 간다는 이와나미 지로우와 나카죠는 직접 이야기할 기회가 생겼다. 모처럼의 오후 일찍 퇴근하여 쉬고 있던 나카죠는 전화벨이 세 번쯤 울렸을 때 거실에서 전화를 받았다.

"여보세요"

상대는 은희를 찾았다.

"아직 안 들어왔소, 난 은희 아빤데 누구시라고 할까요?… 아! 이와나미 상, 타국에서 고생이 많군"

전화를 걸어온 사람은 이와나미 지로우였다.

"뭐라고? 전쟁터라고? 아! 하, 하, 하, 그래 일이 힘드나 보지?" 그는 괜찮다고 힘차게 얘기하면서도 자신이 있는 곳이 전쟁터라며 알 듯 모를 듯한 말을 중얼거렸다.

"그래도 타국에서 몸조심해야지. 벌써 들어올 시간인데 오늘은 늦네… 들어오면 뭐라고 전해 줄까?"

이와나미가 다시 전화하겠다며 전화를 끊으려 하자 나카죠는 다급히 말을 이었다.

"잠깐, 이와나미 상, 잠깐만, 거기가 한국의 남쪽 끝이라고 했지?"

"예, 맞아요, 여기는 한국 남쪽 끝이에요. 바다가 보입니다"

"응, 그러면 한 가지 알아 볼 일이 있는데, 바쁘지 않으면…"

이와나미는 뭐든 힘닿는 데까지 알아보겠다고 씩씩하게 대답했다. 그러자 나카죠는 차분히 설명했다.

"다름이 아니고 반도 남쪽 끝에 '달이 뜨는 큰 산'이 있다고 하는데, 이름은 '월. 출. 산'…이라고"

"월출? 달 뜨는 산이요?"

"응, 월. 출. 산"

"아, 월. 출. 산이요, 달뜨는 산이요? 하, 하, 하, 아 죄송합니다. 그런데요?"

"그 월출산 어디엔가, 남쪽 끝에서 달이 뜨는 마을이 있다는데, 동네 이름은 잘 모르겠어, 한 번 찾아봐 주겠나?"

"뭐라고 하셨죠? 달이 어떻게요?"

"달, 뜨, 는 큰, 산 아래 남쪽 끝에서 달이 뜨는 마, 을!"

"남, 쪽, 끝, 에, 서, 달, 이 뜨, 는, 마, 을, 요?"

약간 웃음 섞인 목소리로 나카죠의 목소리를 따라 하던 그는 '메모 하겠다'고 하더니 다시 한번 얘기해 달라고 했다.

나카죠는 다시 한번 또박또박 말했고 그는 최대한 알아보겠다고 재차 답했다. 나카죠는 고맙다는 말과 함께 수화기를 내려놓았다.

전화를 끊은 이와나미는 은희 아버지가 수수께끼를 내고 있다고 느끼며 메모지에 적힌 글씨를 읽어 보았다. 「달, 이 뜨는 큰, 산 (월출산), 아래 달, 이, 뜨, 는, 마, 을, 남, 쪽'?」 그리고는 메모를 펼쳐진 채 그대로 버리듯 던져 넣고 그대로 서랍을 닫았다.

포항제철에서 설비를 여러 개씩 수주받아 설치 작업을 맡고 있는 현재 상황에서 한가롭게 달 뜨는 마을이나 찾아다닐 형편이 못 된다는 판단이 들어서였다. 현재 자신이 있는 영일만은 그야말로 전쟁터였다. 이와나미는 한국에 온 지 한 달 남짓 동안 하루도 쉬지 못하고, 바닷바람이 세차게 불어오는 현장을 미친 듯이 뛰어다녔으며, 생소한 공장 증설에 마치 심부름꾼이라도 된 듯 선배들의 뒤치다꺼리 하기에 바빴다.

그는 '예쁘고 똑똑한 동창생' 은희를 오래전부터 좋아하기 시작한 이후 고백할 기회만 고민하고 있었다. 좋아하는 그녀와의 통화는 분주함 속에서의 작은 행복이었기 때문에 시간이 나면 전화를 해댔다. 몇 차례나 통화 하면서도 그녀 아버지의 부탁을 까맣게 잊고 있었다. 그녀의 아버지도 부탁한 내용을 확인하거나 다시 부탁해 오지 않아 천만다행이라고 생각하며 잊어 가고 있었다. 그가 한국에 온 지 3개월쯤 된 7월 말경, 직원들에게 일주일씩의 여름휴가가 주어졌다. 사무실의 막내인 그의 휴가는 순서에 따라 8월 마지막 주로 편성이 되어 있었다.

"이와나미 상, 가족이나 만나고 와! 원래 신입사원은 휴가 없는 거 알지? 자네는 해외 파견을 나왔으니까 가족을 만나고 오라고 특별히 휴가를 주는 거야, 알지?"

지사장은 큰 인심을 쓰는 것처럼 일본 왕복 비행기 표를 건넸다. 그는 '감사합니다'를 외치며 비행기 표를 받아 책상 서랍에 넣었다.

8월의 후덥지근한 영일만 바닷바람을 맞으며 여름을 보낸 이와나미 지로우는 8월 마지막 주 금요일 오후 퇴근 직전, 비행기 표와 수첩을 작은 가방에 넣고 책상 서랍을 닫았다. 자리에서 일어서려던 그는 서랍을 다시 열고 비행기 표 아래 조그만 종이쪽지를 펼쳐 들었다.

「달, 이 뜨는 큰, 산(월출산), 아래 달, 이, 뜨, 는, 마, 을, 남, 쪽' ?,」은희 아버지가 전화로 부탁했던 메모지를 손에 쥐고 다시 한번 읽어 보았다. '달, 이 뜨는 큰, 산, 아래 달, 이, 뜨, 는, 마, 을, 남, 쪽'? 도대체 무슨 뜻이지?

"헤이, 이와나미 상. 퇴근 안 해?"

"아, 네. 가야죠, 지금 가요"

자리에 앉아 메모를 집어 들고 골똘히 생각하고 있던 그는 야간작업을 위하여 작업복 차림으로 현장으로 나가는 선배의 가벼운 인사를 듣고서야 자리에서 일어났다. 통근버스가 떠났음을 알고 현장의 가설 도로를 걸어 사택으로 향했다. 현장과 사택은 4km쯤 떨어져 있어 걸어가면서 중간에 지나가는 차를 잡아탈 심산이었다.

300m쯤 걸었을 때쯤 버스가 한 대 왔다. 그는 손을 들어 차를 세우고는 버스에 올라탔다.

"헤이, 이와나미 상, 웬 일이야? 버스 놓쳤어?"

포항제철 소속 통근버스에는 대형 발전설비 설치에 함께 참여했던 채 기사가 자리에 앉아 지로우를 보며 손짓했다.

"아, 내일 휴가 갈 사람이 왜 이리 늦었어? 땡땡이라도 치고 빨리 도망가야지. 지긋지긋하지도 않아?"

채 기사는 일본어가 꽤 능숙했다.

"채 기사님은 휴가 안 가요?"

채 기사는 "내일 아버지 제사여서, 소장한테 얘기하고 살짝 도망가는 길이야"라면서 귀에 입을 대고 웃으며 작은 소리로 얘기했다.

"근데 이게 뭐야? 「달, 이 뜨는 큰, 산(월출산), 아래 달, 이, 뜨, 는, 동, 네, 남, 쪽'?,」 꼭 무슨 암호 같네. 월출산이 어떻다고?"

채 기사는 지로우가 살짝 쥐고 있던 작은 종이를 낚아채더니 읽으며 웃어 보였다.

"월출산이 어떻다고? 이와나미 상이 월출산을 어떻게 알아?"

"월출산을 알아요? 채 기사님이?"

"아, 그럼 한국인 중에 월출산 모르는 사람이 어디 있어? 근데 월출산에는 무슨 일이야?"

"월출산이 여기서 멀어요?" 채 기사의 물음에 이와나미는 실타래가 풀린 듯 환해지는 얼굴로 월출산에 대하여 이것저것 물었다.

채 기사는 월출산은 남쪽 끝 전라남도 강진과 영암이라는 곳에 있다고 알려 주며 경치가 기가 막힌다고 너스레를 떨었다. 채 기사가 수다를 떠는 동안 버스는 사택 앞에 멈춰 섰다.

"채 기사님 집은 어디예요? 월출산 가는 덴가요? 가는데 얼마나 걸려요?"

"그래, 우리 집 가는 데에 있어, 조금만 더 가면 돼!"

채 기사는 가볍게 생각한 듯, 깊이 생각하지 않고 고개를 끄덕였다.

"그럼, 같이 가요. 나 짐 챙겨 가지고 나올 테니까. 택시 정류장에서 기다려요"

이와나미는 채 기사가 답을 하기 전에 벌써 사택 현관문을 들어서고 있었다. 두 사람은 사택에 들어가 짐을 챙겨 나왔다. 어두운 얼굴을 한 채 기사와 밝은 표정의 이와나미는 함께 택시를 잡아타고 기차역으로 향했다. 택시를 타고 가는 동안 아무 말 없던 채 기사는 기차역에 도착하고서야 입을 열었다.

"이와나미 상, 월출산은 멀어. 포항에서 가려면 하루 종일 걸려. 돌아오려면 또 하루 걸리고. 저쪽 남쪽 끝이라고"

이와나미는 채 기사의 말뜻을 잘 이해하지 못하고 눈알만 굴려댔다. 채 기사는 할 수 없다는 듯 부산행 기차표를 두 장 끊었다. 두 사람은 부산에 도착한 다음, 다시 순천행 버스로 갈아탔다. 부산에서 잠깐 내리는 사이 어딘가에서 지도를 얻어 온 채 기사는 지도를 들어 펼쳐 보이며 설명하기 시작했다.

채 기사의 집은 순천이었고 월출산은 순천에서도 한참 멀었다. 지도에서 보면 월출산은 포항에서 동서로 일직선으로 횡단한다 해도 하루는 족히 걸릴 거리였다.

'하여튼 엎질러진 물이다' 밤새 달리는 차 안에서 눈을 감은 그는 포항은 남쪽 끝이 아니라 동쪽 끝이라는 것을 알았고, 지루하고 먼 길이었지만 그 거리만큼 기대가 생겨났다.

'모두가 달 뜨는 산이라고 했으니까, 뭔가 찾을 수 있겠지. 이와나미는 잠을 청했다.

순천은 아침부터 무더웠다. 어머니라기보다는 할머니인 채 기사의 어머니는 무척이나 반가워했다. 채 기사의 가족과 함께 아침을 먹은 이와나미에게 채 기사는 자신은 오늘 밤 아버지의 제사 때문에 월출산에 갈 수가 없다고 했다. 그리고는 여기저기 전화를 하더니 먼 친척 동생이라는 학생을 소개해 주었다.

제법 앳돼 보이는 학생과 택시를 타고 영암이라는 곳으로 향했다. 광주에서 대학을 다닌다는 학생은 영어와 일본어를 조금씩 섞어 가며 월출산으로 안내하였다.

얼마쯤 달렸을까? 꾸불꾸불하고 퉁퉁거리는 길을 한참 달린 택시 앞 유리에 높다랗고 웅장한 산이 눈에 들어왔다. 택시는 도갑사에 도착했다. 도갑사에서 바라본 산의 측면은 그리 크지 않아 보였고, 사람들은 '남쪽 끝에서 달이 뜨는 마을'이라는 질문에 고개를 갸웃했다.

"그런 마을은 없어! 남쪽 끝에서 뜨는 달 마을? 허, 참!"

"월출산 밑에 있는 동네는 전부 남쪽에서 뜨는 달이 보이지"

어떤 사람은 그런 마을은 없다고 했고, 또 어떤 사람은 월출산 밑에 있는 동네는 전부 남쪽에서 달이 뜬다고 했다.

'집에나 갈 걸' 지로우는 맥이 풀렸다. 파라솔이 놓인 절 앞 가게 간이의자에 앉아 음료수를 마시고 있는데 학생이 제안했다.

"이왕 여기까지 왔는데 월출산에나 오릅시다, 다음에 언제 올지도 모르는데…"

이와나미는 맞는 얘기라고 생각도 들었고, 도갑사쪽에서 본 산은 그리 높아 보이지 않아 가볍게 생각하고 고개를 끄덕였다. 도갑사 입구에 있는 상점에서 운동화를 빌려 신은 두 사람은 산사 옆 계곡을 지나 산을 오르기 시작했다.

'젠장, 이게 무슨 고생이람, 있지도 않은 마을을 찾느라 집에도 못 가고 비행기 표 날리는 거 아냐?' 평소에 등산 경험이 없었던 이와나미는 별로 높지 않다고 생각한 산이 험하고 높다는 것을 알자 더 힘이 들었다. 그러나 얼마 가지 않아 하늘에서 하얀 거품을 만들며 떨어지는 용추폭포가 나타났고 지로우는 입 벌린 채 넋을 잃고 바라보았다. 갑자기 힘이 생겼다. 걸음이 빨라지기 시작했고 향로봉에 이르러서는 기운이 넘치는지 학생을 훨씬 앞서서 오르기 시작했다. 앞쪽으로 몇 개씩이나 봉우리가 나왔으나 두 사람은 제일 높은 곳으로 오르기로 하고 작은 봉우리는 비켜 가며 수많은 절경의 바위들을 힘차게 뛰어올랐다.

월출산은 말 그대로 절경이었다. 이와나미는 초심을 잃은 스스로에 놀라면서도 힘들게 산을 오르고 또 올랐다. 남쪽 끝 달이 뜨는 마을 못 찾아도 좋다. 아니, 사람들의 이야기가 맞았다. 월출산 밑에 있는 마을은 전부 남쪽에서 뜨는 달을 보고 산다. 달이 남쪽에서 뜨면 어떻고 북쪽에서 뜨면 어떠하랴, 여하간 달은 사람들 머리 위에 뜨지 아니한가. 찾는 마을을 찾지 못해도 좋을 만큼 자신이 오르는 월출산은 일본에서는 볼 수 없는 또 다른 매력을 지닌 위대한 산이었다. 아니, 월출산이 지닌 웅장한 풍광은 그 어떤 곳에도 없을 듯했다.
남쪽에서 뜨는 달 마을은 월출산 기슭에 붙은 마을 전부를 일컬은 말이다. 스스로 결론을 내리고 월출에 반하며 마침내 천황봉 정상에 올랐다.
남쪽으로 바다가 보이고 올라왔던 쪽 사방으로 평야가 눈에 들어온다. 사방팔방으로 뻗은 산은 똑같은 봉우리와 절경을 담고서 하늘 아래 우뚝 서 있었다. 자신의 발아래에 펼쳐진 산, 그 안에 또 얼마나 많은 절경을 담고 있는지 궁금할 뿐이었다.

정상에서 본 월출은 경외감마저 들었다.

세차게 불어오는 바람을 맞으며 한참을 천황봉에 서 있던 두 사람은 천황봉 아래에 붙은 듯한 마을을 발견했다. 그러나 산기슭에 붙은 마을은 이곳에도 있고 저곳에도 있으며 남쪽에도 있고 북쪽에도 있었다.

야-호! 야-호!
정상에 선 기쁨을 두 사람은 하늘에 대고 소리를 지르며 표출하고는 탁 트이는 가슴을 마음껏 폈다. 갑자기 시장기가 돌았다.

산에 오른 사람들은 몇 명 되지 않아 두 사람 외에 다섯 사람 정도가 더 있었지만 음식을 먹는 사람은 없었다. 어둠이 깔려 오는지 하늘 색깔이 산을 오를 때보다 어두워져 가고 배에서는 계속 꼬르륵 소리가 났다.

'이렇게 높고 깊은 산인 줄 알았으면 올라올 때 음식을 싸 오는 건데…' 지로우의 중얼거림을 들었는지 학생은 그만 내려가자고 재촉했고 정상에 있던 사람들은 벌써 내려갔는지 보이지도 않았다.

"그런데 어디로 가지? 우리가 아까 어디로 올라왔지?"

"이쪽 아닌가요? 저쪽인가?" 어느새 어두워진 하늘 아래에서 방향 감각을 잃어버린 두 사람은 한참을 망설이다 달이 뜨는 쪽을 바라보았다. 천황봉 아래에서 가장 가깝게 보이는 불빛이 반짝거렸다. 두 사람은 천황봉에서 가장 가까운 마을로 내려가기로 했다.

산을 내려오는 동안, 언제 떴는지도 모를 달이 남쪽에서 떠올라 달빛이 별빛과 은은하게 어우러져 두 사람이 내려오는 길을 비춰주고 있었다.

달이 뜬 월출산의 풍경은 뜨기 전보다 훨씬 절경이었다. 달빛을 받아 빛나는 기암괴석과 쏟아지려다 만, 위태롭게 서 있는 커다란 바위는 웅장하게 선 채 찬란한 빛을 내며 낮과는 또 다른 아름다움을 뽐내고 있었다.

'정말 남쪽에서 달이 떴네!' 두 사람은 절경에 취하여 바위에 걸터앉아 한참을 쉬다가 내려 가고 또 조금 내려가다가 쉬기를 반복했다. 불빛이 보였던 산기슭 마을에 가깝게 다가가니 집마다 밥 짓는 냄새가 코를 통하여 뱃속 깊숙이 스며들면서 두 사람의 식욕을 자극했다. 배가 고파 죽을 지경이었다.

두 사람의 걸음은 이윽고 산 아래 첫 번째 마을, 첫 번째 집 앞에 멈추어 섰다. 대문도 없는 집안 마당에는 모깃불 연기가 피어 두 사람이 있는 곳까지 익숙한 향기로 흘러나오고 달빛은 마당 한가운데에 펼쳐진 평상 위에 빙 둘러앉아 저녁을 먹고 있는 가족을 비추고 있었다. 두 사람은 누가 먼저랄 것도 없이 아주 당연한 듯 그 집 마당에 들어섰다.

"실례합니다"

"누구세요?"

주인 남자는 평상에서 일어나 한 발은 땅에 딛고 한 발은 평상에 올린 채 두 사람을 맞았다.

"죄송합니다. 밤 늦게… 산을 내려오다 길을 잃어서. 죄송합니다만 남는 밥 좀 있으시면"

"아하, 나그네시군. 어서 오쇼. 여보, 밥 좀 차려야 쓰것는디?"

"오메, 밥이 쬐금 밖에 없는데. 아쨋든 들어오쇼이. 새로 해 드릴탱게"

두 사람은 염치 불고하고 평상에 걸터앉았다.

"얼른 올라오쇼이. 괜찮은께. 우린 이렇게 살지라우. 하, 하, 하"

다섯 명의 어린 자녀들과 함께 밥을 먹고 있던 가족들은 밥상을 평상 한쪽으로 옮기고는 조그만 상을 차려 두 사람 앞으로 내놓았다. 반찬은 많지 않았으나 밭에서 따온 열무잎과 배추속, 이름 모를 채소를 담은 작은 소쿠리와 된장이 딸려 나왔고, 토하젓이라 불리는 새우젓갈과 묵은김치 등이 차려진 밥상을 본 두 사람은 며칠 굶은 사람처럼 달려들었다.

"아, 천천히 드쇼이. 체하것네이 오메, 며칠을 굶었 당가요…. 여보 밥이 모자라겠는디"

밥이 모자랄 것 갔다는 말에 부인이 갑자기 일어서더니 아랫집 담장으로 가서는 소리를 질러댔다.

"여보게, 오산댁 나 좀 봐야쓰것는데, 오산댁!, 밥 좀 있소? 밥 좀 있으면 있는 대로 좀 줘봐이, 어이 오산댁!"

잠깐의 시간이 지나자 이번에는 아랫집 아낙이 담장에 대고 소리쳤다

"국산댁, 뭔 일 있다요? 손님 왔어?"

잠시 후 아랫집 부인은 눌은밥이 섞인, 밥이 한가득 담긴 냄비를 담 위로 넘겼고. 윗집 부인은 아랫집에서 받은 밥을 냄비채 상위에 올려 놓자, 두사람은 싱싱한 채소와 젓갈, 김치 등 반찬을 얹어 밥알 한 톨 남기지 않고 다 먹고는 그것도 모자라 솥에 남은 누룽지에 물을 부어 남김없이 먹어 치웠다. 그제서야 주인 남자는 말을 붙였다.

"아싸, 무시하게 배고팠는 갑소이. 어디서 왔소, 그렇게 배고프도록 뭐 하고 있었다요?"

"예. 포항에서 왔습니다. 월출산 보러"

"포항이라고? 포항이면 경상도 저 끝인데"

"예, 맞습니다. 이 사람은 월출산 보러 일본에서 왔어요"

"일본이라고? 그러면 이분은 일본 사람이다요?"

"예, 일본 사람입니다. 이 사람 따라다니느라 오늘 굶어 죽는 줄 알았어요"

"일본 사람이 월출산까정 오고 월출산이 유명하기는 유명한갑소이. 하긴, 월출산만한 절경은 세상 어디에도 없지, 암, 없고말고"

"그게 아니고요, 이 사람은 남쪽 끝 달이 뜨는 마을을 찾는다나? 사람들한테 물어봤는데 아는 사람이 없어요. 어떤 사람은 월출산 밑에 있는 동네는 전부 남쪽에서 달이 뜬다고 하고…"

"남쪽 끝 달이 뜨는 마을요? 그렇지, 월출산 밑에 있는 동네는 전부 남쪽에서 달이 뜨니까"

주인 남자는 신기한 듯 서툰 일본 말로 이와나미에게 뭔가를 물어보고 있었다. 이때, 한쪽 평상에서 밥을 다 먹고 아버지와 두 사람과의 대화를 지켜보던 청년인 듯 묘하게 아이의 얼굴을 한 사내애가 말을 이어받았다.

"남쪽 끝에서 달이 뜨는 마을이 아니라, 달이 남쪽에서 뜨는 마을이겠지라이!"

이와나미와 같이 왔던 학생은 갑자기 몽둥이로 뒤통수를 얻어맞은 기분이 되어 남자아이를 쳐다봤다. 남자아이는 계속 말을 이었다.

"남쪽 끝 달이 뜨는 마을은 없어라우. 달이 남쪽에서 뜨는 마을은 있어도."

"예? 달이 남쪽에서 뜨는 마을. 그곳이 어디인데요?"

"바로 여기, 우리 마을이지요. 월남, 월남이 달이 남쪽에서 뜬다는 뜻이라지요"

같이 온 학생은 말을 하지 않으면 혀가 굳어 버릴 것 같은 기분이 들어 지로우에게 소리를 질러댔다.

"고…고…고고니데스, 고고니다(*여기야, 여기) 이와나미 상, 찾았어" 학생은 거의 실성한 사람처럼 더듬으며 일본말로 더듬더듬 외쳐댔고 이와나미는 멍하니 주인 남자의 얼굴만 보고 있었다. 주인 남자는 아까처럼 서툰 일본말로 사족을 덧붙였다.

"여기는 월남이라는 마을인데 달이 남쪽에서 뜨는 마을이라는 뜻이지라이. 보쇼, 지금 뜨는 달도 남쪽에서 떠오르는 것 같지 않소?"

주인 남자는 다시 무엇 때문에 동네를 찾느냐고 질문했지만 이와나미는 그 질문에는 대답하지 않고 자신을 비추는 달빛을 보며 달에게 속으로만 고마움을 표시하고 있었다.

두 사람은 달이 남쪽에서 뜨는 마을의 산 아래 첫 번째 집에서 하루를 묵었다.

다음 날 아침, 두 사람은 그 집 장남인 '동준'이라는 학생과 남쪽에서부터 월출산을 다시 올랐다. 고등학생인 동준은 일본말은 잘 못하였으나 월출산 곳곳을 손바닥 보듯이 알고 있어 산을 어루만지듯 아주 긴 계곡을 천천히 오르더니 이번에는 기나긴 능선을 넘어 구정봉을 올랐다. 강진쪽에서 오르는 월출산은 완만하면서도 곳곳에 보석을 숨겨 놓은 듯, 한 걸음 한 걸음이 놓치고 싶지 않은 비경보석을 찾고 있다는 기분이 들 정도로 아름다웠다.

구정봉에서 다시 반대편으로 내려가 큰 얼굴의 부처가 새겨진 바위를 지나며는 합장하고 소원을 빌었다.

'부처님, 포항제철 증설공사를 무사히 마무리하고 건강하게 돌아갈 수 있도록 해 주세요. 그리고 저 은희에게 내 마음을 전할 수 있도록…'

두 사람은 천황봉에서 동준과 헤어져 영암 쪽으로 길을 바꿔 산을 넘었다. 상점에 들러 어제 바꿔 신었던 운동화를 돌려주고는 광주에서 비행기를 타고 김포공항에 도착하였다. 그러나 너무 늦어 버린 탓에 공항 앞 호텔에서 하루를 보낸 뒤, 다음 날이 되어서야 도쿄행 비행기에 몸을 실을 수 있었다.

"아버님, 그곳은 강진군 월남이라는 곳입니다… 예, 반도의 제일 남쪽 끝에 있는 월출산 기슭에 있는 조그만 마을이에요. 예, 예… 주소는 전라남도 강진군 성전면 월남리… 예, 틀림없어요… 그럼요, 틀림없다니까요"

나카죠는 이와나미에게 몇 번이나 주소를 확인하고는 고맙다는 말을 수 차례 전하고 전화를 끊었다. 그리고는 당장 편지를 쓰기 시작했다.

「하야시 후타쿠군 보게.

오랜만이군, 벌써 20년도 훨씬 넘게 세월이 지나버려 자네가 나를 기억할는지 두렵네…」

나카죠는 그동안 잘 있는지 안부를 묻고는 말없이 떠난 하야시를 원망한 다음, 연락 닿는 즉시 편지에 회신할 것을 요청하고 나서 편지를 끝냈다.

나카죠는 직접 나고야 우체국까지 가서 편지를 부치며 며칠 만에 가는지, 틀림없이 가는지, 직원에게 몇 차례나 확인했다. 직원은 이상하다는 듯 고개를 갸웃거리더니 편지봉투에 도장을 '쾅' 소리 나게 세차게 찍고 한국행 바구니 쪽으로 편지를 집어 던졌다.

[14]
세상 밖으로

●●● 마침내, 전쟁은 끝났다. 아니, 끝난 듯했지만, 그것은 단지 총성이 멈춘 '휴전'이라는 이름의 숨 고르기였다.

기나긴 시간 속에 아버지를, 그리고 형을 잃었다. 그러나 아이러니하게도 전쟁이 멎은 그 해의 마지막 달, 첫 딸이 세상에 찾아왔다. 생명의 기쁨과 죽음의 슬픔이 교차하던 그 겨울, 삶은 양면의 얼굴을 내보였다.

형을 자신의 손으로 자수시켰고. 그것이 옳다고 믿었다. 하지만 형은 돌아오지 않았다. 아니, 다시 돌아오지 못했다.

지금도 확신할 수는 없지만, 며칠만 더 시간을 벌었더라면, 차라리 멀리 도망치게 했더라면… 산 자들과 함께 두었더라면 형은 아직 살아 있었을까?

그날 이후로 마음 한 켠은 늘 비어 있다. 그 빈자리는 아무리 시간이 흘러도 무거워졌다. 그리움은 결코 과거형이 되지 않았다. 기억은 희미해졌어도 마음은 여전히 그 자리에 머물러 있다.

인민위원회 부위원장을 지냈던 창우, 청년 회장 균태 등 많은 산 사람들이 잡혀서 나왔고, 어떤 사람은 제발로 살아 돌아왔지만 또 다시 어디론가 끌려가 돌아오지 않는 경우도 있었다.

형이 끝내 돌아오지 못한 그날 이후, 어머니의 눈빛엔 첫째 아들을 저 세상으로 떠나보낸 책임이 둘째 아들에게 있다는 원망이 서려 있었다. 말없이 내려앉은 그 시선만으로도 마음은 무거운 죄처럼 가라앉았다.
전쟁의 포화가 가라앉고 세상이 서서히 안정을 찾아가던 무렵, 복택은 경찰 제복을 벗고 고향으로 돌아와 논밭을 일구며 하루하루를 연명하고 있던 때, 처남 영민이 찾아왔다.
"매제, 면에 하나밖에 허가를 내주는 좋은 사업이여, 매제도 알제?, 요 참에 서류를 빨리 꾸며서 신청하면 된당께, 틀림없이 나온당께 그러네이"
영민은 각면에 하나만 허가를 해주는 양조장 사업을 빨리 준비해서 신청하자고 졸랐다. 양조장을 차릴 사업지도 매입하였다며 작천면 양조장 허가를 신청하고 합자해서 운영해 보자고 했다. 양조장은 좋은 사업 거리라는 것을 누구보다 잘 알고 있었지만 입에 풀칠하기 조차 힘든 시기였다.

"글쎄요 잉, 잘 알지라우, 그란디 돈이 없어서…"
"어찌 끄름 이라도 마련해 봐, 정말 좋은 기회니께"
"조합에서 대출이라도 해 주라고 힘 좀 써주면 안되까요?, 지금 당장 그렇게 큰돈을 마련하기가…. 하여튼 알았어라우, 한 번 힘껏 마련해 봐야지라우"
"나 믿고 있을텡게, 내달 말까지 한 번 마련해보소"
대출이 힘들다는 것을 알고는 있었지만 영민의 제안을 놓치기가 싫어 처남의 제의를 거절 못하고 힘써 보겠다고 얘기하고 말았다. 처남은 내달말까지 자금을 마련하라고 했다.

"둘째야, 그 뭣이냐 너희 처남이 얘기한 거 그거 좋은 거냐?" 백방으로 뛰어 봤지만, 큰돈을 마련하기가 쉽지 않다는 것을 체험하고 거의 자포자기 상태가 되어 가는데 어머니 송 씨가 느닷없이 양조장 사업에 대하여, 얘기를 했다.

"예?, 아, 양조장이요, 그거 땅 짚고 헤엄치기지라이, 성전면도 한 개 밖에 없잖아요, 장사가 기막히게 되고요 잉"

"그거 정말로, 면에 한 개 밖에 없냐?, 그러다가 딴 데 생기먼, 또, 지금 사람들이 집에서 술 담가 묵는디"

"아따, 엄니도 아무나 못하는 사업이지라, 그라고 인자는 집에서 술 못 담가라, 앞으로는 지서에서 잡아가지요 잉"

"그라믄 언제까지 돈을 내야 한다냐?"

"이달 말이여라우, 한 보름 남었구만이라우"

뭔가 골똘히 생각한 듯한 송 씨는 또 며칠이 지난 후 똑같은 질문을 몇 번이나 하였다, 그때마다 같은 대답을 하면서도 어머니가 못내 아쉬운 모양이라고 생각했다. 약속했던 날짜가 코앞에 닥쳐왔다. 포기할 수밖에 없다는 아쉬움에 할 수 있는 일이 없는 듯 보였다 '할 수 없지 배달이라도 시켜 달릴 수밖에, 아니면 사무실 관리라도'.

"둘째야, 그거 있잖냐?!"

"네?, 뭐요 엄니?

"아, 그거, 너희 처남이 얘기한 거 - "

"예, 그 얘기요, 엄니는 날마다 그 얘기만 하시라요?"

"그거 얼마나 있어야 한다냐?"

"많이 있어야지라우, 그냥 술 배달이나 시켜 달라고 할라요, 할 수 없지"

"이거 먼, 되려나 모르겄다 이!"

송 씨는 무언가를 조심스레 내보였다. 그녀가 내 놓은 것은 붉은 비단주머니에 곱게 쌓여 있었다. 주머니를 풀자, 그 안에서 파란 사각 상자가 드러났고, 상자의 뚜껑을 열자 황금빛으로 번뜩이는 거북이 하나가 모습을 드러냈다.

그 거북은 사람 주먹만큼이나 컸으며, 눈을 껌벅이며 당장이라도 살아 움직일 듯 생생했다.

"이 것으로 모지라까?"

일본에서 돌아올 때 가지고 왔던 돈은 정작 쓸모가 없어서 죄다 버려야 했고, 집 하나 구하지 못해 가족이 갈팡질팡 했으며, 농사 지을 땅 한 평 살 수 없는 형편에 소작농으로 겨우 생계를 이어갔던 시절, 그 어려운 시절 속에서도 내 놓지 않았던 귀한 보물을 어디서 구해왔는지 이토록 크고 찬란한 황금 거북을 내놓다니~

가슴이 턱 막히며 숨이 멎을 듯한 충격이 밀려왔다.

"아, 아니 엄니, 어. 어디서 이런 걸."

"이 것은 니것 잉께, 잘 해야 혀"

황금거북을 내놓은 송 씨는 알듯 모를 듯한 말을 하고는 소쿠리에 호미를 담더니 들로 나가 버렸다.

양조장을 시작했다. 사입실과 숙성실 등을 만들고, 각종 위생 장비와 대형 독 십여개를 배치하여 막걸리 주정실과 곡식을 찔 수 있는 대형 솥단지 등 당국이 정한 양조장 기준에 맞춰 허가를 받고 세무서와 군청에 신고서를 제출한 후 영업에 들어갔다.

첫 막걸리를 만들어 원액을 시음해 봤다. 세상이 팽 돌 정도로 맛이 좋았다.

양조장에 투자를 했다지만 자본금 전체로 보면 미미한 금액이었다. 황금 거북을 팔았던 전체금액을 양조장에 투자했던 탓에 이사할 엄두도 내지 못하고 가족은 여전히 고향마을에 기거하도록 하고서는 인부들과 함께 양조장에서 숙식을 같이 하고 있었다.

전쟁이 끝나고, 폐허 위로 희망의 싹이 움트던 시절이었다. 산과 들로 둘러싸인 작천면은 비록 산골이었지만, 넓고 비옥한 평야를 품은 덕에 적지 않은 사람들이 터를 잡고 살아가고 있었다. 이곳에서 빚어진 막걸리는 삶의 곁을 지키는 듯 조용히 그러나 꾸준히 사람들의 손길을 타며 팔려 나갔다.

당시에는 길이 제대로 나 있지 않았고, 물자를 실어 나를 수송차량조차 귀한 시대였지만, 그날 그날 만드는 막걸리는 땀으로 젖은 농부들의 새참이면서 한 끼 식사이기도 했다. 농부들은 막걸리 한 사발로 하루를 마무리했고, 아낙네들은 음식의 깊은 맛을 위하여, 막걸리를 발효시켜 식초와 조미료로 사용하였다.

그렇게 작천의 막걸리는 단지 술이 아니라 사람들의 삶을 빚어내는 생활의 일부이자 세월을 견디는 지혜의 물로 다른 어떤 주류보다도 더 빠르게 번창해갔다.

강진의 일봉산, 오봉산, 금곡사로부터 청정지역 작천으로 흐르는 깨끗하고 맑은 물을 양조장으로 흐르도록 만들고, 그 물로 만드는 막걸리는 맛은 타의 추종을 불허했다. 인근 다른 면 사람들까지 멀리 찾아와 막걸리를 즐기고 가곤 했으며, 다른 곳 막걸리 두 병하고 작천면 양조장 막걸리 한 병하고 바꿔 먹는다는 소문까지 있을 정도로 막걸리 맛은 최고로 소문이 났고 사업은 번창해 갔다.

아직 입산하였던 공산당 잔당들이 마을로 내려와 불안한 시절이었고, 깊은 산중에는 아직도 총소리가 들리고 있을 때였다.

복택은 어느날 여느 때와 마찬가지로 하루일과를 끝내고 인부들과 막걸리 한 두 잔씩을 마시고 인부들 숙소에서 함께 자리에 누웠다. 밖에는 눈이 오는지 바람소리가 심상치 않게 들려오고 문풍지 떠는소리를 들으며 잠이 들어 있었다. 꿈속으로 막 들어가려는데 밖으로부터 인기척이 들리더니 누군가 창호지를 찢고 잠겨진 방문 고리를 풀면서 방문을 열었다.

"'누구요?, 누구여?"

"조용히 해, 소리치면 쏴 버린다"

방에 자고 있던 인부 네 사람은 인기척에 놀라 자리에서 일어났다.

"모두 그대로 있어 주댕이 나불거리면 재미없어~!"

사내는 총을 들이대며, 떠들지 말라고 위협을 하면서 군화도 벗지 않고 방으로 들어왔다.

"넌 가서, 밥 좀 가져와 허튼짓하면 다 죽여 버릴 거야!"

불도 켜지 않는 어두운 방안에 네 사람을 공포로 몰아가는 사내의 목소리는 어디선가 들어 본 적이 있던 소리였다. 방 입구에 잠 들었던 막내 인부가 밥을 가지러 부엌으로 갔다.

"너희들은 가진 것 다 내놔!, 빨리"

"아따, 우리 같은 사람들이 뭐가 있다요?, 땡전 한 푼 없지라"

"까불지 말고, 빨리 내놔!"

"참말이랑께요, 월급 타면 집에다 다 갓다 바쳐 불고 여기서 먹고 자고 하는디, 먼 돈이 있것소, 있어도 쓸 일도 없제"

사내는 난감했던지 잠시 말을 잃고 우두커니 서 있는데 밥을 찾으러 갔던 인부가 촛불을 앞세우고 방문을 열었다.

"불 꺼!"

사내는 촛불을 발로 차 버렸다. 촛불과 함께 냄비에 담겨진 밥이 반쯤 쏟아졌다. 그 짧은 순간에 사내의 얼굴이 불빛에 비쳤다.

종박이었다. 몰골이 말이 아니였고 많이 변해 있었지만 틀림없는 종박이었다. 종박의 눈빛을 기억하는 복택은 순간 주먹을 불끈쥐었지만 곧 숨을 죽이고 지켜봤다. 다행스럽게도 종박은 다른 사람의 얼굴을 볼 기회를 잃어버렸다.

쏟아진 밥을 다시 담으라고 명령한 사내는 인부의 옷과 몇 벌을 챙겨든 다음 신고하면 다음에 다시 와서 복수를 하겠다고 엄포를 놓고는 어둠속으로 사라져 버렸다. 종박은 그때까지도 살아 있었고 여전히 도경의 수배자 였다.

옴천면에 이상한 소문이 나돌았다. 뒷산 어귀에 누군가 숨어들었는데 밤마다 내려왔다가 식량을 훔쳐서 새벽에 다시 산으로 숨어든다는 것이었다. 작천면으로부터 약 5km 정도 떨어져 있던 그곳은 산세가 험하고 숲이 많이 우거진 곳이었다. 마을사람들은 경찰에 신고를 했고 강진, 장흥경찰서 소속 의용 경찰들이 출동했다. 사내는 더욱 깊은 산으로 숨어들었지만 가파르고 험한 산에서 며칠을 견딘 사내는 허기를 견지지 못하고 외딴집에 숨어들어 밥을 또 훔쳤다.

밥을 도둑맞은 촌부는 경찰에 신고했고 사내는 출동한 경찰에 쫓기어 다시 산속 깊숙이 들어갔다. 의용 경찰이 그를 뒤쫓아 칡덩굴 엉킨 계곡과 암벽 사이를 헤매며 수색을 벌였다.

경찰을 피해 더 깊은 곳으로 도망치던 사내는 절벽 끝에서 발을 헛디뎌, 그대로 깊은 낭떠러지 아래로 떨어지고 말았다.

그의 짧은 도피는 그 절벽 아래서 끝이 났다

종박은 그렇게 세상을 등졌다. 그가 세상을 떠난 후에 아무도 그를 찾지 않았다. 누군가 그의 죽음을 두고 수군대길 여자와의 엇갈린 연정 끝에 그 여인을 사이에 둔 사내의 손에 피살되었다는 소문이 돌기도 했고, 또 어떤 이들은 그가 원한에 얽힌 무리에게 붙들려 무참히 집단 폭행을 당했고 그로 인해 세상을 떠났다고 말했지만, 그 날 그 순간을 본 사람은 아무도 없었다.

그의 삶처럼 그의 죽음도 뿌연 안개 속에 묻혀버렸다

그가 세상을 버린지 사흘째 되는 날, 소식을 들은 복택은 비 내리는 양조장의 마당 끝자락에 홀로 서 있었다. 처마 끝에서 흘러내리는 빗줄기를 바라보며, 그는 조용히 아버지를 떠올렸다. 마음속 깊이 스며드는 그리움에 눈가가 젖어들었지만 사람들은 그가 색시를 그리워하며 운다고 놀려댔다.

하늘은 더욱 거세게 울부짖었고 빗줄기는 그의 얼굴을 매섭게 때렸다. 흐르는 눈물과 뒤섞인 빗물이 온몸을 적셔갔다. 애달픈 마음도, 이루지 못한 말들도 그렇게 소낙비 속으로 녹아 흘러갔다.

비는 사정없이 대지를 내리쳤다.
온 세상을 적시고도 남을 만큼 세찬 빗줄기였지만, 그 비로는 국민의 가슴에 억눌린 한(恨)을 씻기에는 턱없이 부족했다.
오히려 비가 내릴수록 사람들의 마음속엔 더 짙은 먹구름이 드리워졌고 말 못 할 슬픔은 더욱 깊게 가라앉았다.

쌀이 부족한 시절이었다. 정부가 식량 자급자족을 위하여 통일벼 등 보다 수확량이 많은 품질의 벼를 보급할 정도로 쌀은 부족했다.

양조장은 단순한 술 제조 공간이 아니었다. 그것은 쌀 수매업과도 긴밀히 맞물려 놀아가는 또 하나의 거대한 경제의 축이었다.
해방 직후, 일본 기후현과 나고야현 등지에서 쌀을 사들여 도쿄, 오사카, 교토 같은 대도시에 팔아본 경험은 이곳에서 다시금 살아났다.
양조장 배달 인부들의 발품을 빌려, 수확 이전 농민들에게 선도입금 방식으로 벼를 수매한다는 소문을 널리 퍼뜨렸다. 그 소문은 바람처럼 퍼졌고 농민들은 기꺼이 그의 손에 쌀을 넘겼다.
그렇게 사들인 쌀은 수확 직후나 식량이 모자라는 계절에 맞춰 시장에 내다 팔았고, 그는 계절의 흐름 속에서 틈새를 짚어내며 부를 차곡차곡 쌓아올렸다.
그 시절, 쌀 한 석 – 곧 두 가마니의 값은 2천백 원에서 3천 원 사이를 오갔다.

그러나 수확 철이 지나고 곡식이 귀해지는 시기가 오면, 그 쌀은 도매상에 5천 원이 넘는 값에 넘길 수 있었으니, 이 사업은 단순한 장사가 아닌 재력을 쌓는 하나의 기민한 전략이었다.

쿠테타를 일으킨 군사정권은 한국의 모든 것을 바꿔 놓고 있었다. 전국각지에는 새마을 운동의 바람이 거세게 몰아 쳤고, 군사정권의 의욕만큼이나 국민들의 의욕과 생활 수준도 향상 되어갔다. 사람들은 전쟁의 참상을 잊은 지 오래고 이제는 복지와 자유에 대하여 이야기하는 시절이 오고 있었다.

모든 일에서 과감하게 밀어 붙이던 제 3공화국은 전쟁직후부터 10년넘게 끌어오던 일본과의 수교를 성사시키기 위해 안간힘을 쓰고 있었지만 야당과 학생의 반대에 부딪혀 진전없는 답보 상태를 벗어나지 못하고 있었다. 정부의 일본과의 수교 협상을 관심 있게 지켜보았지만 이번에도 어려울 것이라고 생각하며 별로 관심을 두지 않았다. 하지만 시위가 격화되었지만 군사정권은 반대를 무릎쓰고 일본과의 수교를 밀어붙였고, 1965년 6월 마침내 '한일 기본 조약'이라는 이름으로 국교 정상화가 이루워졌다.

일본과의 국교가 정상화 되던 날, 15년여를 잊고 살아 온 일본에 두고 올 수밖에 없었던 여인을 생각하고 있었다.

갸름한 얼굴에 까맣고 긴 머리를 가졌던 첫사랑!

아내가 알아 차릴까 봐 전전긍긍하다가 자신이 우스운 생각을 하고 있다고 생각하며 혼자 웃고 말았다. 자신이 다른 여자의 남자가 되어 있듯이 그녀도 다른 남자의 여자가 되어 있을 것이라는 생각에 헛웃음이 나왔다.

그렇지만, 마음 한 구석에는 먼 추억으로만 남은 줄 알았던 여인이 아직도 살아 있음을 느끼고 있음에 흠칫 놀라고 있었다.

산업화의 물결이 몰아치면서 농사는 점점 더 고된 일이 되었다.

땀 흘린 만큼 돌아오는 것이 없었고 밭을 갈고 논을 일굴수록 오히려 손해가 나는 산업이 되어버렸으며, 고된일 만큼 보상이 따르지 않았던 탓에 농촌은 천천히 그러나 확실하게 사람들의 발길에서 멀어져 갔다.

일자리를 찾아 도회지로 떠나는 농부들의 행렬이 끊이질 않았고 그로 인해 농촌은 텅 빈 들판처럼 인구가 급감했다.

물 좋기로 소문났던 작천면의 막걸리도 점차 찾는 이가 줄었고 결국엔 사양산업으로 뒤안길에 밀려나기 직전이었다.

장성한 처남의 아들이 양조장을 물려받으면서, 복택은 반백이 다 되어 고향을 떠나 광주로 이사를 했다.

전쟁이 끝나던 해의 마지막 달에 품에 안았던 첫딸은 어느새 그가 일본을 떠나올 때의 나이로 자라 있었다.

군부대인 상무대가 있던 쌍촌동으로 이사를 마치고, 그는 복덕방 사무실로 출근했고 아내는 하숙집을 차렸다.

광주로 이사한지 몇해가 지난 후,
18년간 이어진 군사정권은 내부에서 균열이 일어나더니 곧 봄이 올 듯했다. 서울에서부터 내려오던 변화의 바람은 당장이라도 꺾일 듯 아슬아슬했고 그 기류는 광주에서 폭풍이 되어 휘몰아쳤다. 신군부는 다시 권력을 움켜쥐려 했고 이에 맞선 광주의 시민들은 저항했다. 그러나 민주를 외치던 그들은 총칼 앞에서 무참히 쓰러져 갔다. 아들이 군대에 가 있어 광주에 없다는 사실이 그나마 위안이 되었다. 만약 그가 그곳에 있었다면 어떤 운명을 맞았을지 상상조차 하기 어려웠다.

매스컴은 광주의 저항을 '시민 폭동'이라 규정했다. 한때 불길에 휩싸인

MBC의 모습이 잠시 TV에 비치더니 곧 보도는 철저히 통제되었다. 시민들이 군인들에게 무차별적으로 구타당하고 총에 맞아 쓰러지는 장면은 세상에서 지워졌다. 뉴스에서는 연일 '광주사태', '폭도'라는 단어가 흘러나왔고 시내와 많이 떨어져 있던 상무대 앞에서는 군인들의 무장 이동이 분주했다. 헬리콥터가 하늘을 가르며 날아오르고 군인트럭 등 군장비의 굉음이 대지를 울렸다. 그외에는 시내와 떨어진 동네여서 인지 기이할 정도로 고요했다.

상무대에서 광주시내로 향하는 길목에는 바리케이드가 세워졌다. 그것이 시민들이 군의 진입을 막으려 쌓아올린 것인지 군이 시민들의 탈출을 봉쇄하기 위해 설치한 것인지조차 분명하지 않았다. 다만, 그 검은 타이어 철벽 너머로는 서로를 넘볼 수 없는 두 개의 세계가 존재했다. 쌍촌동은 조용했지만 그 침묵 속에는 곧 터질 듯한 불안이 웅크리고 있었다.

광주시내 한복판, 계림동에 살고 있던 막내처남 가족이 걱정되었지만 전화는 끊긴 지 오래였다. 그들이 무사한지 어떤 상황인지 알 길이 없었다. 훗날 조카에게 전해 들은 바에 따르면 시민들의 시위는 질서정연하고 평화로웠다고 했다. 그러나 공수부대가 투입된 순간 평화는 붉은 피로 물들었고 학살을 목격한 시민들은 더 이상 침묵하지 않았다. 무장한 군대에 맞서기 위해 시민군이 조직되었고, 광주는 열흘이 넘도록 무정부 상태에 놓였다. 하지만 그 혼돈 속에서도 단 한 건의 절도나 범죄도 발생하지 않았다는 사실은 광주시민이라는 자부심을 더욱 깊게 새겨주었다.

열흘간의 싸움이 끝나고 정권이 바뀌는 듯 보였으나, 그것은 또 다른 군부의 얼굴이 등장했다. 체육관에서 대통령이 선출되었고 민주주의는 다시 후퇴했다. 그럼에도 불씨는 완전히 사라지지 않았다. 사람들의 가슴 한편에서는 여전히 자유를 향한 갈망이 피어나고 있었지만,. 현실은 차갑게 흘러갔다. 대통령 선거에서 사람들은 한목소리로 말하면서도 결국 군사정권의 연장선에 동그라미를 찍었다. 사쿠라 보다는 독재자를 선택하도록 한 신군부의 치밀한 계획과 국민들의 체념이 맞물려 새로운 지도자가 탄생했다.

그의 눈빛은 단호했고 그 단호함 속에서 새로운 시대의 과거 회귀가 그려져 있었다.

"무슨 낮잠을 그렇게도 오래 잔대요?, 그만 일어나요, 식사하셔야죠?"

아내가 깨우는 소리에 몸을 일으켰으나 피곤함은 여전히 가시지 않고 온몸에 땀이 났다. 저녁식사를 마치고 마당으로 나와 몸을 흔들어 봤다. 365일 냉수마찰을 할 정도로 건강한 몸인데 분명히 몸에 이상이 있다는 사실을 예감하면서도 크게 걱정은 하지 않았다. 마당으로 나와 맨손체조로 몸을 풀면서 밤하늘을 봤다.

싱그러운 바람이 집안의 조그만 화단을 돌아나와 몸을 간지럽혀 왔다. 높다란 밤하늘에는 초롱초롱한 별들이 깊어가는 가을을 재촉하고 있다. 잠시 후, 방으로 돌아와 겨울 준비를 위하여 아내가 새로 만든 푹신한 이불속으로 들어가 잠을 청 했다.

아내의 손길이 깃든 포근함은 바깥의 찬 공기를 잊게 했고 그는 그 온기에 안긴 채 소용히 잠에 들었다.

이튿날 아침, 늘 그래왔듯 새벽녘에 일어나 냉수마찰로 잠을 떨치고 맨손체조로 굳은 몸을 풀었다. 그리곤 복덕방으로 나갈 채비를 시작했다. 아침밥을 마친 그는 거울 앞에서 넥타이를 고쳐 매며 문득 거울을 느꼈다.

거울 속 얼굴은 어느새 낯설 만큼 늙어 있었고, 눈 밑엔 전날엔 없었던 검은 점 하나가 송곳처럼 박혀 있었다. 눈동자는 예전의 맑고 하얀 빛을 잃고 어딘가 누런 기운이 감돌았다.

'에이, 그냥 기분 탓이겠지.' 혼잣말을 중얼이며 넥타이를 서둘러 맨 그는 여느 때처럼 아내가 정성껏 싸준 도시락을 챙겨 들고 조용히 문을 나섰다.

그의 하루는 그렇게 변함없이 흘러가고 있었다.

'몸이 이상하다… 왜 이리 쉽게 피곤한 거지?'

사무실 책상 앞에 앉아 그는 연신 고개를 좌우로 흔들어 보았다. 몰려오는 피곤을 떨쳐내려 애써 보았지만, 평소와는 다른 몸의 무게감이 쉽게 가시지 않았다.

'오늘은 뭔가 좀 다르다.'

그는 조심스레 손거울을 꺼내 들어 얼굴을 들여다보았다. 거울 속의 자신은 어제와는 다른 인상을 품고 있었다. 어디선가 낯선 기운이 묻어 있었다.

하지만 그는 애써 거울을 덮었다. '내일이면 괜찮아지겠지.'

그 한마디로 불안을 눌러놓고 싶었다.

그러나 알 수 없는 피로는 이미 일주일째 계속되고 있었다.

혼자 고민만 거듭하던 그에게, 아내는 분명한 말로 몸에 이상이 있음을 확인해 줬다.

"아니, 당신… 얼굴이 왜 그래요? 얼굴이 노래요. 눈도 그렇고."

퇴근하고 돌아온 남편의 얼굴을 바라본 아내는, 바닥이 꺼질 듯한 깊은 한숨을 쉬며 수다 대신 걱정을 쏟아냈다.

"참말로 뭔 이상이 있는가 봐요. 얼굴 색깔이 영 아니여요. 병원에 가봐야 쓰것는디."

아내는 저녁 준비를 하던 손을 멈추고, 곧장 방으로 들어가 광주 기독병원에서 근무 중인 조카 간호사에게 전화를 걸었다.

그녀의 손끝에는 서두름이, 목소리에는 떨림이 배어 있었다.

그의 일상이 조용히 균열을 내기 시작한 순간이었다.

"오, 설화냐?, 나 당숙모다…. 응 잘 있었어?…. 근디 느그 당숙이 얼굴이 노랗고, 눈알도 노랗고 이상하다잉…. 어짜먼 좋으까잉…. 응? 그라까? 그라먼, 내일 오후에 병원으로 나갈텡게…. 응 그래, 10시 까정 가께…. 그래 내일보자 잉"

다음날 오후 아내와 함께 조카가 간호사로 근무하던 광주 기독교 병원으로 향하였다. 병원의 내과과장은 보자마자 종합진찰이 필요하다며 입원을 명령했다, 신사복을 벗고 환자복으로 갈아입고 검사실로 들어섰다.

'설마, 아직은 젊은디…. 먼 일 있을라고. 예순도 안 됐는디?'

믿기지 않는 듯한 그 말이 허공에 맴돌았다. 그러나 계절은 한 치의 머뭇거림도 없이 깊어져 갔다. 병원 건물 위로 높게 뻗은 프라타너스 나무, 그 잎들이 한 장, 두 장 바람에 휘날리다 이내 땅으로 내려앉는다.

낙엽은 어느새 쌓여가고 세상은 묵묵히 시간의 흐름을 새겨 넣고 있었다.

병동 정면에 걸린 깃발, 붉은 십자가가 선명하게 찍힌 그 깃발은 바람에 펄럭였다. 그것은 모든 환자들의 가슴에 작은 위로가 되어 흔들리고 있었다.

가을은 여전히 깊어만 갔다. 어느 순간 저 깃발도 떨어지는 낙엽들처럼 누군가의 희망과 함께 저물어 갈지도 모른다는 생각이 들었다.

내과 과장은 보호자를 불렀다.

채민은 떨리는 가슴을 쓸어내리며 '내과과장'이라는 팻말이 붙은 방앞에 섰다. 남편이 입원한 후 이곳 저곳을 불려 다니며 복잡한 검사를 삼일씩이나 하였다. 잠시 후 심각한 표정의 설화가 과장실 문을 열어 주며 의자에 앉으라고 했다.

"당숙모 여기 앉으쇼"

내과 과장은 책상뒤에 붙은 X-RAY 필름을 한참이나 보고 있다가 앉았던 의자에서 엉덩이를 떼지 않고 두발을 앞으로 뻗어 책상으로 다가앉더니, 이번에는 책상에 놓인 뭔가 써진 종이를 열심히 보고 있었다. 무거운 침묵이 한참을 흘렀어도 내과 과장은 말이 없었다. 정작 침묵을 깬 것은 가느다랗게 들리는 설화의 울음소리였다. 채민은 놀라 설화와 과장을 번갈아 보다가 입을 열었다.

"사실대로 얘기해 주셔요, 괜찮항께, 사실대로만…"
남편과 비슷한 나이의 과장은 종이에서 눈을 떼더니, 채민을 보고는 다시 눈을 깔았다.
"간암이요, 말기요"
설화의 울음소리가 더욱 크게 들리면서 채민은 머리를 둔기를 맞는 것처럼 멍해지는 기분이 들어 말을 할 수가 없었다.
"길면 여섯 달이고, 짧으면 석 달이요, 너무 악화돼 버렸고…, 방법은 없소"
내과과장의 말을 가만히 앉아 있을 수밖에 없었다. 설화는 조심스레 손수건을 꺼내 채민에게 내밀었다. 그리고는 더 이상 감정을 억누를 수 없다는 듯 무릎을 꿇은 자세로 채민의 무릎에 얼굴을 묻은 채 참았던 울음을 터뜨렸다. 마치 끊어진 실처럼 감정의 제동이 풀린 그녀의 울음소리가 방 안에 퍼졌다….
설화의 머리 위에 살짝 꽂아진 간호사 캡이 옆머리 쪽으로 흐트러지면서 눈물이 캡 위를 타고 이슬처럼 미끄러지며 바닥에 떨어졌다.

"허어, 임 간호사! 임 간호사가 그러면, 보호자는 어떻게 하라고… 쯧쯧…"
설화는 일어서 과장실을 나가더니 잠시후 캡을 단정히 쓰고 사무실을 다시 들어왔다.
"당숙모, 과장님 말씀 들으셨죠?, 마음 단단히 잡수셔야 해요"
"휴 – 딴데 서울 큰 병원으로 가보까?, 혹시 모릉께"
내과과장의 얼굴을 봤으나, 과장은 어림없다는 표정으로 큰 병원에 가도 마찬가지라며 X-RAY를 보며 볼펜으로 가르키며 열심히 설명한다.

"이건 확실합니다. 오진은 초기에 있을 수 있는 것이지, 말기의 오진확률은 0％입니다, 서울로 가시는 것을 말릴 수는 없으나 괜히 돈 없애고 아픈 분 고생 시키지 마시고, 차분하게 준비하시는 것이 좋을 겁니다"
내과과장은 차분하면서도 조용하게 그러나 분명하게 말했다

"여보!, 서울 큰 병원으로 한 번 가 봅시다"
"뭔 소리여, 삼일이나 검사했는디, 왜 결과를 모르것대?"
"그라네요, 뭔지 잘 몰것다고…"
"웃기는 놈들이군, 삼일 동안이나 피 뽑고, 뭣 뽑고 하드니, 나원 참 안 그러요 잉, 짜식들 엉터리 구먼"
옆 침대 환자를 보며 큰 소리로 말하고는 침대에 벌렁 누웠다.

"뭔 병인지, 잘 몰것다고 한다요?"
같은병실 옆 침대 환자가 맞장구를 쳐 줬다.
"아 그러잖이여, 시방, 웃기는 놈들이네 잉"
"뭔 병인디, 잘 몰것다고 하까잉, 이상하네잉"
사람은 누구나 자신이 특별하다고 생각하는 법, 설마 자신이 큰 병에 걸렸으리라고는 생각되지 않아 퇴원을 한 뒤 서울로 향했고 대학병원에서 다시 진단을 받았다.
"환자 본인한테 알리는 것이 좋습니다. 6개월 정도밖에 안 남았는데, 본인에게 알려서 정리할 시간을 갖도록 하는 것이 옳다는 것이 제 소신입니다. 물론 결정은 보호자께서 하셔야겠지만…"
의사는 조심스러운 목소리로 말을 했다. 말끝은 나직했지만 그 말이 품고 있는 무게는 뼛속 깊이 스며들 만큼 묵직했다. 곁에 있던 동생들도 이미 같은 진실을 들은 듯, 아무 말 없이 고개를 숙였다.

"형님… 간암이랍니다. 말기라고…… 방법이, 없답니다."

숙부 석필 댁에 양자로 들어간 넷째 동생의 입에서 나온 말은 더할 나위 없이 명확했지만 그 의미를 모두 알고 있었음에도 방 안에는 침묵만이 감돌았다. 누구 하나 먼저 입을 떼지 못하고, 그저 정적 속에서 서로의 눈치만 살폈다.

한참을 지나 마침내 입술을 달싹이며 물었다.

"얼마나… 남았다디?"

그 물음은 마치 가슴속 깊은 동굴에서 메아리치듯 작고 무거웠다.

"얼마나 남은지 알아야, 준비를 하제잉…"

"6개월 정도…라고 하네요."

동생의 대답은 비수 같았다.

하늘이 무너졌다. 진심으로. 몸이 무너진 것도 마음이 무너진 것도 아닌데 세상이 통째로 무너져 내리는 듯했다. 예순도 채 안 된 인생 참 웃기다. 총알이 빗발치고 포탄이 터지는 전쟁터에서도 살아 남았는데, 지금 와서 고작 '여섯 달'이라니. 아직 얼굴에 어렴풋이 피로한 기색만 있을 뿐, 몸은 정작 아픈 구석 하나 없는데도.

"고… 것밖에 안 남았다고 하디?"

그 말이 채 끝나기도 전에, 마음 한복판에 무언가 툭 꺾이는 소리가 났다. 하지만 이상하게도 눈물은 나지 않았다. 그저 속이 텅 빈 듯 허공을 바라볼 뿐이었다.

마음속으로 인생에게 한마디를 던졌다.

'인생아, 조금만 더 기다려주면 안 될까?' 무엇 때문인지는 모르겠지만 아직 해야 할 일이 남아 있다는 기분이었다. 단순한 미련이나 아쉬움도 아니고 기억의 차이도 아니였으며, 막연한 기다림 같은 것도 아니었다. 그러나 그것이 무엇인지 알 수 없었다.

라디오에서 잔잔한 멜로디가 흘러나왔다.

'젖은 손이 애처러워 살며시 잡아 본 순간 거칠어진 손마디가 너무나도 안타까웠소…'

'아내에게 바치는 노래…'. 가수 하수영의 특유의 저음이 가슴을 후벼 팠다. 입술을 떼어 조용히 따라 불러보았다.

'나 하나만 믿어온 당신을… 나는 다시 태어나도….'

가슴 한구석이 무너져 내렸다.

[15] 마지막 만남

●●● 학교를 끝마치고 집에 들어서는 동준에게 뒤에서 우편배달부가 불러댔다.

"학생, 이 편지 혹시, 느그 아부지 형제 아니여?, 임씨에다 끝자가 '택'자 니께 말이여, 임 복택인디"

"우리 광주 당숙인디요"

"어휴, 말 말어 이 편지 전해 줄라고 오래 걸려 부렀다잉, 돌려 보낼라고 회수통에 넣어 놨는디, 또 왔어…. 일본에서 온 거라고 다시 찾아 보라고 해서…. 오늘 잘 가꼬 왔네"

"엊그제 추석에 다녀 가셨는디…"

아무리 봐도, 똑같은 편지를 우편배달부는 두통이나 주고서 돌아갔다. 한문과 일본어로 쓰여진 편지는 마을 주소와 당숙의 이름 석자를 제외하고는 전부 모르는 글이 쓰여 있었다.

더구나, 한통의 편지는 오래되었는지 빨간 사각도장이 여러개 찍힌 '수취인 불명'란에 우편배달부가 표시한 볼펜 자국마져 희미해져 있었다.

'일본에서?, 이와나미라는 일본사람이 다녀간 후, 자신에게 고맙다는 편지를?' 동준은 편지를 뜯으려다 말고, '아참! 광주 당숙편지라고 했지' 자신의 착각이 우스워 앉은뱅이책상 서랍에 편지를 넣었다.

일본인이 다녀간 지 벌써 한 달 반이나 흘렀다는 사실을 깨닫고, 동준은 문득 아쉬운 한숨을 내쉬었다.

"조금만 더 일찍 전해 줬더라면, 추석에 오셨을 때 직접 건넬 수 있었을 텐데…"

일본에서 온 편지가 늦어진 것은 멍청한 우편배달부 때문이라 탓하며, 꼴망태를 허리에 둘러멘 채 동준은 채찍을 가볍게 휘둘러 소를 몰았다. 가을 햇살이 산기슭 너머로 길게 기울고 있었다. 어쩐지 마음 한구석에 쓸쓸한 바람이 스쳤다.

"복택이 형님이 암이란디, 간암이래여, 휴 – "

"뭔 소리다요?, 그라고 건강한 양반이?, 오메 우리 형님 어째사 쓰끄나잉, 당신도 술 작작 마시쇼잉, 그놈의 담배도 좀 끊고"

"허어 이 사람이 갑자기 화살을 나 한테로 돌리기는"

저녁을 먹으며, 한숨 섞인 부모의 대화를 들은 동준은 화들짝 놀라며 숟가락을 놓고 안방을 나왔다. 밥 먹다 말고 어디 가냐는 어머니의 말은 귀에 들어오지도 않고 큰일 났다는 생각만 났다.

'큰일 났네, 당숙한테 온 편지를 깜박 잊어 부렀네' 학교가 파하여 집에 돌아오면 꼴망태 메고 소 풀을 뜯기는 일이 일상생활처럼 되 버린 탓에 학생이었지만 책상 앞에 앉아본 기억이 별로 없는 동준은 서랍을 열었다. 서랍 깊숙이 박

혀 벌써 몇 달이나 지났을 것 같은 편지를 들고 다시 안방으로 들어갔다.

"아부지, 이거."

"뭣 인디, 뭔 편지냐?"

"광주 당숙한테 온건디요잉, 일본에서요, 2통이나."

"음, 참말로 일본에서 온 거네?!, 나고야시 중정 18번지, 중조 영일?, 이걸 뭐라 읽지? 중조 영일? 나카, 조, 영, 이치?"

"어따, 빨리 전해줄 생각이나 하쇼 잉"

"응 그라제, 복택이 형님은 서울 큰 병원으로 진단받으러 갔다는디, 이번 참에 서울에서 내러오믄 광주로 올라가 봐야제, 나카죠, 영 이치?, 맞나? 아닌것 같은 디."

서울 큰병원에서도 가망이 없다는 판정을 받은 후, 광주집으로 내려온 지 삼일째 되는 날 친척들이 집으로 문병을 왔다. 평소와 다름없는 표정으로 앉아서 그들을 맞이하자 친척들은 약간 놀라운 듯 걱정스러운 눈으로, 때로는 눈물을 훔치며 위로를 해 줬다.

"어이 동생, 나 고향으로 내려 가고 싶은디, 방 하나만 비워 줄랑가?"

"예?, 아니 이 몸으로 어디를 내려 와라우?"

"내가 어떤가, 아직 멀쩡 하잖아, 움직일 수도 있는데 뭐가 어때서?"

"그야…. 방을 얻어서 뭐 하실라고 라우?"

"간암이라는 병은 의사들이 고칠 수 없다지 않는가?!, 그렇다면 약이 없다는 얘긴데, 다른 사람들이 안쓰는 방법을 써 보면, 혹시 나을지도 모르제…. 안 그런가?, 이대로 가만히 앉아서 오는 죽음을 맞이하기에는 너무 억울하지 않는 가이?, 고향마을은 청청지역 잉께, 거그서 나오는 뭐든지 먹으면서 한 번 이겨 볼라고…. 예를 들면 거름 속에 구뎅이라도 좋응께 뭐든지 한 번 묵어 보고 한 번 이겨 볼라네"

"형님 좋을때로 하시쇼, 내려오시면 언제쯤 내려오실라?"
"빠를수록 좋제, 당장 오늘이라도…"

이,삼십여 년 전, 아버지가 그랬던 것처럼, 마음은 벌써 고향을 향해 가고 있었다. 더 늦기 전에 내려가야겠다는 생각이 들어서 였다. 어쩌면 이번이 아니면 영영 고향을 볼 수 없을지도 모른다는 두려움이 마음 한편을 스쳤다.
"그라쇼, 방 하나 비우면 된다면 당장이라도 비울 있제라우, 거 뭐, 준비할 거는 없지라이?"
"없제, 여기서 이불이랑은 가지고 내려 갈랑께 그리고 제수한테 죄금. 미안한디"
"이불이라우?, 형님 옷만 가지고 오쇼, 집에도 이불 많은디 번거롭게 이불을 들고 다닐라우?, 몸도 안 좋은디"
"그라까?!, 그라면 지금 당장 갈까?"
"와따, 성질도 급하네, 참 형님 그리고 이것… 똑 같은 것이 두통이나 왔습디다"
복택은 사촌아우가 전해주는 편지를 말없이 받았다.
'나카죠 에이치!' 얼마 만에 불러보는 이름인가?

거실이 적막했다. 친척들은 모두 돌아가고, 아내도 깊이 잠든 듯했다. 손가락을 꼽아가며 세월을 헤아려 보았다. 하나, 둘, 셋, 넷… 어느새 삼십여 년이 흘러버렸다.
그런데 왜, 지금에서야 편지가 온 것일까?
거실로 나와 스탠드 불을 켜고 천천히 봉투를 열었다. 삐뚤빼뚤한 필체가 반가움과 조심스러움을 담아 말을 걸어왔다.

「하야시 후타쿠 군 보게

　오랜만이군, 벌써 30년도 훨씬넘게 세월이 지나버려 자네가 나를 기억할 련지 두렵네.

　그동안 많이 변했겠지, 아무 말도 남기지 않고 떠나버린 자네를 원망도 많이 했지만 세월은 모든 것을 용서하게 하더군. 이 편지가 자네에게 전해지려는지 장담할 수 없네만 만약 자네가 이 편지를 볼 수만 있다면 회신을 해 주었으면 하네.

　할 말은 많지만, 자네에게 편지가 전해 질련지 확실하지 않는 상황에서 길게 쓰기가 쑥스럽군.

　자세한 이야기는 자네의 편지를 받고 나서 할 테니까 즉시 회신해 주기 바라네.

　　　　　　　　　　형제처럼 우정을 나누었던 나카죠 에이치 씀」

편지의 끝자락에 흐릿하게 적힌 날짜가 눈에 들어왔다. 하지만 그것보다도 더 강렬하게 가슴을 두드린 것은 이 편지를 보낸 사람의 마음이었다.

복택은 말없이 또 한 통의 편지를 열었다. 같은 내용이었다. 혹여나 첫 번째 편지가 도착하지 않을까 염려해 다시 보낸 듯했다.

그는 아이들이 잠든 방으로 들어가, 조용히 종이와 펜을 꺼내 들었다. 기억 저편으로 희미하게 사라져 가던 일본어를 더듬으며 답신을 써 내려갔다.

오랜 시간이 흘렀지만 아직도 잊지 않았노라고. 그리고 이제야 늦은 답장을 보낸점을 깊게 사과하고 싶은 마음으로 ~

「나카죠 에이치 군

　무척이나 오랜만 일세.

　30년의 세월 동안 건강하게 잘 있다니, 반갑네. 본의 아니게 그곳을 떠나와서…. 그는 자네의 염려 덕분에 잘 있….

종이를 덮어버렸다. 도대체 무슨 말을 쓴다는 것인가?
"잘 지낸다"는 거짓말을 적을 수 있을까?
남은 시간이 고작 여섯 달뿐인데―.
거짓말을 할 수는 없다.
삼십여 년 전, 거짓말을 하듯이 반강제로 일본을 떠나왔는데, 이번에도 또다시 친구에게 거짓된 편지를 보내라는 말인가?
그는 도저히 글을 이어갈 수 없음을 깨닫고, 손을 뻗어 스탠드의 스위치를 내렸다.
밝았던 거실은 어둠에 잠겼다. 환했던 잔상이 눈앞을 맴돌더니 이내 사라지고 눈에서는 눈물이 쏟아졌다.

아이들은?
아내는?
머릿속은 복잡한 생각들로 가득 차 뒤엉켰다. 그러다 문득, 나카죠의 편지가 다시 보고 싶어졌다. 그는 다시 스탠드를 켜고 편지를 펼쳤다.
"왜? 왜 후사코에 대한 이야기는 단 한 마디도 없는 걸까?"
그는 부질없는 의문이면서 쓸데없는 생각을 하는 자신을 나무라며, 다시 스탠드를 꺼버렸다.
"이미 그녀는, 다른 남자의 여자가 되어버렸을 텐데…….."
나지막이 읊조림만은 어둠을 더욱 짙게 만들었다.

그는 일본에서 온 편지의 답장을 쓰지 못한 채 고향으로 내려갔다. TV에서는 체육관에서 열린 대통령 취임식이 생중계되고 있었다. 고향에 돌아온 후에도 몸은 특별히 나빠지지 않았고 여느 때처럼 생식을 하고 운동을 하며 하루를 보냈다.

추운 날에도 매일 월출산에 올랐다.

때로는 깊은 산속에서 자라는 약초를 캐어 입에 넣으며 그 씁쓸한 맛을 곱씹었다. 산을 오르다 그는 문득 깊숙한 곳에 자리 잡은 작은 동굴들을 발견했다.

그곳을 보며, 전쟁 때 형이 저 동굴 속에서 웅크리고 앉아 있지는 않았을까 하고 상상해 본다.

형이 처형된 지 일주일 후, 이승만 대통령은 특별 담화를 통해 자수한 공산주의자들을 함부로 처형하지 말라고 했었다.

그때, 단 일주일만 형을 숨겼더라면 – 살아남을 수 있었을까? 어머니의 원망을 피할 수 있었을까.

"자수하면 살 수 있을 거예요."

그말을 믿고 형을 내어주었건만 죽어가던 형은 동생을 얼마나 원망했을까?

"며칠만 형을 숨겼더라면… 며칠만 늦게 자수했더라면…."

이제 죽을 때가 가까워져서일까. 별의별 생각이 다 밀려오기 시작했다.

고향에 내려온 지 두 달이 지나자 몸이 서서히 이상해지기 시작했다. 때로 정신이 혼미해질 정도로 아팠고 배도 부어오르기 시작했다. 더 이상 지체해서는 나카죠에게 영영 답장을 하지 못하게 될 것만 같았다.

그는 쌓인 눈이 녹는 소리를 들으며 다시 편지를 쓰기 시작했다.

「형제처럼 사랑했던 나카죠 에이치 군!

　얼마나 나를 원망하였는가?!.

　얼마나 나를 나쁜 놈이라고 생각하였는가?!.

　변명하려면 지난 온 30년 보다 더 많은 세월이 필요하다는 것을 알아주었으면 좋겠네…. 사랑하는 사람에게, 또 자네에게 말 한마디 못하고 본의 아니게 일본을 떠나온 나를 용서해 주게 지금은 고향마을에 내려와 있네, 보고싶구먼….
당장이라도 달려가고 싶네만, 여러 가지 사정으로 다시 만날 날을 기대하며.

보고싶은 친구에게, 하야시 후타쿠 씀.」

편지 마지막에는 추신으로 고향 마을 주소를 적어 넣었다.

차가운 겨울바람이 언 마음을 스쳐 가듯 한 장 한 장 눈물에 젖어가는 편지지 위에 지난 세월의 후회가 스며들었다. 밤을 새워 쓰긴 했지만 긴 세월동안 일본어를 잊지 않았다는 사실이 약간 놀랍기도 했지만, 가물가물 생각나는 일본어로 쓴 글씨에는 삼십 년의 무게와 진심이 담겨 있었다.

떨리는 손끝으로 눌러 쓴 편지는 더 이상 붙잡을 수 없는 시간을 부여잡으려 한 긴 고뇌가 스며들어 있었다.

익숙하지만 어쩐지 낯설어진 그곳에 있을 나카죠에게 다시금 용서를 구했다. 본의 아니게 저버린 우정 그리고 세월 속에 희미해진 이름들을 되새기며 편지 끝자락에는 후사코의 이름을 쓰려다가 지우고는 묻고 싶은 안부를 묻지 못하고 우정에 대한 진심 어린 사죄로만 끝을 맺었다.

그러나 남은 생이 얼마 없다는 사실만큼은 끝 끝내 적지 못하고 밥풀로 봉투를 밀봉하고는 마지막 인사를 건넸다.

이튿날, 조카의 손에 편지를 맡기고는 겨울의 월출산으로 걸음을 옮겼다. 희끗한 머리칼 위로 차디찬 바람이 내려앉고 언 발걸음은 기억 속의 바위를 향해 나아갔다. 그곳, 처음 귀향했던 해 발견한, 얼굴이 크고도 온화한 미소를 머금은 부처가 새겨진 바위 앞에 그는 조용히 앉았다.

육신의 고단함보다 더 깊은 것은 마음의 무게였다. 아무것도 남기지 못한 채 떠나야 한다는 절망이, 쓰라린 후회가, 가슴을 짓눌렀다.

'아내와 아이들은 어떻게 살아가나…'

흐릿한 시선 너머로, 지나간 세월 속 목소리들이 떠올랐다.

"여자의 행복은 남편과 평생을 함께하는 거라네."

후사코의 어머니인 다나카 여사가 딸과의 동거를 허락하며 했던 말이었다. 그 말이, 그 약속이 이제는 그의 가슴을 짓누르는 돌덩이가 되어 있었다.

그는 하늘을 향해 흐느꼈다.

"여보… 당신은 어떻게 살아가나…"

전쟁이 끝난 후 형과 숙부의 죄를 대신 짊어지겠다는 마음 하나로 국가보훈대상자 신청도 하지 않았던 자신의 지난날이 한없이 후회스러웠다.

'어떤이들은 경운기에서 떨어져 다쳤거나, 자기집 초가지붕을 엮다 떨어져 다쳤어도 거짓으로 신고하고, 보훈대상자로 인정 받았던 어리숙한 시절도 있었건만. 스스로 포기하다니…'

하지만 이제, 모든 것이 너무 늦어버렸다. 더 이상 되돌릴 수 없다는 사실만이 그를 깊은 어둠 속으로 끌어당겼다. 그는 이제 할 수 있는 것이 눈물을 흘리는 일뿐임을 깨달았다.

차가운 바람 속에서 그는 부처를 향해 마지막 기도를 올렸다.

"부처님… 할 수만 있다면, 단 일 년만이라도 더 허락해 주십시오. 아! 하나님 조금만 더~"

그러나 대답 없는 하늘 아래 그는 고통을 홀로 짊어진 채 쓰러졌다. 싸늘한 겨울, 그의 마지막 기도가 바람에 흩날려 갔다.

나카죠는 또 한 통의 편지를 붙였다. 혹시 먼저 붙였던 편지가 주인공에게 전해지지 않을 것을 염려하여 예비로 또 한통을 붙인 것이다. 삼십 년이 가까이 지난 세월이었지만 나카죠는 하야시와의 우정을 잊지 못하였고 남자의 우정은 영원하다고 믿고 있었다. 그러나, 편지에 대한 답신이 온 것은 편지를 부친 사실조차 잊어 가던 새해 삼월 말경이었다.

나카죠는 긴장된 마음으로 하야시의 편지를 뜯었다. 긴장된 마음으로 뜯은 편지에는 비록 간간이 틀린 맞춤법과 앞뒤 글의 연결이 부드럽지 않았지만 본의 아니게 일본을 떠나야 했던 사실들이 담담하게 그려져 있었다. 편지에서 하야시의 따뜻한 마음과 보고 싶어 하는 애틋한 심정을 느낄 수 있었다.

아, 하야시! 얼마 만에 불러보는 이름이며 얼마 만에 그려보는 얼굴인가?! 편지를 읽는 나카죠의 얼굴은 어느새 눈물이 흐르고 있었다.

나카죠는 하야시에 대한 원망과 오해를 풀어 버리고 두 번째 편지를 썼다. 하야시에 대한 이해와 자신의 가족관계 다나카 여사 안부를 적고는 후사코의 죽음과 그녀가 남기고 간 딸이 있다는 암시를 주는 글로 마감을 했다.

나카죠는 자신처럼 벌써 반백이 되었을 친구녀석을 상상하며 두 번째 편지를 우체국 직원에게 주고는 이번에는 '보름이면 가죠?' 하면서 웃어 보였다.

준택은 아픈 몸으로 오전에 산으로 간 사촌 형이 저녁이 되어도 돌아오지 않자 불안한 마음에 아들을 데리고 산으로 올라갔다.

벌써 남쪽 봉우리에는 달이 떠 올라 산을 비춰주고 있었으므로 빠르게 산을 오를 수 있었다. 한참을 산에서 헤매었어도 사람의 그림자는 찾을 수 없고 깊은 산중에는 적막만 감돌아 조급증만 더 해 갔다. 자신은 힘들어하는데 아들 녀석은 무엇이 그리 신나는지 힘들이지 않고 산을 이리저리 뛰어다니며 소리를 질러 댔으나 대답은 메아리 되어 돌아왔다. 어디에도 사람의 그림자는 찾을 수가 없었다.

'할 수 없다잉, 내려가자, 혹시 집으로 돌아왔는지도 모르니께, 그나저나 아픈 양반이 산에는…'

"아부지, 저쪽에 한 번 가보까?, 큰 바위에…"

아들 녀석의 제안에 준택은 그럴지도 모르겠다고 생각하며 부처가 새겨진 바위 쪽으로 방향을 바꿔 아들 녀석의 뒤를 따라갔다. 긴 계곡을 지나 바위에 가까워 오자 스산한 바람이 세차게 불어온다. 봄 날씨 답지 않게 추운 기분이 들기 시작하는데 아들 녀석은 벌써 능선을 넘었는지, 모습이 보이지 않는다.

"아부지, 아부지, 여기 계셔여 여기요. 당숙 여기. 계시네여."

앞서간 아들은 모습은 보여 주지 않고 소리만 질러 대더니 잠시 후 사람을 등에 엎고 다시 능선을 넘어오고 있다. 준택이 놀라 달려가 보니 형의 몸은 아직 따뜻하고 숨도 쉬고 있었다.

두 사람은 복택을 번갈아 업고는 힘들게 산을 내려왔다.

달빛은 축 처진 동준의 어깨에 축쳐져 있는 또하나의 그림자를 한없이 쓰다듬고 있었다.

그 빛은 마치 아무 말 없이 다독이는 듯했지만 차가운 밤공기 속에서 달빛조차 무거운 슬픔을 감추지 못했다.

그는 결국 고향에서 처음 검사를 받았던 병원으로 다시 옮겨졌다. 입원한 다음 날, 그를 엄습한 고통은 잔인할 만큼 날카로웠다. 며칠간 몇 가지 검사를 받았으나 결과는 이미 예견된 것이었다. 치료할 수 없다는 선언.

병원에 남아 있으라는 가족들과 의사의 만류에도 그는 이를 악물었다.

"치료도 못한다면서, 뭣 때문에 붙잡는 다냐!"

체념섞인 욕설을 의사에게 퍼붓고는 그대로 병원을 나섰다. 그렇게 집으로 돌아온 날부터 고통은 하루에 두세 번 정도 찾아오더니 금세 서너 번으로 늘었고, 며칠이 지나자 셀 수도 없을 만큼 무자비하게 몰아쳤다. 몸은 부서지고 마음은 망가졌다.

"차라리 빨리 죽어버렸으면 좋겠다."

그 생각이 서서히 마음을 잠식해갔다. 연옥인가, 지옥인가 아니 그 조차도 생각할 겨를 없이 누군가 가슴을 칼로 도려내는 듯한 통증이건 분명 죽는 것보다 더한 고통이었다. 고통은 참을 수 없었다. 결국 고통이 터져 나오듯 비명이 쏟아졌다.

그 소리는 단순한 신음이 아니었다. 몸이 찢기는 듯한 아픔이 함께 있는 가족들의 가슴까지 찢어놓았다.

"여보, 제발… 고집 부리지 말고 병원에 가요. 항암 치료라도 받아 봅시다"

"그거 맞는다고 아프지는 않는 것은 아니라고 하던데…뭐하러"

고통이 멈출 때면 가족들은 간절한 목소리로 항암 치료를 권했다. 그러나 그는 고개를 저었다.

"그리고 의사가 소용없다고 하잖어… 머리카락 다 빠진다고도 하더라. 그냥 참아보자. 어차피 죽을 몸인데!"

말끝이 씁쓸하게 흩어졌다.

주말을 이용해 내려왔던 아들은 일요일 오후, 다시 서울로 올라가겠다면 작별인사를 했다.

"아버지, 다녀오겠습니다."

곧 죽을 것 같지는 않다는 생각에 아들을 붙잡지 않았다.

"그래… 어서 올라가라. 직장에 빠지면 안 되지."

목 끝까지 올라왔던 말이 있었다.

'나 죽으면 화장해서 뿌려라.'

그러나 그는 끝내 그 말을 삼켰다. 대신 담담하게 말했다.

"직장 생활 잘하고… 엄마 잘 모셔라."

그리고 조용히 아들의 뒷모습을 바라보았다.

이제는 몸을 움직이는 것조차 버거운 시간이 찾아왔다. 하루에도 수십 번씩 파도처럼 밀려드는 고통, 그리고 그 고통이 잠시 물러난 틈에는 수많은 생각들이 머릿속을 스쳤다.

사람은 누구나 한 번은 죽는다.

하나님의 아들이신 예수님조차 십자가의 운명을 피하고 싶어 하셨다. "이 잔을 제게서 거두어 주소서. 그러나 제 뜻이 아니라 오직 하나님의 뜻대로 이루어지게 하소서." 그렇게 간절히 기도하셨던 예수님마저도 피할 수 없었던 죽음, 그렇다면 평범한 인간인 내가 어찌 이를 비켜갈 수 있을까.

그 깨달음이 문득 가슴 깊이 스며들자 죽음이 대수롭지 않게 여겨졌다. 어차피 한 번은 맞이할 운명이라면, 차라리 담담히 받아들이고자 했다. 하지만, 고통이 밀려올 때면 이성은 무너졌다. 몸을 가르는 듯한 아픔 앞에서 인간의 의지는 한없이 나약했다. 참을 수 없는 처절함은 고통의 비명이 되어 터져 나왔다.

아버지의 곁에 엎드린 두 딸은 얼굴을 들지 못한 채, 눈물을 떨구고 있었다.

"엄니 잘 모시고, 서로 의지하며 살아야 한다…"

가늘고도 힘겨운 목소리가 방 안을 가로질렀다.

월요일 오후 마지막 말을 남긴 복택은 입술을 깨물었다.

"제발 이 고통을 거두어 주소서."

그는 남아 있는 기력을 다해 하나님께 기도했다. 차라리 이 모든 고통을 끝내 달라고…….

그리고 마침내 누구에게도 말하지 못했고 수년간 가슴 한구석을 짓누르던 '형'이라는 무거운 돌덩이를 함께 내려놓았다. 그 순간 모든 번뇌와 집착이 서서히 흩어지며, 적념(寂念)의 고요한 바다 속으로 가라앉았다.

그는 천천히 눈을 감았다. 마치 바람이 사그라진 호수처럼 그의 육신은 조용히 하늘 품에 안겼고 영혼은 가벼운 깃털처럼 끝없는 저 너머로 떠올랐다.

"어머니, 저 다음 주에 한국으로 출장 가요?"

T.V를 보던 큰 딸 은희(恩姬)가 차를 가져온 나카죠 여사를 보며 말했다.

"응?, 출장? 언제?"

"다음 주 화요일이요, 나고야에서 가는 비행기는 월요일에는 없어서…"

"어디 가는데 비행기가 없어? 혼자?"

"한국 광주라는 곳으로요, 연구소에서는 책임 취재역이랑 3명이 가고, 본사 쪽 사람 몇명이랑 가나 봐요"

"응? 신입사원이 한국에 출장도 가고, 우리 딸이 벌써 인정 받으거야? 출장 갈 때 필요한게 뭔지 적어줘, 엄마가 준비해 줄게"

"호호 그동안 아빠 덕에 한국말을 배워놔서, 한국말 하는 사람 위주로 선발됐어요. 출장때 가지고 갈 것은 별로 없을 거예요, 속옷 좀 많이 가져가야 겠지만"

"왜? 꽤 오래 있을 모양이지?, 속옷을 많이 챙겨 가게"

"두 달쯤이요. 더 길어질지도 모르지만, 거기 광주시 아시아 자동차라는데 와 기술제휴 문제로."

두 모녀의 대화를 옆에서 듣고 있던 나가죠는 갑자기 가슴이 뛰었으나 아무 말도 하지 않고 듣고만 있었다. 한국으로 출장 간다는 큰 딸 편에 친구인 하야시에게 전달할 편지를 써 놔야겟다고 생각했다.

「친구 하야시 후타쿠 군 앞

　자네 앞에 있는 내 딸 恩姬(은희)는 후사코가 남기고 간,

　　　　- 중략 -

　恩姬를 잘 보듬어 주게나.

　그리고 빠른 시일에 만나세

　　　　　　　　　　　　　　　　　친구 나카죠 에이치」

편지는 짧고 알기 쉽고 간결하게 썼다.

나카죠가 한국인 친구이야기를 하며 딸에게 편지를 준 것은 그녀가 한국으로 떠나기 전날 저녁이었다.

"희 짱, 내일 출장 간다고?"

"예, 아빠, 두 달 정도 걸릴 거예요"

"음, 한국 가면 찾아 볼 사람이 있는데…"

"아빠도 한국에 아시는 분 있어요?, 아, 언젠가 말씀하시던…"

"응, 옛날 친구가 있지, 전쟁 전에…"

나카죠는 뒷 말은 흐렸다.

"글쎄요?, 시간 있을련지 모르겠네요. 업무상 가는 거니까"

"시간 있으면 한 번 찾아볼래?, 그래 한국 어디라고 했지?"

"반도 남쪽 끝에 있는 광주시예요, 아시아자동차로 공장이 광주시에 있어서"

"광주시?, 오, 광주시면 ?"

광주시는 얼마전 세상을 떠들썩하게 했던 도시로 연일 매스컴에 오르내리던 것을 보았던 나카죠는 딸이 혼란 했던 곳으로 간다고 하니 약간의 걱정이 되었다. 당시 정부군이 광주시민을 향하여 발포했었고 시민들이 죽어 나간직후, 아시아자동차라는 회사에서 시민군들이 장갑차를 가지고 나와서 군인들과 대치했다는 뉴스를 본 기억이 떠 올랐다.

"네, 맞아요. 지금은 안정되었고, 광주시는 예나 지금이나 평화스러운 곳이고, 회사도 큰 피해를 입지 않았고…. 아무 문제없어요"

"잘 됐구나, 친구가 사는 곳도 광주쪽인 것 같은데, 그나 저나 안정되었다니 다행이구나., 한참 신문에는 폭도가 어쩌고 진압군인들이 시민에게 발포하고 시민들이 죽고 했다는데~."

"네, 아빠 지금은 안정이 되었어요, 군사정권의 연장을 막고자 했던 일반 시민들의 민주화 열망을 과잉진압 한 것이어서…. 언젠가 역사가 평가하겠죠"

나카죠가 말이 없자 은희는 한마디 덧 붙였다

"광주는 정말 아름다운 곳이고, 사람들 인심도 좋은 곳이라고 해요, 또 정말 맛잇는 음식이 풍성한 곳에 간다며 직원들이 부러워 하고 있어요"

나카죠는 그 동안 딸에게 한국어를 배우도록 했던 일이 매우 선경지명이 있던 일이였다 생각하며 흐뭇하게 딸을 봤다.

나카죠는 딸에게 하야시의 주소가 작힌 메모지를 딸에게 줬다,.

"아, 아빠 친구 성함이……. 하야시 후타쿠 상?"

은희는 아빠의 한국인 친구의 이름을 나지막이 읽어 보았다.

"하야시 후타쿠 상…. 주소가 강진군…. 이곳은 광주에서 가까워요?"

"음 강진은 광주에서 한 시간 걸리는 것으로 알고 있어, 친구이름은 한국말로 뭐라고 부르는지 모르지만 아마 한국 사람들 한테 물어 보면 금방 알거야, 시간 되면 찾아보면 좋겠구나, 아니, 희 짱, 꼭 찾아 봐야 한다."

그녀는 시간 나는대로 찾아 보겠다고 하며, 아빠의 한국인 친구 주소를 손에 받아 들었다. 나카죠는 친구를 찾으면 인사하라고 하면서 미리 준비해 놓았던 친구에게 전해 줄 편지를 딸에게 주었다.

"희 짱!, 시간 내서 꼭 만나봤으면 좋겠구나. 아빠 안부를 묻고, 이 편지는 친구를 만나면 꼭 전해라~"

은희는 '시간을 내어 반드시 아빠의 한국인 친구를 찾아 보겠다' 고 약속하고는 나카죠가 준 편지를 핸드백 속에 넣었고 지도에서 광주와 강진을 찾아보았다.

[16]
은희

●●● 은희는 한국으로 출장 온 뒤, 두 달이 다 되어가도록 시간을 내지 못했다. 출국을 앞둔 마지막 주 주말이 되어서야 겨우 시간을 내어 아빠 친구가 살고 있다는 강진이라는 곳으로 향했다.

"아따 은희 씨 아버지가 대단하신 분인가 봐요, 강진에 아는 분이 있다니요."

"대단하긴요. 오래전 친구시라고…"

아시아 자동차 기술 담당 박 대리는 토요일에도 불구하고 회사 업무용 승용차를 직접 운전해 동행해 주었다.

아시아 자동차와 일본의 다이하쓰 회사 직원들 간 서로 협조한다는 분위기도 있었지만 일본 직원들이 출장 온 순간부터 박 대리는 예쁘장하게 생긴 은희에게 호감을 품고 있었다. 약간 큰 듯한 목소리로 어설픈 일본어를 섞어 말하는 박 대리와 서툰 한국말을 섞어 가며 말하는 은희는 서로가 신기한 듯 수다를 떨었다.

"하여튼 가봅시다. 주소 좀 다시 줘봐요"

강진까지 가는 동안, 박 대리는 아버지의 친구 이름을 가르쳐 줬다. 은희는 입속으로 친구분 이름을 되뇌며 그 이름에 익숙해지려 애썼다.

차창 밖으로 보이는 한국 시골의 좁고 구불구불한 논두렁 사잇길은 제법 정감 있었다. 아스팔트의 포장된 길 역시 구불구불하게 뻗어 있었으며 군데군데 세워진 신호등 앞에서 자동차는 빨간불이 켜지면 멈춰서기를 반복했다. 널따란 들녘에는 적지 않은 농부들이 나와 한쪽에서는 보리를 베고, 다른 한쪽에서는 트랙터인 듯한 장비로 모를 내고, 또 한쪽에는 소를 몰며 쟁기질하고 있었다. 쟁기를 끄는 소는 무릎까지 올라온 물이 힘겨운지 입에서 하얀 거품을 내뿜고 있다.

'전라도 땅 들녘은 높은 산이 별로 없고 평야가 널따랗게 펼쳐진 모습이라 오히려 낭만이 덜한 것 같다'는 생각을 하는 순간 자동차 앞 유리창 너머로 드넓은 평야 위에 우뚝 솟은 큰 산이 나타났다.

"저 산이 월출산이에요. 크고 웅장하고 아름답죠"

"저 산이 월. 출. 산이에요?"

은희는 차 앞으로 다가오는 장대한 산세를 눈에 담으며 감탄했다. 자동차 앞 유리창에 비친 월출산은 넓은 평야 속 홀로 솟아 신비로운 기운을 내뿜고 있었다. 성스러운 기운마져 느껴졌다.

자동차는 산을 향해 달려갔다. 마치 산에 빨려 들어갈 듯 자동차가 산과 가까워지고 있다는 생각이 들자마자, 산은 어깨를 넓혀 옆으로 기꺼이 길을 내어주었다. 차는 산자락을 따라 굽이굽이 올라가다가 사람과 자동차가 지칠 때쯤 다시 밑으로 내려갔다.

몇 번을 그렇게 한참을 더 가고 나서 다소 번화한 삼거리가 나타나서야 자동차는 겨우 그 앞에서 멈춰 섰다. 박 대리는 운전석 유리창 수동식 레버를 돌려 내리더니 지나가는 사람에게 길을 물었다.

"어르신, 말씀 좀 묻겠습니다. 여기가 성전면이에요?"

중년 남자는 고개를 끄덕였다.

"그러면 월남 마을은 어디인가요?"

"벌써 지나왔소만. 차를 돌려서 한 십 리쯤 올라가다가 다시 물어보쇼. 월출산 바로 밑에 동넨께"

박 대리는 '감사합니다' 하더니, 차를 빠르게 다시 돌렸다.

"지나왔대요?"

"예, 4km쯤 지나왔대요. 아까 그 월출산 밑에 있는 동네인가 보네요"

자동차가 왔던 길로 유턴하여 돌자, 앞 유리창으로 아주 가깝게 월출산이 다가왔다.

'영암을 지나오면서 봤던 월출산은 커다란 투구를 쓴 장군의 모습을 한 웅장한 모습이였는데, 이쪽(강진쪽)에서 본 산은 갓을 쓴 얌전한 선비의 모습이네!' 라고 생각하는 사이 차는 월출산 아랫 마을 입구에 도착했다.

박 대리는 마을 입구 가게 앞에 차를 세우고 안으로 들어가 가게주인에게 몇마디 묻는가 싶더니, 다시 나와 차에 올랐다.

"아버지 친구분은 아직 도착하지 않았다고 하는데요? 조금 이따 도착할 거라고 하네요"

박 대리는 상점 주인이 이야기했던 말을 그대로 해 주며 고개를 갸우뚱했다.

"아직? 안 와요? 아빠 친구분이요?"

은희는 뭔가 이상하다고 느꼈지만 더 이상 묻지 않았다.

"예. 곧 도착할 때가 다 됐다는데요. 조금 올라가서 동네 가운데로 들어가면 개울이 나오는데, 거기에 조그만 공터가 있어 차를 댈 수 있다고 하네요 그리고 거기에 사람들이 기다리고 있을 테니까 거기서 기다리라고 하네요"

박 대리는 그렇게 말하며 마을 안길로 차를 다시 몰았다. 차는 초등학교 앞를 지나 좁은 돌담길을 곡예하듯 이리저리 나가더니 개울 앞 공터에 도착했다. 마을 한가운데에서 본 거대한 산은 여전히 신비로운 기운을 품고 그들을 지켜보는 듯했다.

공터에는 몇 명의 어른과 학생과 청년들이 커다란 소나무 밑에 뭔가를 기다리듯이 앉아 있다 차에서 내리는 두 사람을 보고는 일어섰으나, '아니네, 아니야. 올 때가 됐는데' 하더니 차를 조금 더 안쪽으로 주차하라고 지시했다. 박 대리는 촌부의 명령대로 차를 안쪽으로 대고 나와서 재차 물었다.

"어르신, 여기 임복택 씨라고…"

"응?, 그러니까 시방 기다리고 있제이, 올때가 넘었는데 안오네… 오… 저기 온갑다 온다 와"

촌부는 좁은 돌담길로 들어서는 미니버스를 보고는 온다고 소리쳤고 앉아 있던 사람들은 그제야 자리에서 일어났다. 이윽고 미니버스는 사람들이 서 있는 곳에 잠시 멈췄고 사람들은 차에 올라탔다.

'여보쇼, 당신들 안타? 안 갈거여?'

사람들을 태우고 출발하려는 미니버스 안에서 촌부는 유리창 밖으로 손을 내밀고는 박 대리와 은희 두 사람에게 타라고 손짓했다. 두 사람은 잠시 어리둥절한 표정으로 서 있었다. 버스 창문으로 고개를 내민 촌부는 다시 소리쳤다.

"아, 복택이 찾았쟎아. 빨리 타. 이 차가 복택이 차여! 복택이 장의차라고!"

두 사람은 갑자기 멍한 듯 어리둥절했지만 일단 장의차에 올라탔다. 이윽고 문이 닫히고 장의차는 서서히 동네 한 가운데 길을 지나 더 높은 산으로 올라갔다. 두 사람은 자리가 비좁아 앉지도 못하고 고개를 숙인 채 서 있는데 촌부는 다시 얘기했다.

"생은 무상한 것이지. 아직 예순도 안됐는데" 촌부의 한탄과 동네에서 차에 탔던 청년 중 한 명이 품에서 편지를 꺼내 소복 차림의 여인에게 전해 준 것은 거의 동시였다.

"누님, 요것은 당숙한테 온 편지인데… 일본에서 온 것 같아요"

일본에서 온 것 같다는 편지를 받자마자 든 상복을 입은 여인은 소리 내 울었다. 한참을 오르던 장의차는 산에 막혀 더 이상 가지 못하고 멈춰 섰고 사람들은 내리기 시작했다. 장의차 앞자리 조수석에서 내린, 영정 사진을 든 상복 입은 청년 뒤로 관이 따랐고 산길을 조금 올라 파 놓은 흙더미 아래 편평한 곳에 관이 놓였다.

"'저 어르신, 임선생님은?"

버스에서 내려 일행을 따라 산길을 올라가면서 박 대리는 설마 하는 마음으로 촌부에게 다시 물었다.

"응, 저쪽에다 묻을 거여, 저기 보이잖아. 저 파 놓은 곳에다가 묘를 쓸 거야"

박 대리는 조심스러운 말투로 은희에게 설명했다.

"아버지 친구의 장례식…이네요"

그 말에 은희는 놀라면서도 표정이 깊이 가라앉았다.

"미안하지만 박 대리님, 유족과 얘기할 수 있는지 물어봐 줄래요?"

"물어봅시다. 여기까지 왔는데, 아버지 안부를 확실히 전해야지"

장지로 올라간 박 대리는 촌부와 이야기하더니 은희에게 올라오라는 손짓을 했다.

"조금만 기다리쇼, 조문할 수 있도록 해 줄 테니까"

촌부는 산으로 올라온 은희에게 일본어를 섞어 가며 이야기했다. 그는 은희를 유족들 앞으로 안내하더니 상주들에게는 한국어로, 은희에게는 일본어를 섞어 가며 통역했다.

"여기는 고인의 큰딸, 작은딸, 아들… 이 사람은 일본에서 온 고인의 친구 딸이라네. 고맙기도 하지. 일본에서 여기까지 조문 오다니"

"저기, 뭐라고 위로의 말씀을 드려야 할지…"

은희는 서툰 한국어지만 진심을 담아 위로를 전했다. 촌부는 은희의 말이 일본어 인 듯 통역하는 식으로 설명했다.

"이 일본 처자가 자기 아버지를 대신해 조문 왔구먼. 처자 아버지가 고인 친구인 모양인데 고인에게 인사를 전해 달라고 했다네"

큰딸은 고개를 숙였다.

"감사합니다. 먼 길 와 주셔서… 아버님께도 감사의 말씀 전해 주십시오"

큰딸이 자신보다 대여섯 살은 어려 보인다고 생각한 은희는 문득 영정 속의 고인과 그녀가 닮아있음을 깨달았다. 옆에 서 있던 작은딸과 아들도 줄줄이 감사를 표했다.

서로 고개를 숙여 인사를 나눈 뒤, 은희는 조용히 관 앞으로 다가갔다. 짙은 갈색의 관 앞에 놓인 영정 속 고인은 젊은 시절의 모습이었다. 은희를 보며 환하게 웃는 듯한 그 얼굴이 낯설면서도 익숙했다.

이내 관이 땅속으로 내려가고 고인과 많이 닮은 아들이 삽으로 흙을 떠서 조심스럽게 관 위에 뿌렸다. 두 딸의 오열이 온 산을 메아리쳤다.

하관 절차를 처음 본 은희는 갑자기 어렴풋하게 남아 있던 어릴 적 기억을 끄집어냈다. 할머니의 장례식. 그때는 유골 단지를 마을 한가운데 있는 돌로 된 묘시에 모셨던 흐릿한 기억이 선명하게 떠오르며 은희의 눈가가 뜨거워졌다.

할머니 장례식 기억 때문인지, 아니면 아빠의 한국인 친구에게 안부를 전하지 못한 자책인지, 아빠 친구를 떠나보내는 슬픔 때문인지, 알 수 없는 눈물이 볼을 타고 흘러내렸다.

*

자동차는 월출산 기슭을 돌아 천천히 달이 남쪽에서 뜨는 마을을 벗어났다. 영암으로 향하는 넓은 도로로 접어들 때까지 은희와 박 대리는 서로 말이 없었다. 자동차는 월출의 높고 구불구불한 고갯길을 힘겹게 지그재그로 몇 번 틀더니 고갯마루가 가까워지자 힘에 겨운 듯 움찔거리더니 마침내 속도를 줄였다.

"은희 씨, 시원한 거라도 한잔할래요?, 목 안말라요?"

은희는 아무런 대꾸도 하지 않았다. 박 대리는 왠지 미안한 마음에 침묵 속에 잠긴 은희를 힐끗 바라볼 뿐이었다. '풀치재'라 적힌 표지판이 나타나서야 그제야 그는 차를 세우고 휴게소로 들어가 사이다와 캔 커피를 사 왔다.

차에서 내린 은희는 박 대리가 주는 캔 커피를 말없이 받아 들고, 전망대에 서서 까마득히 솟은 산과 아찔한 낭떠러지를 번갈아 바라보았다. 그리고 캔 커피를 한 모금 마셨다. 은희의 머리카락 사이로 바람이 불어와 그녀의 얼굴을 어루만졌다.

다시 속도를 내며 달리던 차 안에서 사이다를 한 모금 들이켠 박 대리가 말했다.

"캬! 시원하다. 속까지 뻥 뚫리는 기분이네요. 그런데 은희 씨, 그 처녀 말이에요. 고인이 된 아버지 친구분의 딸."

그는 창밖을 바라보며 말을 이었다.

"그 아가씨, 고인하고 똑같이 생겼던데요. 영정 사진이랑, 정말… 상당히 미인이었어요. 많이 울었는지 눈이 퉁퉁 부어 있었지만."

은희는 아무 말 없이 그저 손에 꼭 쥔 캔 커피만 내려다보고 있었다.

"근데 말이에요… 많이 닮지 않았어요? 아들도 그렇고, 음… 그러니까… 뭐랄까… 은희 씨하고도 눈매가 닮았던데요."

박 대리는 혼잣말처럼 중얼거렸고 은희는 지그시 눈을 감았다. 한동안 미동도 없던 그녀의 머릿속에 불현듯 스친 것이 있었다.

'아, 맞다. 아빠의 편지…'

그녀는 황급히 핸드백을 뒤졌다. 봉투가 손끝에 닿았다. 편지는 밀봉되지 않은 채였다. 망설이던 그녀는 이내 봉투를 열고 편지를 꺼냈다. 하얀 종이 위에 파란 잉크가 적당히 번져 있었다.

「친구 하야시 후타쿠 군 앞.

  자네 앞에 있는 내 딸 은희는, 후사코가 남기고 간 자네의 딸이라네. 자네가 한국을 떠난 다음 해 후사코는 은희를 낳았고,

  그리고 그녀는 세상을 떠났네.

  더 이상의 긴 설명은 만나서 하세나

  자네와 딸 모두 진실을 알아야 하고, 진실은 변하지 않으니 서로 확인해 보길 바라네.

  은희를 잘 보듬어 주게나. 그리고 이른 시일 내에 만나세.

나고야에서 친구, 나카죠 에이치.」

편지를 쥐고 있는 은희의 손이 떨렸다. 어깨도 미세하게 들썩였다. 그녀는 눈을 감고 깊은숨을 들이마시며 안정을 찾으려고 했건만 속에서 터져 나오는 무언가는 좀처럼 삼킬 수가 없었다. 박 대리는 그녀의 엄지손톱이 어딘가 뭉툭하고 못생겼다는 생각이 들어 피식 웃음이 나오려 했지만, 은희가 갑자기 흐느끼는 바람에 그 웃음이 목구멍 어딘가에서 멎었다.

차 안 공기가 한층 무거워진 듯했다. 답답한 공기를 환기하려고 박 대리는 창문유리를 내리려고 레버를 잡고 돌리려다 그만 손이 미끄러졌다. 순간 차가 뜀뚱거렸고 급히 핸들을 꽉 잡으며 차체를 바로잡았다.

녹음을 잔뜩 머금은 월출산은 깊은 품속에 역사를 묻고 묵묵히 여름을 준비하고 있었다.

영암을 지나자 월출산도 서서히 시야에서 멀어진다. 월출산 너머로 지려는 태양과 솟아 오르려는 반달이 동시에 떠 있다. 그러나 반달은 태양 빛에 가려 하얗고 흐릿하다. 햇빛과 달빛을 동시에 받은 천황봉 중턱에는 뭉게구름이 걸쳐져 머물듯 하다가 흐르고, 흐르는 뭉게구름은 은희를 비롯한 모든 이가 흘리는 눈물을 가려주고 있다.

*

오늘도 월출에는 달이 남쪽에서 떠오른다.

[저자 프로필]

전남 강진군 작천면에서 출생,
작천초등학교. 광주동성중. 광주공고,
조선이공대. 방송통신대 졸업,
서강대 대학원 MBA(K그룹) 이수,
공항공사, 아시아나항공 근무,
행정사(제1회), 탐정사,
공인행정사협회 초대 감사, 대한행정사회 부회장 역임

현재 GS행정사 대표(서울 마포구)
  나주임씨 중앙화수회 사무총장
  사) 노인의 전화 운영위원장
  사) 민주화운동공제회 사업국장
  지구문학 소설부문 신인상 수상

저서 : 행정시 실무교재 〈법인설립과 외국인투자〉

e-mail : cjcenter@hanmail.net